HEYNE < ORIGINAL

Barbara Abel

tödliche hoffnung

Roman

Aus dem Französischen
von Ingeborg Ebel

Wilhelm Heyne Verlag
München

HEYNE ALLGEMEINE REIHE
Band-Nr. 01/13877

Titel der Originalausgabe
L'INSTINCT MATERNEL

Umwelthinweis:
Dieses Buch wurde auf chlor- und säurefreiem Papier gedruckt.

Redaktion: Monika Köpfer

Deutsche Erstausgabe 12/2003

Der Wilhelm Heyne Verlag ist ein Verlag der
Ullstein Heyne List GmbH & Co. KG
Printed in Germany 2003
Umschlagillustration: photonica | Plant
Umschlaggestaltung: Eisele Grafik-Design, München
Gesetzt aus der Joanna, Gill sans
Satz: KompetenzCenter, Mönchengladbach
Druck und Bindung: Elsnerdruck, Berlin
http://www.heyne.de

ISBN: 3-453-87328-9

dank

Die Autorin dankt der Anwaltskammer des Departements Rhône für ihre wertvolle Dokumentation, die sie liebenswürdigerweise sofort zur Verfügung stellte.

Mit aller meiner Liebe …
Für Lou, meinen kleinen Jungen,
der in mir diesen mütterlichen Instinkt geweckt hat.
Für seinen Papa, Gérard, für diese ganze gewonnene Zeit.

erster monat

»Erster Monat, erste Bilanz.
Der Embryo misst fünf Millimeter.
Er hat noch kein menschliches Gesicht, sondern ähnelt eher einem lang gestreckten Komma.
Doch in diesem winzigen Embryo schlägt bereits das Herz.
Es hört erst mit dem Tod zu schlagen auf.«

eins

Perlenkette oder Diamantkollier? Jeanne zögerte. Geschickt befestigte sie eine funkelnde Brosche an ihrem Kleid.

Aftershave. Ein paar Klapse auf die Wangen. Richard rückte seine Fliege zurecht und überprüfte dann den Sitz seiner Manschettenknöpfe.

Jeanne musterte ihre Strümpfe und entschied sich für das Diamantkollier, weil es festlicher wirkte. Lackpumps. Schwarze Seidenhandschuhe. Handtasche, deren Inhalt sie schnell durchging: Lippenstift, Puder, Parfüm, Zigaretten, Feuerzeug, Nagellack, Visitenkartenetui. Prozac.

Richard schlüpfte mit einer einzigen eleganten Bewegung in seine Smokingjacke, fuhr sich mit der Hand durchs Haar und warf einen besorgten Blick auf seine Armbanduhr.

Ehe Jeanne ihre Handtasche schloss, überprüfte sie ihr Make-up, korrigierte das Rot ihrer Lippen und den rechten Lidschatten. Ein letzter Blick in den Spiegel. Dann nahm sie ihren Pelzmantel und verließ das Schlafzimmer. Während sie die Marmortreppe hinunterschritt, wartete Richard bereits in der Halle auf sie. Dann gab er dem Chauffeur das Zeichen zum Vorfahren.

Als sie sich dem Schloss näherten, stieg bereits eine lange Reihe Gäste die Freitreppe hinauf. Es war mild an diesem Frühlingsabend, nur ein leichter Wind blähte die Roben der Damen. Jedes Paar schritt gemessen auf das Portal zu, und im Vorübergehen wurden höfliche Grüße und Lächeln ausgetauscht.

Dekor und Beleuchtung waren anlässlich der Bedeutung dieses Ereignisses – einer Hochzeit – sowie der Geladenen sorgfältig gewählt, damit die Gäste sich in diesem Ambiente wohl fühlten und nach Belieben sehen und gesehen werden konnten.

Nachdem die Gäste die fünf Stufen der Freitreppe emporgeschritten waren, präsentierten sie diskret ihre Einladung und betraten dann nach kaum merklichem Zögern in würdevoller Haltung die große marmorne Eingangshalle. Dort wurden sie von dem leisen Klicken aneinander stoßender Kristallgläser sowie den gedämpften Klängen eines melodischen Tangos empfangen, den ein dreißig Mann starkes Orchester spielte. Ein flauschiger roter Teppich – Symbol des Wegs zum Ruhm – führte den Gast direkt zum Empfangssaal. Alles war von üppiger Pracht.

Bedienstete bewegten sich diskret zwischen den Gästen und boten ihnen auf silbernen Tabletts Gläser mit Champagner und Petits Fours an. Auch die Geladenen befleißigten sich feinster Manieren, galt es doch allen anderen zu demonstrieren, in welchem Maße man es verstanden hatte, Macht und Geld anzuhäufen und mit Anmut und Schönheit zu vereinen.

An jenem Abend verheiratete der Comte de Valendreux seine einzige Tochter und stellte anlässlich dieses Ereignisses seinen Reichtum zur Schau. Der glückliche Bräutigam war ein junger englischer Adliger aus bester Familie, der länger als zwei Jahre um die Hand der jungen Gräfin geworben hatte. Die Braut trug ein weißes Hochzeitskleid, prächtig im Stil und der Reinheit der Farbe – obwohl die sympbolische Bedeutung dieser Farbe nicht mehr den Tatsachen entsprach. Die gesamte französische und englische Aristokratie sowie einige Politgrößen waren geladen. Der Graf – mit dem Ausdruck des wunschlos glücklichen Vaters – begrüßte mit seiner Gattin jeden Gast des jungen Paars.

Richard Tavier war ein Mann, der Hochzeiten, Empfänge und Galaveranstaltungen besonders liebte, wusste er doch besser als jeder andere, dass man anlässlich dieser gesellschaftlichen Ereignisse am erfolgreichsten geschäftliche Beziehungen knüpfen oder Geschäfte zum Abschluss bringen konnte. Deshalb bereitete er sich immer sehr sorgfältig darauf vor. Er war Anfang fünfzig, ein mächtiger Mann, der es stets verstanden hatte, auch aus scheinbar unbedeutenden Begegnungen einen Vorteil zu ziehen, und der zielstrebig seine brillante politische Karriere verfolgte, was ihm wenig Zeit für Zerstreuungen und noch weniger Zeit für sein

Privatleben ließ. Was ihn aber nicht im Geringsten zu stören schien.

Er sah gut aus und hatte noch volles dunkles Haar, in das sich silberne Fäden mischten, und er besaß jenen bezwingenden Charme, dem sich nur wenige Frauen entziehen konnten. Dazu verfügte er über einen scharfen Verstand, war eloquent und schlagfertig, was ihm sowohl Respekt einbrachte als ihn auch zu einem gefürchteten Gegner machte. Sein Blick schien in Sekundenschnelle alles zu erfassen, was ihm dienlich sein könnte. Nichts und niemand widersetzte sich ihm. Und er genoss dieses Gefühl der Macht, das er bereits in frühester Kindheit kennen gelernt hatte – ein seltsames Gefühl, das sich stets wie eine Hitzewelle in seinem Körper ausbreitete, wenn er die absolute Kontrolle über etwas hatte.

Sein Vater – ein reicher Industrieller und Besitzer mehrerer Waffenfabriken – hatte Richard von klein auf zu einem Tyrannen erzogen, nach den strengen Regeln eines Mannes, dem Zweifel fremd waren.

»Was du nicht kontrollieren kannst, musst du ohne Skrupel zerstören, sonst könnte der Schuss nach hinten losgehen. Du musst dir gegenüber ebenso schonungslos sein wie allen anderen Menschen gegenüber. Schwäche ist ein Fehler, der zum Verfall und Untergang führt. Und Mitleid ist ein Gefühl für schwache und beeinflussbare Menschen.«

Mit diesen väterlichen Grundsätzen als Richtlinien für sein Tun und Handeln hatte Richard schnell im Leben Erfolg gehabt, ohne sich jemals um die Konsequenzen zu kümmern.

An seine Mutter konnte er sich kaum noch erinnern. Sie war Italienerin und zehn Jahre jünger als sein Vater gewesen. Eines Tages war sie spurlos verschwunden. Richard war damals vier Jahre alt. Da sein Vater vermutete, dass seine Frau entführt worden sei und die Verbrecher ein hohes Lösegeld von ihm erpressen wollten, hatte er alles Mögliche getan, um sie wieder zu finden. Doch nach einer Woche war noch immer keine Lösegeldforderung eingetroffen, und daraufhin engagierte Richard Tavier senior Privatdetektive.

Das letzte Mal wurde seine Frau in einem Restaurant an der Côte d'Azur in Begleitung eines jungen, berühmten Schauspielers gesehen. Zwei Tage später ertrank sie bei einem Bootsausflug im Meer.

Die Limousine kam hinter den anderen Wagen zum Stehen. Richard stieg schnell aus, während sich der Chauffeur, François, beeilte, Jeanne die Tür zu öffnen. Sie stieg ebenfalls aus, offensichtlich deprimiert, trotz des Psychopharmakons, das sie regelmäßig nahm, und strich sich automatisch eine Haarsträhne aus dem Gesicht. Richard sah seine Frau missvergnügt an.

»Ich hätte besser daran getan, mit einer Vogelscheuche auszugehen«, murmelte er verächtlich.

Obwohl Jeanne die Bemerkung ihres Mannes gehört hatte, zuckte sie nur gleichgültig mit den Schultern. Sie war mittelgroß, Anfang vierzig und wirkte zehn Jahre älter, auch wenn man noch ahnen konnte, wie schön sie einmal gewesen sein musste. Die Falten im Gesicht und dunkle Ringe unter den Augen ließen auf eine dauernde Erschöpfung schließen. Ihre Nase war klein, ihr Mund gut geformt, doch sie strahlte eine derartige Mattigkeit aus, dass ihre Vorzüge nicht mehr zur Geltung kamen.

Während Richard sein Aussehen im Glanz der Limousine überprüfte, hielt er seiner Frau geistesabwesend den Arm hin, dann ging das Paar auf die Freitreppe zu.

Seit zwanzig Jahren waren Jeanne und Richard jetzt miteinander verheiratet. Sie hatten sich in einem Nachtclub kennen gelernt, der von reichen jungen Müßiggängern frequentiert wurde. Richard hatte dort gerade das Vermögen seines Vater ausgegeben, und Jeanne arbeitete im Club als Empfangsdame. Sie erinnerte sich daran, als hätte ihre Begegnung gestern stattgefunden; und sie erinnerte sich gern an diese Zeit, denn es war Liebe auf den ersten Blick gewesen, eine Love-Story, wie sie nur im Film passiert. Richard hatte sich sofort in das vor Charme sprühende junge Mädchen mit den großen dunklen Augen verliebt.

Damals hatte sie einen Haarschnitt wie Jean Seberg gehabt und ein bezauberndes Gesicht, das die Herzen aller Männer schneller schlagen ließ. Und sie hatte in Richard den Mann ihrer Träume gesehen, der ihr eine glänzende Zukunft bieten würde. Um dieses Ziel zu erreichen, hatte sie auf ihre Schönheit gesetzt, denn sie wollte unbedingt der Mittelmäßigkeit ihres Lebens entfliehen. Das war ihr auch gelungen. Doch heute behandelte ihr Mann sie mit Verachtung und Gleichgültigkeit.

Das alles war damals viel zu schnell gegangen, aber wäre die Situation heute anders, hätte sie Zeit zum Überlegen gehabt? Sicherlich nicht. Richard sah blendend aus, war reich und ehrgeizig – sein Glanz hatte sie geblendet. Wenn sie jetzt daran zurückdachte, bedauerte sie fast, nicht geflohen zu sein, doch die Erinnerung an alle die im Elend verbrachten Jahre halfen ihr noch heute, den Hass und die Verachtung ihres Mannes zu ertragen.

Dieses jahrelange Elend kam ihr wie ein langer dunkler Tunnel vor, an dessen rauen Wänden sie sich stieß, ohne auch nur ein Fünkchen Hoffnung am Ende glimmen zu sehen. Oft verglich sie ihre damalige Lage mit den Schmerzen einer Geburt – mal versetzte sie sich in die Lage der Gebärenden, mal in die Lage des Kindes, das sich mühsam durch den Geburtskanal zwängt, ehe es zum ersten Mal selbstständig atmet.

Jeanne war in großer Armut aufgewachsen. Schon von frühester Jugend an war ihr dieses Leben zuwider, und sie konnte es kaum mehr ertragen. Noch als junges Mädchen hatte sie sich geschworen, diesem Milieu so schnell wie möglich zu entfliehen. Sie wollte nicht ständig nur verzichten müssen und Mangel erleiden. Glücklicherweise hatte die Natur sie mit jenen physischen Attributen ausgestattet, die es ihr erlaubten, durch eine Ehe ihrer Misere zu entkommen. Sollte auch noch Liebe dabei im Spiel sein, umso besser.

Eines Tages hatte eine Freundin Jeanne die Adresse eines vornehmen Clubs gegeben, der Empfangsdamen suchte, und da nahm das Schicksal seinen Lauf.

»Sie sind einfach bezaubernd, meine liebe Inès. Welches Vergnügen, Sie hier zu sehen«, verkündete Richard mit sonorer Stimme.

Er verfügte über die kostbare Gabe aufrichtig zu klingen, wenn er Banalitäten von sich gab, vorgefertigte Phrasen, die jeder Wahrheit Hohn sprachen. Denn Inès de Vitreuil war ebenso groß wie hässlich, ohne Anmut und strohdumm. Jeanne schenkte ihr dieses Standardlächeln, das besagte, sie sei absolut einer Meinung mit ihrem Mann.

Dann gingen die beiden weiter auf die Eingangshalle zu, wo Richard bereits Francis Lavallant, Staatssekretär im Umweltministerium, entdeckt hatte, einen Mann, der seinen Interessen dienen konnte.

Er beschleunigte den Schritt, ohne auf das lange, eng geschnittene Kleid seiner Frau Rücksicht zu nehmen, sodass sie fast gestolpert wäre.

»Tu mir den Gefallen, und benimm dich dieses Mal!«, zischte er ihr hasserfüllt zu. »Wenn du unbedingt deine Beine zeigen willst, dann auf andere Weise, als vor aller Welt hinzufallen.«

»Braver Hund!«, höhnte sie. »Wahrscheinlich hast

du wieder eine dir würdige Jagdbeute erspäht. Was ist es dieses Mal? Eine Schnepfe oder eine Taube?«

Eine Antwort hielt Richard nicht für nötig. Er strafte Jeanne nur mit einem verächtlichen Blick. Als die beiden vor der Tür zum Empfangssaal angekommen waren, änderte er seinen Gesichtsausdruck abrupt und wirkte nun offen und Vertrauen erweckend. Mit Jeanne – gezwungenermaßen dicht an seiner Seite – ging er auf Francis Lavallant zu. Als er vor ihm stand, mimte er Überraschung.

»Monsieur Lavallant! Wie schön, dass ich Sie zufällig hier treffe. Ich bin Richard Tavier. Wir haben schon ein paarmal miteinander telefoniert. Gestatten Sie, dass ich Ihnen meine Frau, Jeanne, vorstelle.«

Jeanne begrüßte den Staatssekretär höflich und mit freudlosem Lächeln. Monsieur Lavallant schüttelte Richard herzlich die Hand und stellte seine Frau vor. Gemeinsam gingen die beiden Männer in den Empfangssaal, wo sie von dem Grafen und der Gräfin begrüßt wurden, während Madame Lavallant höflich mit Jeanne plauderte.

»Mein Mann drängt mich vor solchen Empfängen immer zur Eile, weil er Angst hat, zu spät zu kommen. Sie wissen ja, wie Männer sind … Mir blieb kaum Zeit, mich von den Kindern zu verabschieden. Meine armen Lieblinge waren ganz verstört. Haben Sie auch Kinder?«

»Nein … noch nicht«, stammelte Jeanne, weil diese Frage ihr einen Stich versetzte.

»Gütiger Himmel, wie glücklich Sie sich schätzen können! Sie wissen ja gar nicht, welchen Ärger diese kleinen energiegeladenen Bündel machen können! Vorhin erst habe ich zu Margareth gesagt – Margareth ist unser englisches Kindermädchen –, dass ich niemals gedacht hätte …«

Madama Lavallants theatralische Stimme verlor sich in dem mondänen Gemurmel der Anwesenden. Jeanne setzte jenen interessierten und gleichzeitig mitfühlenden Gesichtsausdruck auf – passend für alle derartigen Platitüden.

Die beiden Damen begrüßten ihrerseits die Gastgeber und begaben sich im Kielwasser ihrer Ehemänner zur Mitte des Saals, wo ein opulentes Büfett die Gäste erwartete. Das Orchester spielte inzwischen einen Walzer, und Richard verschwand in der Menge.

Noch immer plapperte Madame Lavallant vor sich hin, und es schien ihr egal zu sein, ob jemand ihr zuhörte, da entdeckte Jeanne die Braut und war überrascht, welche Reinheit dieses junge schöne Gesicht ausstrahlte.

Plötzlich sah sie sich an ihrem Hochzeitstag am Arm Richards, naiv und strahlend vor Glück. Kinder? Wie sehr hatte sie sich Kinder gewünscht! Doch schon seit langem hatte sie diese Hoffnung begraben und mit diesem körperlichen Versagen auch ihre geistige Vitalität verloren.

Denn Richard hatte fest mit Nachkommen gerechnet, und sie hatte diese Pflicht nicht erfüllt. Die Ärzte hatten bestätigt, dass sie allein die Schuld an ihrer Kinderlosigkeit trug. Solange noch die geringste Hoffnung bestanden hatte, war Richard ihr treu ergeben gewesen. Er hatte ein Vermögen für Spezialisten ausgegeben und seine Frau auf jede nur erdenkliche Art und Weise behandeln lassen, die die moderne Reproduktionsmedizin bot. Vergebens. Keine ihrer Schwangerschaften hatte länger als drei Monate gedauert. Und mit jeder Enttäuschung wurde sein Benehmen ihr gegenüber distanzierter. Zwei Jahre ging das so. Bis endgültig feststand, dass Jeanne niemals ein Kind bekommen würde.

Von diesem Tag an verlor Richard jedes Interesse an ihr. Er verbrachte immer mehr Zeit außer Haus, ohne sie vorher von seiner Abwesenheit zu informieren. Anfangs litt Jeanne derart unter dem Benehmen ihres Mannes, dass sie zwei Suizidversuche unternahm. Richard schien das nicht zu rühren. Doch mit der Zeit gewöhnte sie sich an seine Gleichgültigkeit. Nur ein Gedanke jagte ihr panische Angst ein: dass er sie verlassen könnte. Denn das bedeutete den Verzicht auf das luxuriöse Leben, an das sie nun gewöhnt war. Der Gedanke, wieder im Elend zu landen, stürzte sie in einen Abgrund.

Doch Richard änderte nichts an ihrem Lebensstil. Er besuchte mit seiner Frau weiterhin Bälle und Empfänge, denn es lag ihm viel daran, nach wie vor als perfekter Ehemann dazustehen. Als Reaktion darauf begann Jeanne ihn in dem Maße zu hassen, wie sie ihn früher geliebt hatte.

Die Bedingungen dieses Handels waren festgelegt: Er bot ihr den gewohnten Luxus, auf den sie nicht mehr verzichten konnte, solange sie die glückliche Ehefrau mimte. Dafür gab es einen ebenso einfachen wie erschreckenden Grund: Richard war derart vom Ehrgeiz besessen, dass er um jeden Preis Karriere machen wollte; und diese Karriere durfte durch keinen Flecken auf seiner strahlend weißen Weste getrübt werden. Denn getreu seinen Prinzipien ließ sich ein Politiker nicht scheiden.

»… und deshalb haben wir uns für eine Tapete entschieden, deren Muster seltsamerweise einem englischen Stoff gleicht, der uns damals so gefallen hat.«

Jeanne stimmte höflich lächelnd zu und kehrte wieder in die Gegenwart zurück, ohne näher zu ergründen, warum Madame Lavallant über ihre Tapeten sprach. Erst jetzt entspannte sie sich langsam und genoss den luxuriösen Rahmen, der ihr zum Lebensinhalt geworden war. Sie nahm im Vorbeigehen ein Glas Champagner, das einer der Bediensteten auf einem Tablett anbot, und trank voller Genuss einen Schluck.

So schmeckte das Leben, das ihr von Geburt an zugedacht war. Jeanne hatte nie den geringsten Zweifel daran gehegt, dass dieser Überfluss, in dem sie seit Jahren schwelgte, ihr zustand und somit etwas völlig Natürliches war, etwas, auf das sie durch göttlichen Beschluss ein Anrecht hatte; und sie neigte sogar zu der

Ansicht, dass Richard nur auf die Erde geschickt worden war, den ihr zustehenden Luxus zu garantieren, den sie nun einmal zum Leben brauchte. Moralische Bedenken oder gar Gewissensbisse, die sie früher von Zeit zu Zeit überfielen, waren deshalb kaum noch von Bedeutung …

Armut erfüllte sie mit Entsetzen; ebensolchen Abscheu empfand sie vor jenen Menschen, die ihr Elend wie ein Banner vor sich hertrugen und die von der Manie besessen schienen, ihr Unglück in die Welt hinauszuschreien. Sah sich Jeanne einmal zufällig die Nachrichten im Fernsehen an, war sie über die Unverschämtheit dieser Leute empört, mit der sie ihre Misere öffentlich zur Schau stellten.

Dieses Benehmen erinnerte sie zu sehr an das Gesicht ihrer Mutter, die nie gelächelt hatte, sondern früh gealtert, unter der täglichen Last gebeugt, ein Bild des Jammers gewesen war. Ihre Mutter hatte nie normal geredet, sondern nur geklagt. Unzählige Male hatte Jeannes Mutter in aller Öffentlichkeit ihrer Tochter die Schuld an ihrem Elend gegeben; und Jeanne wäre dann jedes Mal am liebsten vor Scham im Boden versunken.

Aus diesem Grund hatte sie nie eine Freundin gehabt. Denn in dieser tristen Atmosphäre hatte sich niemand wohl gefühlt. Und wenn andere Eltern ihre Mutter einmal kennen gelernt hatten, brachen sie sogleich den Kontakt wieder ab. Niemand wollte mit dieser Textilarbeiterin, die seit Jeannes Geburt allein lebte, etwas zu tun haben, da sie deprimierend auf andere Menschen wirkte: Ständig stimmte sie lange Tiraden über ihre desolate Lage an: dass ihr Mann sie aus Enttäuschung, dass sie keinen Sohn geboren hatte noch am Tag der Geburt verlassen habe und dass sie sich deshalb aus blanker Not habe prostituieren müssen. Allein um ihr kleines Mädchen nicht verhungern zu lassen. Doch dass sie ihrer Tochter deshalb nicht böse sei.

Immer wenn ihre Mutter an diesem Punkt ihrer Klage angekommen war, wusste Jeanne, dass sie von diesen Leuten nie wieder eingeladen würden.

»Jeanne, Schätzchen! Bist du schon lange hier? Tut mir Leid, dass ich zu spät komme, aber Robert musste noch im Büro vorbeifahren, weil er irgendwelche Unterlagen brauchte …«

Edwige Beaulieu, die beste Freundin und Komplizin Jeannes, stürmte mit weit ausholenden Schritten auf sie zu. Mit den Armen rudernd und eine Wolke von Chanel Nr. 5 um sich verbreitend, erweckte sie den Eindruck, als wolle sie den Gästen gleich die Mitteilung machen, es habe sich eine Katastrophe von globaler Bedeutung ereignet.

Jeanne stieß beim Anblick ihrer Freundin einen Seufzer der Erleichterung aus.

»Ach, wie ich mich freue, dich zu sehen«, flüsterte sie in Edwiges Ohr, als sich die beiden auf die Wange küssten.

Edwige war eine stattliche, etwa fünfzigjährige Frau, ziemlich exzentrisch, aber geistreich und großzügig.

An jenem Abend trug sie über weit geschnittenen grauen Flanellhosen einen Kasack aus fuchsienroter Seide, unter dem die schwarze Spitze ihrer Dessous hervorschauten. Ihren üppigen Busen schmückte ein ebenso üppiges Kollier, dessen mittlerer Stein – ein geschliffener Rubin – zwischen ihren Brüsten verschwand. Ein locker geschlungener Knoten thronte auf ihrem Haupt und drohte jeden Moment in sich zusammenzustürzen. Mit geübtem Blick musterte sie ihre Umgebung und griff nach dem angebotenen Glas Champagner.

»Wen haben wir denn alles? Na ja, wie ich sehe, ist der gesamte Hühnerhof mit Anverwandten mal wieder vollständig versammelt!«, stellte sie mit lauter Stimme fest.

»Sprich leiser! Jedermann kann dich hören.«

»Ach wo! Die sind doch alle so mit Schnattern, Schnäbeln und Picken beschäftigt, dass sie gar keine Zeit haben, sich für mich zu interessieren. Schau doch mal da drüben, die beiden alten Eulen, die dem alten Raben Vorträge halten. Und alle diese Schnepfen und Täubchen, die sich vor den kleinen Kampfhähnen produzieren!«

»Du redest wie ein Marktweib«, schalt Jeanne ihre Freundin augenzwinkernd.

»Ist das denn nicht viel lustiger?«, antwortete Edwige und lachte so laut, dass die Umstehenden abrupt schwiegen.

Jeanne und Edwige hatten sich vor ein paar Jahren

durch ihre Ehemänner kennen gelernt, die damals als Sekretäre im Finanzministerium arbeiteten. Da ihre Männer in beruflicher Hinsicht nicht davon profitieren konnten, hatten sie den Kontakt nicht weiter gepflegt, im Gegensatz zu ihren Frauen, die sich gegenseitig schätzten.

Edwige gefiel Jeannes Naivität, die Fähigkeit ihrer Freundin, noch an Märchen zu glauben, und das trotz der schlechten Erfahrungen, die sie im Leben gemacht hatte. Sie vermutete, dass Jeanne insgeheim noch immer hoffte, ihre Ehe würde eines Tages wieder zu dem werden, was sie einmal gewesen war, was Jeanne vehement abstritt. Doch Edwige wies sie immer wieder darauf hin, dass ihre Reaktionen keineswegs die einer Frau seien, die ihren Mann hasst.

Jeanne hingegen bewunderte an Edwige deren Offenheit und die Kühnheit, mit der sie aussprach, was andere Leute nur dachten. Da Edwige von Anfang an zu diesen illustren Kreisen gehört hatte, kannte sie die Schwächen der »feinen« Leute genau, und da sie über eigenes Vermögen verfügte, konnte sie sich die Kritik erlauben. Aber dass Edwige bei dieser Kritik überdies die quasi sakrosankten Regeln dieser Gesellschaft missachtete, fand Jeanne noch bewundernswerter. Denn so konnte sich sich wenigstens in Edwiges Gesellschaft manchmal gehen lassen, was Edwige wiederum zum Lachen brachte.

Die beiden Frauen hatten es sich zur Gewohnheit gemacht, sich jeden Donnerstagnachmittag im andalusischen Salon von Edwige zu treffen. Dort erzählten sie einander, wie sie die Woche verbracht, was sie erlebt hatten oder welche Sorgen sie quälten. Natürlich klatschten sie auch. Jeanne liebte diese Treffen, denn dann konnte sie ihre Maske fallen lassen. Dann hatte sie nicht mehr das Gefühl, sich vollständig verkauft zu haben.

»Richard glaubt, mich gekauft zu haben, so wie er sich einen Maßanzug kauft«, hatte sie einmal voller Groll Edwige anvertraut. »Ich bin nichts anderes als ein Bestandteil seiner Ausrüstung eines perfekten Politikers, so wie sein Laptop, das Handy oder der Stapel Akten auf seinem Schreibtisch.«

»Die meisten Männer bringen ihren Frauen nach ein paar Jahren Ehe kein Interesse mehr entgegen«, hatte Edwige achselzuckend geantwortet. »Vor allem, wenn sie älter als vierzig sind! Das ist völlig normal, Schätzchen. Ein Mann mit vierzig ist verführerisch, steht im Zenit der Macht, während eine Frau dann meistens nur noch von ihren Erinnerungen lebt. Sieh dir mal Robert Mitchum an! Erst mit vierzig war er zum Anbeißen. Während Veronica Lake nur Filme gedreht hat, als sie um die zwanzig war.«

Edwige liebte das Kino, vor allem die alten Schwarzweiß-Filme und besaß eine Sammlung alter und berühmter Filme, die jeder Cinemathek Ehre gemacht hätte. Eines ihrer Hauptvergnügen bestand darin, sich stundenlang in ihrem Privatkino einzuschließen und sich eines oder mehrere dieser Meisterwerke anzusehen.

Robert Mitchum war ihr Lieblingsschauspieler; sie hielt ihn für den größten Darsteller aller Zeiten, und sein Tod hatte sie zutiefst betrübt. Nachdem sie davon erfahren hatte, hatte sie sich eine Woche lang seine bedeutendsten Filme in ihrem Studio angesehen, vor allem *Die Nacht des Jägers*, dessen Dialoge sie nahezu auswendig konnte, und *Goldenes Gift*. In diesem Film fand sie ihren Helden besonders attraktiv.

»Wo treibt sich denn dein scheinheiliger Ehemann rum? Hat er sich bereits zur Eroberung der Europäischen Union aufgemacht?«, fragte Edwige.

»Mit deiner Vermutung könntest du Recht haben«, antwortete Jeanne mit einem höhnischen Lächeln. »Wahrscheinlich taucht er erst wieder auf, wenn er mich braucht.«

»Ihr beide seid schlimmer als Grace Kelly und Steward Granger in Hitchcocks *Fenster zum Hof*.«

»Ich weiß zwar nicht, wovon du sprichst, aber solange du mich nicht mit Alice Sapritch vergleichst ...«

Jeanne leerte ihr Champagnerglas; demonstrativ warf sie den Kopf zurück. Als sie wieder geradeaus blickte, sah sie Richard resolut auf sich zugehen.

»O weh! Da ist er ja, Steward Lagrange«, murmelte sie und hickste leise.

»Granger, Schätzchen! Steward Granger ist auch einer dieser Hollywood-Größen der fünfziger Jahre, wenn auch längst nicht so verführerisch wie Robert Mitchum.«

Ohne Edwige auch nur eines Blick zu würdigen,

pflanzte sich Richard vor seiner Frau auf, packte sie am Arm und führte sie schweigend davon. Jeanne ließ es mit sich geschehen. In der Mitte des Saals, wo bereits andere Paare tanzten, umfasste Richard Jeannes Taille, und die beiden bewegten sich rhythmisch zu den Klängen der schmachtenden Melodie.

»Du musst mich ganz fest an dich pressen. Ich liebe das«, sagte Jeanne voller Sarkasmus leise zu ihrem Mann.

»Lächle, das ist alles, was ich von dir verlange!«

Automatisch setzte Jeanne ihr einstudiertes Lächeln auf und schmiegte sich auf theatralische Weise an ihn.

Richard seufzte ärgerlich und stellte die für ihn nötige körperliche Distanz wieder her.

Jeanne spürte seinen Atem auf ihrem Nacken, was sie leicht erschaudern ließ und zusätzlich irritierte. Ohne sich anzusehen, tanzten sie schweigend weiter, während Jeanne die anderen Paare beobachtete.

Ein gut aussehender junger Mann hielt zärtlich eine schöne junge rothaarige Frau in den Armen. Sie gab sich ihm hin und hatte den Kopf an seine Schulter gelegt. Ihr Tanz war so harmonisch, dass sie sich wie aus einem Guss bewegten.

Jeanne verspürte einen Stich, als sie daran dachte, dass sich dieses Liebespaar in ein paar Jahren vielleicht mit derselben Intensität hassen würde, wie es sich heute zugetan war. Sie wandte den Blick ab, weil ihr das Glück der beiden unerträglich erschien, und entdeckte die beiden alten Eulen, auf die Edwige sie vorhin aufmerksam gemacht hatte.

Die alten Damen saßen auf einem Louis XVI-Kanapee und musterten die Gäste gnadenlos, wobei sie Kommentare über die einzelnen Personen abgaben. Jeanne merkte bald, dass auch sie nicht den Späherblicken der Klatschbasen entging, und legte instinktiv den Kopf an Richards Schulter.

»Was soll dieses Theater?«, murmelte er leise und zwang sie durch eine brüske Bewegung, ihren Kopf wieder gerade zu halten. Auf andere hatte diese Geste sicherlich völlig unauffällig gewirkt, so geschickt war Richard in seinen Manipulationen.

Jeanne wollte antworten, aber in diesem Augenblick war der Tanz zu Ende, und die Leute zerstreuten sich.

Richard begleitete seine Frau zum Büfett. Und während sie durch die Menge gingen, wurden sie von einem Blitzlicht geblendet. Ein Foto jenes glücklichen Ehepaars, das sie in den Augen der Welt waren, war entstanden. Der Fotograf dankte ihnen höflich, ehe er auf der Suche nach neuen Motiven wieder verschwand. Als die beiden vor dem Büfett angekommen waren, ließ Richard Jeanne ohne ein weiteres Wort stehen.

»Kennen Sie diesen gut aussehenden Mann – ein exzellenter Tänzer, muss ich sagen –, der mit der blonden Dame getanzt hat?«, fragte eine der alten Klatschbasen ihre Nachbarin.

»Er heißt Richard Tavier. Ein mächtiger Mann, der sowohl Ambitionen in der Politik als auch in der Diplomatie hegt, wie ich mir habe sagen lassen. Seine

Begleiterin kenne ich nicht, ich nehme an, es handelt sich um seine Frau.«

»Die beiden geben ein wirklich schönes Paar ab, finden Sie nicht, liebe Freundin?«

»Ja. Und so seriös.«

Im Leben eines jeden Menschen gibt es Momente – oder einen Moment –, wo es ohne sein Wissen eine ganz andere Richtung nimmt. Erst im Nachhinein wird einem dann bewusst, wie gravierend gewisse Ereignisse waren, denen man keine Bedeutung beigemessen hatte.

So erging es Jeanne an jenem Abend, als sie den Zahlenkode vor ihrem Anwesen eintippte. Noch wusste sie nicht, dass sie in existenzieller Hinsicht vor einem Abgrund stand. Als das Scheinwerferlicht der Limousine langsam in der Nacht verschwand, öffnete sie die schwere Tür der Toreinfahrt, die leise knarrend nachgab, und ging ins Haus.

Später würde sie einmal von ganzem Herzen wünschen, diesen Augenblick fixieren zu können – sich wünschen, eine auf ewig Gefangene dieses Moments zu sein, dessen wahre Bedeutung ihr erst Wochen später bewusst wurde. O ja! Sich wünschen, nicht mehr zu leben, denn das Leben wird unerträglich, wenn es sich gleich einem wilden unberechenbaren Strom den Weg in ein neues unbekanntes Meer sucht. Sie würde sich wünschen, zu schlafen – ganz ruhig zu schlafen.

Oder vielleicht – zu sterben.

zwei

Richard kehrte erst drei Tage später ins eheliche Domizil zurück. Noch nie war er länger als einen Tag fort gewesen, ohne wenigstens Garderobe zum Wechseln mitgenommen zu haben. Jeanne war zutiefst verstört und geriet noch mehr aus der Fassung, als sie nach etwa zehn Tagen eine merkliche Veränderung in seinem Benehmen registrierte.

Noch immer begegnete er ihr mit Gleichgültigkeit, doch wenn alltägliche kleine Probleme es einmal unumgänglich machten, dass er das Wort an sie richtete, spürte sie in seinen Reaktionen weniger Groll, Verachtung und Hass. Und vielleicht sogar Mitleid und Freundlichkeit. Jeanne wusste nicht, was sie davon halten sollte, aber sie deutete sein Verhalten als Waffenstillstand, den Richard ihr stillschweigend anbot. Also beschloss sie, darauf einzugehen und sich sogar darüber zu freuen.

Am folgenden Donnerstag, dem Tag ihres Jour fixe mit Edwige, erzählte sie ihrer Freundin ausführlich, welche Veränderung sie im Betragen ihres Mannes festgestellt hatte, während die beiden bei Bourbon und Havannas saßen.

Edwige hörte aufmerksam zu – sie war immer über alles informiert, was sich bei anderen Leuten zutrug –, als Jeanne ihr erklärte, dass Richard nun dieses ständigen Krieges müde sei und dass sie nun wohl beide bald Frieden schließen würden.

»Er benimmt sich, als könnte er wieder zu Hause leben«, erklärte Jeanne und befeuchtete ihre Zigarre sorgfältig mit Whisky. »Natürlich lieben wir uns nicht! Gott sei Dank! Aber unser Zusammenleben wird langsam … ich sage mal, erträglich. Ja, das ist das richtige Wort: Wir reden jetzt wieder wie zwei zivilisierte Menschen miteinander. Und nicht ich habe damit angefangen, das kannst du mir glauben! Nein, er hat vor ein paar Tagen damit angefangen, ohne ersichtlichen Grund … So als hätte er sich plötzlich wieder mit dem Leben versöhnt.«

»Mach's nicht so kompliziert, Schätzchen. Der Grund ist nahe liegend. Richard ist verliebt!«

Dann herrschte Schweigen. Jeanne hatte das Gefühl, es würde ihr das Herz zerreißen. Sie war derart schockiert, dass es ihr ein paar Sekunden den Atem verschlug. Nur mühsam gewann sie ihre Fassung zurück. Sie stieß ein bitteres Lachen aus und sah ihre Freundin fragend an.

»Du willst mir doch nicht erzählen, dass du nicht selbst bereits auf diesen Gedanken gekommen bist?«, sagte Edwige und musterte Jeanne neugierig. »Du meine Güte. Dieses Damoklesschwert hängt doch schon seit Jahren über dir! Ich wundere mich nur, dass diese Situation nicht bereits früher eingetreten ist.«

Jeanne hätte sich lieber eine Hand abgehackt, als Edwige Recht zu geben. Warum hatte sie das nicht gemerkt? Das Offensichtliche nicht gesehen? Sie wusste doch, dass Richard andere Frauen frequentierte, auch wenn sie davor die Augen verschloss. Hatte sie selbst nicht früher ein paar Abenteuer gehabt, flüchtige Begegnungen mit Männern, die ihr das Gefühl gegeben hatten, wirklich zu leben? Nur dass bei diesen Affären nie von Liebe die Rede gewesen war.

Schließlich antwortete sie mit säuerlichem Lächeln:

»Er hat sich verliebt. Ja … das ist gut möglich.«

»Du weißt doch hoffentlich, was das bedeutet?«, fragte Edwige mit unheilschwangerer Stimme.

»Dass er mit dieser Frau schläft«, antwortete Jeanne bedrückt.

Edwige lachte herablassend. »Er schläft schon seit Jahren mit anderen Frauen, Schätzchen! Das tut er, seit er dich nicht mehr anrührt. Das ist nicht das Problem. Ich möchte nur, dass du begreifst, in welcher Situation du jetzt bist. Denn sollte sich Richard wirklich in eine dieser Schnepfen verliebt haben, könnte er in Erwägung ziehen, euer kleines Arrangement zu kündigen und sich scheiden zu lassen.«

»Richard? Sich scheiden lassen?«, sagte sich Jeanne entrüstet, als hätte Edwige etwas völlig Absurdes verkündet. »Das tut er nie im Leben!«

Allmählich beruhigte sie sich wieder, fand die Hypothese ihrer Freundin aber noch immer undenkbar.

»Du kennst Richard nicht! Scheidung ist für ihn

gleich Niederlage. Und er fürchtet Niederlagen wie die Pest! Nein, nein … Wenn er sich hätte scheiden lassen wollen, hätte er das längst getan.«

Edwige sah ihre Freundin skeptisch an, während Jeanne hämisch lachte und betont lässig an ihrer Zigarre zog.

»Wenn du dich da nicht irrst, Jeanne!«, sagte sie dann ernst. Auch ihr Gesicht drückte Besorgnis aus. Und da sie ihre Freundin dieses Mal mit Vornamen und nicht dem ewigen »Schätzchen« angeredet hatte, wurde Jeanne – wachsam geworden – zugänglicher für die Argumente Edwiges.

»Wenn du dich da nicht irrst«, wiederholte sie, als ob sie den folgenden Worten mehr Gewicht verleihen wollte. »Richard ist der Karrieretyp par excellence, und er besteht nur aus Ehrgeiz und Opportunismus innerhalb seiner rigiden Prinzipien, aber er ist auch ein Mann. Was bedeutet, dass er unter bestimmten Umständen sogar bereit ist, an seinen hehren Grundfesten zu rütteln, die er bisher nicht in Frage gestellt hat. Und eine solche Situation könnte jetzt eingetreten sein: Eine Frau hat ihm den Kopf verdreht, und plötzlich ist die ganze Welt für ihn himmelblau; alles erscheint ihm in rosigem Licht … Kurzum, Männer in diesem Stadium neigen dazu, völlig auszurasten. Nichts zählt in ihrem Leben dann mehr als ein Lächeln ihrer Angebeteten. Sie sind zu allem bereit, um die Gunst dieser Dame zu erringen. Alles, was früher in ihrem Leben zählte, wird unbedeutender als ein Fliegenschiss. Glaub mir, Jeanne, sollte sich Richard wirklich in eine schöne junge Frau mit prallem Hintern und schönem Busen verliebt haben, fürchte ich um deinen Status als seine Frau.«

Jeanne war blass geworden. Sie hatte den Kopf gesenkt und schien finsteren Gedanken nachzuhängen. Sie sah sich in einem schäbigen kleinen Zimmer in einem Elendsviertel, mit ungepflegten, ergrauenden, strähnigen Haaren, und aus Not jeden Morgen in aller Frühe aufstehen zu müssen, um wenigstens das Nötigste zum Leben zu verdienen …

»Ich lasse mich nicht scheiden«, murmelte sie. »Außerdem müsste Richard mir dann Unterhalt zahlen, einen Unterhalt, der seinen Vermögensverhältnissen angemessen ist …«

»Was denn für einen Unterhalt?«, höhnte Edwige. »Ihr habt keine Kinder! Und was deine Weigerung betrifft, dich scheiden zu lassen, das kannst du vergessen. Richard kann sich die besten Anwälte leisten. Nein, Schätzchen! Dir bleibt nichts, als zum lieben Gott zu beten, dass Richard dich einigermaßen anständig versorgt. Und das solltest du ohne dagegen anzugehen akzeptieren.«

Jeanne glaubte, ersticken zu müssen. Die angenehme Temperatur des Salons kam ihr plötzlich unerträglich vor. Geistesabwesend drückte sie ihre kaum gerauchte Havanna im Aschenbecher aus und verabschiedete sich von Edwige.

Als Jeanne nach Hause zurückkehrte, erschien ihr die weiträumige Villa seltsam fremd, so als gehörte sie plötzlich nicht mehr dorthin. Lange stand sie mitten im Salon und betrachtete jedes Möbelstück und jedes Objekt in dem großen, nüchtern eingerichteten Raum. Erst jetzt wurde ihr bewusst, dass sie weder die Möbel noch die Tapeten oder Vorhänge ausgesucht hatte, dass dieses Universum, in dem sie bereits seit vielen Jahren lebte, nichts von ihrer Persönlichkeit widerspiegelte. Nie hatte sie sich um die Pflege des alten Parketts gekümmert, nie hatte sie das Arrangement der Nippesfiguren auf dem Kaminsims verändert …

Jeanne hatte das Gefühl, die kleine Tänzerin, die ein imaginäres Publikum zu grüßen schien, und die zierliche, kleine Porzellanuhr – Gegenstände, die ihr seit langem vertraut waren – zum ersten Mal zu sehen. Schwere, grüngold gepaspelte Vorhänge umrahmten die hohen Fenster. Jeanne fand sie hässlich und altmodisch und konnte sich des Gedankens nicht erwehren, dass eine alte Frau sie ausgesucht haben musste. An der rechten Wand hing ein Ölgemälde in düsteren Farben – eine Jagdszene, auf der drei Hunde ihre gebleckten Zähne in den Hals einer sterbenden Hirschkuh gruben. Hinter den Tieren bliesen zwei rotberockte Jäger das Halali.

Ihr schauderte vor Entsetzen (fast glaubte sie, die Reißzähne der Hunde in ihrem Hals zu spüren) und ihr Blick wanderte intuitiv zu der gegenüberliegenden Wand. Dort stand eine hübsche, mit Zierleisten versehene Kommode mit einer Jugendstillampe darauf. Beides bildete einen seltsamen Kontrast zur übrigen Einrichtung. Jeanne erinnerte sich vage, dass es sich bei dieser Lampe um ein Geschenk gehandelt hatte. Zu welcher Gelegenheit? Es wollte ihr nicht einfallen.

»Dir gehört hier gar nichts«, flüsterte ihr eine böse Stimme ins Ohr. *»Denn du hast dir widerrechtlich eine gesellschaftliche Stellung angeeignet, die dir nicht zukommt.«*

Da ging Jeanne entschlossen auf die Kommode zu und umfasste den Griff einer der Schubladen. Doch ehe sie sie öffnete – und vielleicht auch, weil sie sich prüfen wollte –, versuchte sie sich zu erinnern, was die Schublade enthielt. Jeanne öffnete sie sie mit einer abrupten Bewegung. Vergebens! Was sie sah, empfand sie wie eine Ohrfeige. Die Schublade war leer, völlig leer. Auch alle anderen Schubladen waren leer.

Sie drehte sich um und musterte einen Geschirrschrank, der in einer Ecke, direkt neben dem Fenster stand. Als sie die Schranktüren aufriss, gähnte auch hier die Leere sie an. Das Nichts. In allen Möbeln dieses Raums befand sich nichts! Nicht der geringste Gegenstand des täglichen Bedarfs.

Ein trockenes Schluchzen stieg ihr in die Kehle, und sie glaubte, gleich weinen zu müssen. Fast war sie darüber erleichtert, denn sie hatte schon lange keine Tränen mehr vergossen. Aber dieses Gefühl der Trauer ging so schnell, wie es gekommen war, sodass sie keine Zeit zum Weinen hatte.

Der Gedanke, dass eine andere Frau das Herz ihres

Mannes schneller schlagen ließ, schien ihr fast absurd. Sie versuchte sich zu erinnern, wie Richard gewesen war, als er sie geliebt hatte, nur um zu wissen, was diese Fremde irgendwo hier in dieser Stadt in diesem Moment empfand.

Und plötzlich sah sie vor ihrem geistigen Auge eine Vielzahl verschiedenster, nicht zueinander passender Bilder. Sie strömten mit einer solchen Geschwindigkeit auf sie ein, dass sie außerstande war, diese Visionen zu kontrollieren. Es war, als hätten sie zu lange in ihrem Unterbewusstsein geruht und würden nun alle auf einmal explosionsartig an die Oberfläche drängen und in ihr Bewusstsein dringen.

Aber diese Bilder ergaben keinen Sinn; Jeanne schien es, als gehörten sie zu den Erinnerungen eines anderen Menschen. Sie glichen flüchtigen Zeichnungen oder verblichenen Fotos, die nicht mit Bildtexten versehen waren und die man nur oberflächlich betrachtet, weil man die Menschen darauf nicht kennt.

Doch plötzlich erkannte sie inmitten dieser eigenartigen Bilder Richard, jung und charmant: Lächelnd reichte er ihr die Hand. Gleich einem zuckenden Blitzlicht brannte es sich in ihre Netzhaut ein. Und Jeanne klammerte sich mit aller Macht an dieses eine Bild. Sie versuchte, es in ihrem Geist festzuhalten, um sich daran zu erinnern, wie es entstanden war.

Sein Blick besaß die Intensität einer leuchtenden Flamme, etwas, das sie seit Jahren nicht mehr gesehen und dessen Existenz sie beinahe vergessen hatte. Der

Hintergrund war verschwommen, aber bald erkannte sie Venedig mit seinen Gondeln und seine alten, vom Wasser angegriffenen Palazzi. Ja, sie hörte sogar, wie das Wasser des Kanals an die Mauern schlug, und sie glaubte, Richards Stimme ganz deutlich zu hören.

Er streckte ihr die Hand hin und zog sie mit einer geschmeidigen Bewegung zärtlich an sich, fast wie im Tanz. Langsam beugte er sich über sie, und sie schmolz unter seinem leidenschaftlichen Kuss dahin … Jeanne geriet innerlich aus der Fassung.

»*Na, na!*«, höhnte die böse Stimme in ihrem Kopf. »*Das ist nichts weiter als das billige Klischee eines Groschenromans! Und phantasielos zudem! Bist du dir überhaupt sicher, jemals mit Richard in Venedig gewesen zu sein?*«

Jeanne schüttelte den Kopf, um diese unerträgliche Stimme zu verjagen. Natürlich war sie mit Richard nach Venedig gereist, nur ein paar Wochen nachdem sie sich kennen gelernt hatten. Aus welchem Anlass? Natürlich, die Reise war ein Geschenk von Richard gewesen, er wollte, dass sie die schönsten Städte dieser Welt entdeckte … Oder hatten sie die Stadt anlässlich einer seiner Geschäftsreisen besucht? Sie sah sich wieder mit ihrem knabenhaften Haarschnitt. Gleich darauf hatte sie beschlossen, es wieder wachsen zu lassen.

Jeanne versuchte, die Szene im Augenblick des Kusses wieder aufleben zu lassen… Sie sah, wie Richard ihr die Hand reichte – und ihr Herz fing an so schnell zu schlagen, als wäre das Geschehen real. Sie saßen nebeneinander in einer Gondel – und die Zeit blieb stehen und die Ewigkeit breitete sich so weit sie sehen konnte vor ihnen aus. Richard war ihr Geliebter, er umarmte sie leidenschaftlich und bedeckte sie mit Küssen. Er flüsterte ihr heiße Liebesschwüre ins Ohr, versprach ihr ewige Liebe. Und sie, sie erwiderte seine Küsse, überglücklich, lachte liebestrunken …

Und dann war er mit ihr zum Markusplatz gegangen, und bei einem Cappuccino auf der Terrasse eines Cafés hatte er ihr einen Ring über den Finger gestreift. Einen Verlobungsring, Jeanne konnte sich gut daran erinnern. Er hatte sich vor sie hingekniet – in aller Öffentlichkeit – und hatte sie gebeten, seine Frau zu werden. Als sie seinen Antrag annahm, hatten alle Gäste applaudiert und der Kaffeehausbesitzer hatte sie zum Champagner eingeladen.

Das alles war noch viel schöner gewesen als in ihren kühnsten Träumen, und nie war sie glücklicher als in jenem Augenblick. Sie erinnerte sich, in einer Aufwallung von Dankbarkeit die Augen gen Himmel gehoben zu haben, um sich Gott für so viel Glück erkenntlich zu zeigen.

Richard hatte den Blick nicht von ihr wenden können und sie dann schweigend ins Hotel gebracht, wo sie sich zwei Tage lang in ihr Zimmer eingeschlossen hatten.

Oh, wie gut erinnerte sich Jeanne an diesen wie verzauberten Aufenthalt in Venedig, und Richard musste sich auch daran erinnern. Es war unmöglich, dass er diese Momente – trotz allem, was später geschehen war – vergessen hatte.

Mit einem bedauernden Seufzen verbannte Jeanne die Bilder aus ihrem Kopf und versuchte, sich andere Augenblicke ihrer leidenschaftlichen Liebe vorzustellen. Doch ihre Gedanken schweiften ab, wurden wirr und unscharf wie ein Videofilm im Schnellgang. Um die Geschwindigkeit zu verringern, presste sie die Hände an die Schläfen. Da schwankte der Boden unter ihr, und ein starkes Gefühl erwachte in ihr. Sie öffnete die Augen und stieß einen gellenden langen Schrei aus, eine herzerweichende Klage, die in einem befreienden Schluchzen endete, so als hätte sie sich endlich von einem Halseisen befreit, das ihr viel zu lange die Kehle zugeschnürt hatte.

In ihrem Schlafzimmer versuchte Jeanne, ihre Lage zu analysieren. Gab es einen Beweis dafür, dass sich Richard in eine andere Frau verliebt hatte? Zwar hatte Edwige diese Frage entschieden bejaht, doch gründete sich ihr Urteil allein auf Jeannes Bericht und bildete somit ihre subjektive Meinung, ohne jeden konkreten Hinweis. Die mit Desinteresse gepaarte Gleichgültigkeit ihres Mannes konnte auch andere Gründe haben: ein profitabler Geschäftsabschluss, eine Beförderung, ein ausgeschalteter Rivale oder vielleicht sogar der Wunsch, in ihr die Frau wieder zu finden, die sie einmal in seinen Augen gewesen war. Warum eigentlich nicht. Früher einmal hatten sie sich leidenschaftlich geliebt; und eine solche Leidenschaft hinterließ Spuren, selbst bei Richard. Auch wenn er glaubte, sie vergessen zu haben.

Doch Jeanne, sie, sie hatte diese Amour fou nicht vergessen. Die Erinnerung daran war da, ganz frisch und jederzeit bereit, vor ihrem inneren Augen wie ein Film abgespult zu werden.

Trotzdem zögerte sie, zögerte unbewusst, die wirren und komplexen Gefühle, die sie heimsuchten, zu analysieren. Denn sie spürte, dass etwas in ihr erwachte, etwas, das lange in ihr geschlummert hatte.

Und als sie sich im Spiegel betrachtete, entdeckte sie in ihren dunklen Augen ein Glühen, dessen Existenz sie fast vergessen hatte.

Erst nach einer Woche fand Jeanne die Gelegenheit, mit Richard zu sprechen. Sie spürte, dass die Zeit zum Handeln gekommen war, auch wenn sie nicht wusste, wie sie das Thema ansprechen sollte, noch ob sie es überhaupt ansprechen wollte.

An jenem Abend im April, drei Wochen nach der Hochzeit der jungen Gräfin, saß sie müßig vor dem Fernsehgerät und Richard kam früher als gewöhnlich nach Hause. Nachdem er in der Küche eine Scheibe kalten Braten gegessen hatte, kam er in den Salon und setzte sich neben sie. Es war Freitag, und die Programme wie üblich an jenen Abenden niveaulos, doch Jeanne schien das nicht zu merken.

Richard hatte seine Krawatte gelockert, und die Bartstoppeln verliehen ihm jenes Aussehen, das sie so liebte: das eines Mannes, der nach einer anstrengenden Woche erschöpft ist, aber trotzdem ungebrochene Kraft und Vitalität ausstrahlt.

»*Zwar würdest du es dir nie eingestehen, aber du würdest alles darum geben, wenn er dich gleich hier, auf dem Sofa nimmt*«, sagte die böse, kleine Stimme.

Jeanne beobachtete ihren Mann aus den Augenwinkeln, und sie fand ihn noch immer schön. Liebevoll wanderte ihr Blick zu seiner dicht behaarten Brust, und sie hätte so gern den Duft seiner Haut gerochen. Dann atmete sie tief ein, weil sie die Bilder in ihrem Kopf verscheuchen wollte, die sie aufs Neue bestürmten. Aber es nützte nichts. Sie betrachtete Richards kräftige Hände, was ein heftiges Verlangen in ihr auslöste. Sie brannte vor Sehnsucht, diese Hände auf ihrem Körper zu spüren, sich von diesen Händen ausziehen zu lassen, sich von diesen Händen überall streicheln zu lassen, damit sie endlich wieder jene Lust verspürte, die sie so lange entbehrt hatte. Sie verschränkte die Beine, als könnte Richard dieses überwältigende Verlangen in ihr spüren.

»Hast du schon gegessen?«, fragte sie in einem Ton, der – wie sie hoffte – indifferent klang.

»Ja, vorhin.«

Den Blick auf den Bildschirm gerichtet, wo sich gerade drei Tänzerinnen zu den Klängen eines Pop-Songs verrenkten, wirkte Richard völlig entspannt.

Durch diesen banalen Dialog ermutigt, fuhr Jeanne mit monotoner Stimme fort:

»Ich habe noch etwas Kuchen. Möchtest du ihn?«

»Wieso denn das plötzlich?«, fragte Richard halb erstaunt, halb spöttisch. »Würdest du ihn mir bringen?«

»Warum nicht?«, antwortete Jeanne freundlicher. Sie wagte ein Lächeln.

Doch Richard zuckte mit den Schultern und schüttelte den Kopf.

»Hör mit dem Theater auf, Jeanne. Das passt nicht zu dir.«

Eine kalte Dusche. Jeanne schalt sich insgeheim, glaubte aber trotzdem auf dem richtigen Weg zu sein. Zwar hatte Richard ihr eine Abfuhr erteilt, aber nicht so hasserfüllt wie sonst. Sie versank etwas tiefer im Sofa, gab sich aber noch nicht geschlagen.

»Warum sollte das nicht mehr zu mir passen?«, wagte sie nach einer Weile zu sagen, wobei sie das »mehr« betonte. »Kannst du mir erklären, warum wir jedes Mal streiten, wenn wir miteinander reden?«

Sie wartete auf eine Antwort, doch sie kam nicht.

»Ich habe diese ewigen Querelen satt, Richard. Warum … warum können wir nicht einfach wie zivilisierte Menschen miteinander umgehen? Wie zwei Erwachsene?«

Richard lachte laut. Ein höhnisches Lachen, das sie zutiefst verletzte. Eine Wunde, die sie vernarbt glaubte, hatte sich wieder geöffnet. Jetzt war sie auf der Hut, denn sie wusste, dass sie dieses Mal reinen Tisch machen musste, wenn sie nicht wieder jahrelang leiden wollte, so wie sie gelitten hatte, als sich Richard von ihr abwandte. Und dieses Leiden, hatte sie es nicht provoziert? Durch ihre Nachlässigkeit – oder ihre Schwäche?

Also flüsterte sie kaum hörbar: »Hast du wirklich alles vergessen?«

»Was soll ich denn vergessen haben, Herrgott noch mal?«

Er verlor die Geduld. Er stand abrupt auf und wollte gehen.

Aber Jeanne wollte ihn zurückhalten. Er durfte nicht gehen. Sie musste wissen, ob eine andere Frau ihren Platz eingenommen hatte. Deshalb stand auch sie auf und ging schnell hinter ihm her. Er aber drehte sich um und drohte ihr mit der geballten Faust. Jeanne wich zurück und warf ihm einen flehenden Blick zu.

»Edwige ist überzeugt, dass du eine andere Frau liebst.«

Erstaunt musterte Richard sie. Sie wirkte wie erstarrt. Schließlich ließ er den Arm fallen und lächelte sie spöttisch an.

»Edwige ist eine scharfsinnige Frau. Du kannst ihr dafür meine Glückwünsche übermitteln.«

Und mit diesen Worten machte er auf dem Absatz kehrt und ging weiter.

Jeanne brauchte ein paar Sekunden, ehe sie begriff. Dann riss sie sich zusammen und folgte ihrem Mann in die Eingangshalle. »Wohin gehst du?«, schrie sie, als könnte ihr Schrei ihn zurückhalten.

Doch statt das Haus zu verlassen, wie sie erwartet

hatte, ging Richard auf die imposante Marmortreppe zu und erklomm eilig die Stufen. Jeanne lief hinter ihm her und hatte ihn mit zwei Sätzen eingeholt.

»Du kannst doch nicht alles vergessen haben, Richard!«

Sie stieg ein paar Stufen höher hinauf, überholte ihn, stellte sich vor ihn hin und ließ ihn nicht an sich vorbei.

Richard blieb stehen und schnaubte ärgerlich. »Lass mich vorbei, Jeanne!«

»Nicht, ehe ich alles weiß. Ich habe ein Recht darauf, schließlich bin ich deine Frau.«

»Meine Frau?«, sagte Richard in spöttischem Ton und lachte verächtlich.

Jeanne glaubte sogar, Ekel herauszuhören, so wie er das Wort »Frau« ausgesprochen hatte. Sie klammerte sich ans Geländer, fest entschlossen, diese Position nicht aufzugeben. Sie überragte Richard, weil sie ein paar Stufen über ihm stand. Sie atmete tief ein und schloss kurz die Augen, als wollte sie Kraft sammeln.

»Jeanne, entweder du lässt mich jetzt vorbei, oder ich werfe dich übers Geländer!«, drohte Richard ihr in scharfem Ton.

»Venedig! Erinnerst du dich nicht an Venedig?«, fragte sie.

»Venedig?« Er schwieg einen Moment lang und sah sie ungläubig an. »Meine arme Jeanne! Du redest kompletten Unsinn!«

»Du wolltest, dass ich die schönste Stadt der Welt kennen lerne. Wir beide saßen eng aneinander geschmiegt in einer Gondel. Und auf dem Markusplatz hast du um meine Hand angehalten. Die Leute auf der Terrasse haben applaudiert, und dann sind wir ins Hotel gegangen und haben uns zwei Tage und Nächte geliebt. Das hast du doch nicht vergessen, Richard?«

Nach einem erneuten Schweigen, wo er sie aufmerksam musterte, brach er wieder in Lachen aus. Und den Bruchteil einer Sekunde glaubte sie, dass er aus vollem Herzen lachte, so als hätte er sie seit Beginn ihres Streits geneckt und als wollte er diesen Späßen jetzt ein Ende bereiten.

»Du erinnerst dich doch daran, nicht wahr?«, fragte sie hoffnungsvoll.

Aber Richard hörte abrupt mit dem Lachen auf und antwortete in eisigem Ton: »Wir sind nie zusammen nach Venedig gereist, Jeanne. Und jetzt verschwinde da!«

Er versuchte, sie beiseite zu stoßen, aber sie stemmte sich ihm mit aller Macht entgegen.

»Das stimmt nicht!«, schrie sie und umklammerte das Geländer noch fester. »Ich, ich kann mich doch daran erinnern! Der Kellner im Café hat uns Champagner gebracht, als ich versprochen habe, dich zu heiraten. Du hast um meine Hand angehalten, erinnerst du dich nicht?«

»Ich um deine Hand angehalten? Bist du verrückt geworden? Ich habe nie um deine Hand angehalten. Wir haben einen Handel abgeschlossen, einen Handel, der für beide Teile lukrativ war. Mehr hat es zwischen uns nie gegeben.«

Jeanne starrte Richard mit weit aufgerissenen Augen an.

»Einen lukrativen Handel? Was redest du da?«

»Arme Irre! Deine Wahnvorstellungen haben dir das Gehirn zerfressen. Geh zu einem Psychiater, sonst landest du noch in der Klapsmühle!«

Jeanne schüttelte heftig den Kopf. »Du lügst! Du lügst! Du lügst!«

Wieder machte Richard Anstalten, an ihr vorbeizugehen, doch sie schien plötzlich unglaubliche Kraft zu haben. Sie wich nicht von der Stelle. Am Ende seiner Geduld, fing er zu schreien an. »Als ich dich kennen lernte, hattest du nichts als einen schönen Arsch und ein passables Gesicht. Deshalb habe ich dich ausgesucht, aber empfunden habe ich nie etwas für dich. Ich habe dir einen Handel vorgeschlagen, und du hast ihn akzeptiert.«

Jeanne beobachtete Richard mit erloschenem Blick. Eine unendliche Müdigkeit zeichnete sich auf ihrem Gesicht ab.

»Was erzählst du mir da für eine Geschichte?«, fragte sie leise mit rauer Stimme.

Durch die Erschöpfung in ihrem Gesicht etwas aus der Fassung gebracht, senkte Richard instinktiv die Stimme. »Ich durfte die Hälfte des Erbes meines Vaters erst als verheirateter Mann antreten. Die zweite Hälfte würde ich nach der Geburt eines Sohnes bekommen.

Also habe ich dir vorgeschlagen, mein Leben im Luxus zu teilen und mir Söhne zu gebären. Du hast einen Vertrag unterschrieben, warst aber nicht einmal in der Lage, den zweiten Teil zu erfüllen. Während ich alle Bedingungen erfüllt habe, hast du mich getäuscht! Nichts in diesem Haus gehört dir! Also wäre es in deinem Interesse, dich nicht so aufzuführen. Und jetzt mach endlich den Weg frei, Jeanne!«

Jeanne ließ Richard nicht aus den Augen. Sie war verstummt, überrascht und erschöpft und konnte noch immer nicht glauben, was sie gerade gehört hatte.

Nach einer Weile entspannte sich Richard und seufzte resigniert. »Wie du willst.«

Er drehte sich um, wollte die Treppe hinuntergehen. Kehrte ihr den Rücken zu.

Jeanne fühlte sich verlassen. Es gab nichts mehr in ihrem Leben, an dem sie sich festhalten könnte. Alles entglitt ihr, und Richard wendete sich von ihr ab. Er ging, verließ sie aufs Neue. Sie wusste, dass sie entsetzlich leiden würde. In einer Minute würde sie allein sein und sich elend fühlen. Sie wusste, dass sie durch nichts diesen Schmerz lindern konnte.

Und sie ertrug ihn nicht mehr. Ein herzzerreißender Schrei stieg aus ihrem tiefsten Innern, aber er blieb in ihrer Kehle stecken. Sie öffnete den Mund – und schrie.

Richard hörte diesen entsetzlichen, animalischen Schrei, aber er hatte keine Zeit mehr, sich umzudrehen. Schon stürzte sie sich wie eine Furie auf ihn. Die eine

Hand am Geländer, krallte sie die andere in sein Haar und gab ihm einen heftigen Stoß.

Sie schaute zu, wie er die Treppe hinunterfiel.

Richard war auf der Stelle tot. Ohne zu leiden. Was Jeanne zutiefst bedauerte.

zweiter monat

»Jede Woche werden Sie neue Wunder entdecken,
die Ihr Baby vollbringt.
Seine Arme und seine Beine wachsen;
sein Gesicht bildet sich mit Mund, Augen und
Ohren aus.
Das Leben geht schnell voran.
Am Ende des zweiten Monats wird Ihr Baby wirklich wie ein
menschliches Baby aussehen.
Vergessen Sie nie, welch privilegierte Rolle Ihnen
zuteil wird,
denn Sie lassen neues Leben in sich entstehen.«

drei

»Richard ist gestürzt, und er ist tot. Richard ist gestürzt, und er ist tot. Richard ist gestürzt, und er ist tot …

Der kleine, schwarze Samthut mit Schleier lag auf dem Sessel. Jeanne stand vor dem großen Spiegel in ihrem Schlafzimmer und überprüfte ihren Gesichtsausdruck, während sie unablässig diesen Satz halblaut vor sich hin murmelte. Ihr schwarzes Kleid hob die Blässe ihres Teints und das Blond ihres Haars hervor. Behutsam strich sie mit der Spitze ihres Zeigefingers über die Lider. Ihre fast schwarzen, von Ringen umgebenen Augen verliehen ihrem Blick einen verzweifelten Ausdruck: den einer trauernden Witwe.

Perfekt. Sie spielte die Rolle der Untröstlichen perfekt. Sie hatte sich mit einem solchen Jubel schwarz gekleidet, dass es ihr manchmal sehr schwer fiel, ihre Freude zu verbergen. Mit einer geschmeidigen Bewegung nahm sie den Hut und setzte ihn langsam auf. Der Schleier verbarg ihre Augen und betonte ihren Mund, den sie absichtlich nicht geschminkt hatte. Sie sah aus, als hätte sie die ganze Nacht geweint. Sie trat einen Schritt zurück und bewunderte schweigend ihr Aussehen. Ihre schlanke Figur wirkte fast krankhaft, so als hätte sie durch ihren Kummer an Gewicht verloren.

»Arme Jeanne!«, flüsterte eine kleine, ihr noch unbekannte Stimme ins Ohr, deren Timbre sie bereits liebte. *»Du wirkst derart unglücklich und schwach, dass man weinen möchte.«*

Sie lächelte siegesgewiss, und dieses kleine Funkeln glomm in ihren Augen auf.

Seit fünf Tagen wurde sie nun bedauert, die Leute drückten ihr ihr Mitgefühl über dieses entsetzliche Unglück aus; und ihr Briefkasten konnte die vielen Kondolenzschreiben nicht mehr fassen. Wohlmeinende Bekannte hatten sie nach Italien, in die Schweiz, nach Spanien und sogar in die Vereinigten Staaten eingeladen, damit sie über ihren Verlust hinwegkäme oder mindestens um ihren Kummer zu lindern.

Niemand hatte auch nur eine Sekunde lang daran gezweifelt, dass es sich bei Richards Sturz nicht um einen Unfall handeln könnte. Wie können Sie so etwas nur denken? Ein so glückliches Paar! Beide waren einander sehr zugetan …

Mit einem verschwörerischen Zwinkern näherte Jeanne sich dem Spiegel.

Jetzt endlich war ihre große Stunde gekommen, die Stunde der Belohnung für jahrelange Demütigungen und Beleidigungen, für jahrelanges still erduldetes Leiden, für jahrelangen schwelenden Hass, ohne dass sie auch nur einmal gewagt hätte, sich aufzulehnen! Richard hatte ihre Schwächen schamlos ausgenutzt und ihr permanent gedroht, sie wieder ins Elend zu stoßen. Doch jetzt war er tot und sie Alleinerbin seines großen Vermögens.

Ironie des Schicksals: Vom Hochzeitstag an war sie nichts als eine Marionette in seinen Händen gewesen; er hatte sie benutzt, um seine ehrgeizigen Pläne zu realisieren, ohne sich jemals um ihre Bedürfnisse oder gar Gefühle zu kümmern. Eine Ewigkeit hatte sie die zärtliche und liebevolle Ehefrau gespielt, während er sie beschimpfte und mit seinem Hass verfolgte. Und sie, sie hatte ihn nur angelächelt, so als hätte er ihr Liebesworte ins Ohr geflüstert. Ohne zu klagen hatte sie seine Gleichgültigkeit und Treulosigkeit ertragen. Schlechter als ein Stück Vieh hatte er sie behandelt.

Doch manchmal schien er sich einsam gefühlt und ihre Nähe gesucht zu haben. Dann war er plötzlich zärtlich geworden. Und Jeanne war jedes Mal auf sein diabolisches Spiel hereingefallen, denn Richard hatte über jene seltene Gabe verfügt, immer aufrichtig zu erscheinen. Nie hatte sie diesem Mann widerstehen können, wenn er sich verletzlich gab, weil sie glaubte, in jenen Momenten sein wahres Wesen zu erkennen. Dann war er charmant, brachte sie zum Lachen und lud sie zum Essen in ein erlesenes Restaurant ein.

Und wenn sie dann wieder zu Hause waren, war er noch charmanter, und mit einem Mal auch zärtlich, und sie tat unweigerlich das, was sie geschworen hatte, nie wieder zu tun: Sie schlief mit ihm. Aber am nächsten Morgen war der Platz neben ihr im Bett leer, und sie frühstückte allein, wie immer.

Jeanne drehte sich einmal um die eigene Achse und überprüfte ein letzes Mal ihr Aussehen. Untadelig. Ohne den Blick von ihrem Spiegelbild zu wenden, zündete sie sich eine Zigarette an und stieß mit einer provozierenden Geste den Rauch aus – das Bild einer Frau, die sich anbietet und völlig frei ist.

Sie lächelte sich zu und glättete mit einer lasziven Bewegung den Stoff ihres Kleids über der Hüfte. Sie straffte die Schultern und knöpfte mit einem zufriedenen Seufzer ihre Bluse etwas weiter auf. Sie drückte ihre Zigarette aus und warf einen letzten trauerumflorten Blick in den Spiegel.

Sie war bereit.

Richards Beerdigung war ein prächtiges Ereignis. Ebenso prächtig war das Wetter, hatte es noch während der vergangenen Woche pausenlos geregnet. Bedeutende Männer hielten bedeutende Reden. Sie wurden von sehr eleganten Frauen begleitet, die tief betrübt wirkten. Alle Redner betonten, welch immenser Verlust sie getroffen habe, da der teure Verstorbene ein charismatischer Mann von außerordentlicher Intelligenz, Güte und Großzügigkeit gewesen sei.

Jeanne glaubte sich auf der falschen Beerdigung und musste innerlich lachen, auch wenn sie ihre Miene als tief trauernde Witwe beibehielt. Während der nicht enden wollenden Sermone musterte sie verstohlen die

Frauen unter den Anwesenden, weil sie herausfinden wollte, welche der Damen ein Verhältnis mit ihrem verblichenen Gatten gehabt haben könnte. Als Jeannes Blick nun von einer zur anderen wanderte, entdeckte sie am Hals einer schon älteren Dame eine Perlenkette. Richard hatte sie ihr vor ihrer Hochzeit geschenkt und sie hatte sie seit Jahren verloren geglaubt. Bei näherer Betrachtung jener Dame kam Jeanne jedoch zu dem Schluss, dass es sich bei ihr um eine ehemalige Geliebte handelte, die nun keine Gefahr mehr darstellte.

Schließlich blieb ihr Blick an einer jungen Frau hängen, die in einiger Entfernung inmitten einer Gruppe Gleichaltriger stand, eine hübsche Person mit halblangem, gelocktem rotem Haar und vielen Sommersprossen im Gesicht. Die Rothaarige schien aufrichtig um Richard zu trauern. Ihre grünen, großen Augen waren vom Weinen gerötet, und ihr Blick wirkte verloren.

Genau diesen Ausdruck hatte Jeanne vor dem Spiegel einstudieren wollen. Bei der Unbekannten wirkte er echt, etwas, das ihr trotz allen Bemühens nicht gelungen war.

»*Da! Das ist sie!*«, flüsterte ihr die neue Stimme ins Ohr. »*Das ist Richards Mätresse.*«

Obwohl Richard ihr gesagt hatte, er habe eine Geliebte, hielt Jeanne das für reine Hypothese. Er hatte das wahrscheinlich nur getan, um sie zu verletzen.

Wieder musterte sie die junge Rothaarige von Kopf bis Fuß und bekam einen Stich ins Herz. Denn ihre Intuition sagte ihr, dass Richard diesen verführerischen

Kurven und langen Beinen nicht hatte widerstehen können.

»*Rothaarige sind selten schön. Aber wenn sie schön sind, dann sind sie wirkliche Schönheiten*«, klang es ihr in den Ohren.

Und während Jeannes kritischer Blick über den perfekten Körper dieser jungen Frau wanderte und ihr Gesicht fixierte, erwiderte die Rothaarige zu Jeannes Erstaunen ihren Blick – und wie es ihr schien, sogar mit einem spöttischen Ausdruck in den Augen. Plötzlich war jede Trauer aus ihrem Gesicht verschwunden.

Irritiert wandte sich Jeanne ab, doch musste sie bald einem Impuls nachgeben, der stärker war als sie, und schaute wieder in diese grünen spöttischen Augen. Die Rothaarige fixierte Jeanne mit ihrem Blick, dann fing sie an, langsam mit den Hüften zu rotieren, während sie mit lasziven Bewegungen über ihren Bauch strich.

Jeanne war so fasziniert, dass sie einfach hinschauen musste. Jetzt öffnete die Rothaarige etwas den Mund und ließ die Zunge über die Unterlippe gleiten.

Von den Trauergästen schien niemandem das seltsame Gebaren der jungen Frau aufzufallen. Jeanne war wohl die Einzige, die in den Genuss dieses schockierenden Schauspiels kam.

Schnell schloss Jeanne die Augen, um nicht von diesem plötzlich in ihr aufwallendem Hassgefühl überwältigt zu werden. Als sie sie wieder öffnete, stand die Rothaarige – wieder ganz Trauernde – würdevoll am Grab.

Erleichtert, wenn auch etwas verwirrt, setzte Jeanne ihre Musterung der weiblichen Trauergäste fort. Eine Blondine – ein prachtvolles Weib in einem ebenso eng anliegenden wie kurzen Kostüm – kämpfte mit aller Macht gegen ihre Tränen an.

»Pass bloß auf, meine Schöne. Sonst verdirbst du dir noch dein perfektes Make-up«, murmelte Jeanne spöttisch.

Diese Frau besaß jene angeborene sinnliche Schönheit – ein voller Mund und herrliche Kurven –, von der jeder Mann träumt und nach der sich jeder Mann sehnt. Wer war sie? Wie hatte Richard sie kennen gelernt? Wie lange hatte er gebraucht, um sie in sein Bett zu kriegen? Hatte er sie befriedigt, oder hatte er sie nur benutzt, um seine sexuellen Bedürfnisse zu stillen? Sie schien zu jenen Frauen zu gehören, die bereit sind, jede auch noch so abwegige sexuelle Praktik in die Tat umzusetzen und auch noch Vergnügen daran zu finden.

Schnell verbannte Jeanne diese vulgären Phantasievorstellungen aus ihrem Kopf, denn sie wusste genau, dass sie fähig wäre, hier auf dem Friedhof etwas Ungehöriges zu tun, sollte sie länger ihren Gedanken freien Lauf lassen.

»Es kann dir doch egal sein, ob alle diese Frauen mit Richard geschlafen haben oder nicht«, hallte die kleine Stimme in ihrem Kopf beschwichtigend wider. *»Heute sind sie nichts anderes mehr als Statistinnen in einem Stück, das zu Ende ist. Sie sind Vergangenheit. Aus und vorbei. Allein du bist Richards Erbin.*

Alles andere zählt nicht mehr!« Jeanne beruhigte sich wieder und fand zu jener souveränen Haltung zurück, die sie brauchte, um diesen wichtigen Tag durchstehen zu können. Natürlich hatte das alles keine Bedeutung mehr, jetzt, da der gute Mann nicht mehr lebte. Und diese Frauen würden im stillen Kämmerlein weinen.

Die strahlende Sonne bildete einen seltsamen Kontrast zu den schwarz gekleideten Menschen, die sich sehr gerade hielten und den tröstenden Worten des Priesters aufmerksam zu lauschen schienen.

Jeanne stieß einen langen Seufzer der Erleichterung aus, den ihre Nachbarin zur Linken für ein Zeichen der Trauer und der Verzweiflung hielt. Also ergriff sie die Hand der Witwe und drückte sie mitfühlend.

»Ich weiß, wie Ihnen zumute ist«, flüsterte sie feierlich. »Denn ich selbst habe vor kurzem einen lieben Menschen verloren. Es gibt Wunden, die nur schwer heilen, und manchmal heilen sie überhaupt nicht. Sie brauchen viel Kraft und Mut, um diese schwere Prüfung zu bestehen. Doch ich möchte Ihnen sagen, dass Sie immer auf meine Freundschaft und meine Unterstützung zählen können.«

Jeanne drehte leicht den Kopf, weil sie wissen wollte, wer mit ihr gesprochen hatte. Sie erkannte Richards ehemalige Sekrektärin, die seit einem halben Jahr Rentnerin war. Nachdem sie der Frau in weinerlichem Ton für ihre tröstenden Worte gedankt hatte, entwand sie sich ihrem Griff und versuchte, sich wieder auf ihre Umgebung zu konzentrieren.

Die Menge der Trauernden geriet nun in Bewegung, und sie merkte, dass alle respektvoll auf sie warteten, bis sie bereit war, die Beileidsbezeugungen entgegenzunehmen.

Sie schritt würdig auf das Grab zu, in das der Sarg hinabgelassen wurde, und warf mit schmerzerfüllter Geste eine Hand voll Erde und eine rote Rose, die ihr einer der Bestatter gereicht hatte, in das dunkle Loch.

Als sie hoch aufgerichtet vor Richards Grab stand – eine schmale, tragische Gestalt –, konnte sie nicht umhin, einen letzten triumphierenden Blick auf den Sarg ihres Gatten zu werfen.

»Mein armer Richard! Jetzt endlich liegst du mir zu Füßen. Aber starr und steif wie ein Stock!«

Wieder schüttete sich Jeanne innerlich vor Lachen aus und bedauerte es, ihre treffenden Worte niemandem verkünden zu können. Sie suchte nach noch passenderen Worten, fand aber keine, die noch höhnischer und verächtlicher gewesen wären. Also gab sie sich mit diesem letzten Gruß an ihren teuren Gatten zufrieden.

Sie ging um das Grab herum und nahm etwas weiter davon entfernt eine Pose unerträglichen Kummers an. In diesem Moment setzte sich eine Krähe auf das Grabmal, neben dem Jeanne stand, und stieß ein spöttisches heiseres Krächzen aus.

Nun folgten die Beileidsbezeugungen. Sie schüttelte Hände, viele Hände, behandschuhte Hände, haarige Hände, blasse Hände, schlaffe Hände, feuchte Hände …

Die Schritte der Trauernden auf dem kiesbestreuten Weg und ihre gemurmelten Trostworte wurden für Jeanne zu einer monotonen, immer wiederkehrenden Litanei, nach deren Rhythmus sich eine Prozession aus lauter Gespenstern vorwärts bewegte. Sie sah die Menschen wie durch einen dichten Nebel und versuchte nicht einmal zu verstehen, was jeder Einzelne ihr zumurmelte. Und sie sah sie wie Phantome mit Ketten aneinander gefesselt, so wie früher Schwerverbrecher beim Hofgang aneinander gekettet wurden – mit gesenkten Blicken und gekrümmten Rücken schleichen.

Doch sie nickte und lächelte traurig, während sie das Siegesgeschrei unterdrückte, das ihr die Brust zu zerreißen drohte.

»Ja, sag mal, Schätzchen? Regelst du jetzt deine Probleme auf die radikale Art und Weise?«

Vor ihr stand Edwige: eine imposante Madonna, ganz in Schwarz. Sie beugte sich vor und tat so, als würde sie ihrer Freundin ihr tiefstes Mitgefühl ausdrücken.

Auf Jeanne wirkte die Bemerkung, als hätte sich der Nebel plötzlich in Nichts aufgelöst. Sie konnte wieder klar sehen. Trotzdem runzelte sie die Stirn und verzog den Mund – eine Mimik totalen Nichtbegreifens.

»Wovon redest du?«

»Mit mir doch nicht, Jeanne!«, gluckste Edwige und verdrehte die Augen gen Himmel. »Du meine Güte, ich hätte nie geglaubt, dass du einer solchen Tat fähig wärst. Und natürlich ist dir niemand auf die Schliche gekommen. Als hätte der arme Richard selbst das Seil geknüpft, an dem er sich aufgehängt hat.«

»Das ist das erste Mal, dass du ihn den ›armen Richard‹ nennst«, flüsterte Jeanne, noch immer mit tieftrauriger Miene. »Aber davon mal abgesehen, ich weiß wirklich nicht, wovon du redest.«

»Du kommst doch am Donnerstag?«, fragte Edwige in einem Ton, der Jeannes Nichterscheinen ausschloss. »Wir haben eine ganze Menge zu bereden, oder nicht?«

»Donnerstag kann ich nicht kommen, denn da bin ich mit dem Notar verabredet, weil ...« Jeanne schwieg kurz und sah Edwige in die Augen, » ... zur Testamentseröffnung.«

Edwige wollte etwas antworten, aber da diese geflüsterte Unterhaltung Jeanne peinlich war, streckte sie demonstrativ dem nächsten Trauergast die Hand entgegen und ignorierte ihre Freundin einfach. Nach kurzem Zögern ging Edwige, etwas Unverständliches vor sich hin murmelnd, weiter.

Die Reihe der Kondolierenden wollte kein Ende nehmen, darunter waren Leute, die Jeanne noch nie gesehen hatte oder nur flüchtig kannte, aber sie alle schienen Richard gut gekannt zu haben.

Im Laufe des Tages bedeckte sich der Himmel mit einem Dunstschleier, der die Sonne verhüllte, sodass sie wie eine milchig trübe Scheibe aussah. Jeanne blieb schließlich allein auf dem Friedhof zurück. Nur François, der Chauffeur, wartete im Wagen auf sie.

Als Jeanne in die Limousine stieg, merkte sie, dass sie völlig durchgefroren war.

Wieder zu Hause, schleuderte sie noch in der Eingangshalle die Schuhe von den Füßen, riss sich den Schleier vom Kopf und eilte die Treppe hoch. In ihrer Suite schloss sie sich ein. Was für eine Farce! Was für ein erbärmliches Theater! Hektisch zog sie sich aus, als hätte sie das Gefühl, ihre Kleider wären voller Ungeziefer. Dann stand sie mit aufgelöstem Haar nackt in ihrem Schlafzimmer – endlich konnte sie aus vollem Herzen lachen. Sie betrachtete sich im Spiegel, was neue Lachsalven in ihr auslöste. Sie lachte bis zur völligen Erschöpfung und bis sich ihr Lachen unter Atemnot in einen trockenen Husten verwandelte, bis ihr Kopf zu platzen drohte.

Sie lachte, bis sie anfing zu weinen, schluchzend und klagend mit der Stimme eines kleinen Mädchens weinte und heiße Tränen über ihre Wangen rannen.

vier

»Madame! Madame! Madame Edwige ist da und verlangt, Sie zu sehen. Es sei dringend, hat sie gesagt. Madame?«

Mühsam tauchte Jeanne aus einem schweren Schlaf auf, einem künstlichen Schlaf. Ihr Mund war pelzig, und sie bekam Schwindelgefühle, sobald sie den Kopf bewegte.

Sie lag nackt und durchgefroren am Boden. Neben ihrem Kopf zeichnete sich ein dunkler Fleck ab, weil ihr der Speichel aus dem Mund gelaufen war.

Erst nach einer Weile hatte sie so viel Kraft gesammelt, um der Hausangestellten vor ihrer Schlafzimmertür antworten zu können. Das ständig wiederholte »Madame« ärgerte sie, also stieß sie ein heiseres Krächzen aus und hoffte, das Mädchen damit zum Schweigen bringen zu können.

Augenblicklich trat Stille ein. Doch bald darauf hörte sie jemanden mit schnellen Schritten auf dem Flur näher kommen. Sie wollte sich gerade wieder in ihre von Medikamenten bedingte Bewusstlosigkeit retten, als Edwiges Stimme sie aus ihrer Erstarrung riss.

»Jeanne! Mach sofort die Tür auf! Sonst hole ich die Polizei!«, rief Edwige und pochte laut an die Tür, während sie weitere Drohungen ausstieß.

Jedes Mal, wenn Edwige das Wort »Polizei« aussprach, hatte Jeanne das Gefühl, von hinten erdolcht zu werden.

Nach einer Weile raffte sie sich auf, schleppte sich zur Tür und entriegelte sie. Edwige schlüpfte schnell in das Zimmer ihrer Freundin.

»Herrgott noch mal, Jeanne! Was soll dieses Theater?«, sagte Edwige, als sie ihre Freundin an die Wand gelehnt am Boden sitzen sah, nackt und mit verquollenem Gesicht. »Um Himmels willen, zieh dir etwas an. Richard hat im Sarg gestern noch besser ausgesehen als du heute.«

Sie half Jeanne beim Aufstehen, hüllte sie in einen dicken Bademantel und geleitete sie zu einem Sessel.

»Was willt du eigentlich mit deinem Benehmen beweisen? Dass du über Richards Tod nicht hinwegkommst? Darüber brauchst du dir keine Sorgen zu machen. Niemand hat etwas gemerkt«, sagte sie, während sie Jeanne die Arme rieb, damit ihrer Freundin wieder warm wurde. Dann fügte sie nachdenklich hinzu: »Aber ich habe eher den Eindruck, dass sich die Dinge nicht ganz so abgespielt haben, wie du das dem Notarzt und der Polizei erzählt hast.«

Sofort versteifte sich Jeanne. Brüsk stieß sie Edwige zurück, stolperte und fiel wie ein Häufchen Elend aufs Bett.

»Das stimmt nicht!«, schrie sie hysterisch. »Alles ist genauso passiert, wie ich gesagt habe. Richard ist gestürzt, und er ist tot; Richard ist gestürzt und er ist tot …«

Edwige ging schnell zu ihr herüber, um ihre Freundin zu beruhigen. Resolut presste sie Jeanne an sich, den Kopf der jungen Frau an ihren beachtlichen Busen gepresst. Doch Jeanne versuchte abermals, sich vehement aus dieser Umklammerung zu lösen.

Schließlich gab sie erschöpft nach, und die Ältere wiegte sie wie ein verstörtes Kind. Ein nie gekanntes Gefühl des Friedens und absoluten Vertrauens ergriff von Jeanne Besitz, so als ob sich die Welt von nun an auf diese beiden weichen Kissen beschränkte. Intuitiv nahm sie die zusammengekrümmte Haltung eines Fetus ein.

So verharrten die beiden Frauen lange – die Zeit schien still zu stehen. Noch nie hatte sich Jeanne so wohl gefühlt, ein derart wundervolles Gefühl der Sicherheit gehabt. Und als Edwige sie loslassen wollte, klammerte sie sich wie ein Baby an ihre Freundin.

»Jeanne! Was auch immer an Richards Todestag passiert ist, mir ist es völlig egal. Ich sehe die Dinge etwas anders, so als hätte dir das Schicksal ein wenig geholfen. Aber für dich wäre es besser, wenn du mir alles erzählst. Und solltest du an diesem Unfall nicht ganz unschuldig sein, so verspreche ich dir, den Mund zu halten. Aber du musst mit mir reden, Schätzchen!«

Jeanne schüttelte heftig den Kopf. »Richard ist gestürzt, und er ist tot.«

»Hör auf, immer denselben Satz runterzubeten. Ich weiß, dass er gestürzt und tot ist. Mich interessiert nur, wie es zu diesem Sturz kam.«

Jeanne sah Edwige misstrauisch an. Dann löste sie sich gelassen aus der Umarmung und stand, vor Schwäche zitternd, auf. Aus einem herumliegenden Päckchen nahm sie eine Zigarette und zündete sie an. Nach einem langen, tiefen Zug machte sie den Eindruck, als käme sie nach einer langen Reise in ihr Inneres, die sie an die Grenzen des Wahnsinns geführt hatte, in die Wirklichkeit zurück.

Sie rauchte langsam, und Edwige störte den wiedererlangten Frieden ihrer Freundin nicht. Und als Jeanne ihre Zigarette ausdrückte, sah sie Edwige direkt in die Augen.

»Ich habe Richard getötet«, sagte sie ernst. »Ich habe ihn die Treppe hinuntergestoßen. Ständig versuche ich mir einzureden, dass es sich um einen Unfall gehandelt hat. Aber ich weiß jetzt, dass ich ihm den Tod wünschte.«

»Na also«, entgegnete Edwige sanft mit einem traurigen Lächeln. »Das war doch gar nicht so schlimm, oder?«

Dann stand sie auf und ging zum Telefon. Emotionslos beobachtete Jeanne ihre Freundin.

»Dann ruf doch die Bullen an, du blöde Kuh!«, murmelte sie und zündete sich eine neue Zigarette an.

Edwige achtete nicht auf ihre Bemerkung, sondern tippte eine Nummer auf der Tastatur ein. Es läutete, einmal, zweimal, dreimal … Edwige stieß einen verärgerten Seufzer aus, ehe schließlich eine weibliche Stimme antwortete.

»Na endlich, Constance! Ich bin's, Madame. Richten Sie das Blaue Zimmer her und sagen Sie Mireille, sie soll für die nächsten paar Tage ein Gedeck mehr auflegen. In etwa einer Stunde bin ich zurück. Ach ja! Und sagen Sie Monsieur, dass ich ihn heute Abend nicht zu den Chouccroune-Duvillier begleiten kann und dass es mir sehr Leid tut.«

Sie legte auf und drehte sich um.

»Da! Die blöde Kuh lädt dich in ihren Stall ein.«

Dann öffnete sie den Wandschrank, nahm einen Koffer heraus und legte ihn aufs Bett. Und während sie den Koffer packte, hin und her ging und im Badezimmer alle möglichen Toilettenartikel holte, sprach sie unablässig auf Jeanne ein und erklärte ihr, wie sie sich Leuten gegenüber zu verhalten habe, die ihr weitaus weniger wohlwollend gesinnt seien als sie, Edwige. Kurzum: Edwige hatte sich bereits einen Schlachtplan zurechtgelegt.

»Es kommt überhaupt nicht in Frage, dass du die nächsten Tage hier allein im Haus lebst, denn du wärst imstande, das alles irgendjemandem zu erzählen. Du bleibst jetzt eine Weile bei mir, bis du dich wieder gefangen hast und zu Kräften gekommen und Herr deiner selbst bist. Ich bitte dich nur, keinen Kontakt zu den Dienstboten aufzunehmen noch Anrufe entgegenzunehmen oder dich von unserem Anwesen zu entfernen.«

Edwige hielt im Packen inne und drehte sich zu Jeanne um. »Eigentlich bewundere ich dich! Wie viele Jahre träume ich schon davon, das zu tun, was du getan hast … Nicht Robert würde ich das antun, nein! Der arme Mann hat es nicht einmal nötig zu sterben, damit er nicht mehr existiert. Aber Richard, du meine Güte, wie hatte ich diesen Typ dick! Mit seinen Allüren eines miesen kleinen Casanovas … Ich habe nie begriffen, wie eine Frau so dämlich sein konnte, sich von ihm einwickeln zu lassen. Und trotzdem hat er Erfolg gehabt, haufenweise sind sie ihm auf den Leim gegangen. Ist dir nicht aufgefallen, wie viele Tussis gestern an seinem Sarg geheult haben? Es wurde schon peinlich. Ich bedaure nur eins: dass ich ihm nicht höchstpersönlich die Eier zerquetscht habe.«

»Aber doch nur, weil du dich gerne von ihm hättest ficken lassen«, entgegnete Jeanne emotionslos.

»Aber ja, Schätzchen! Ich habe immer davon geträumt, mit einem solchen Lackaffen zu vögeln«, sagte Edwige und verschwand in dem begehbaren Wandschrank. Kurz darauf erschien sie wieder mit einem anthrazitfarbenen Ensemble, das sie aufs Bett legte.

»Zieh dich an. Sobald du fertig bist, gehen wir. Ich kümmere mich um das Personal und schicke es während deiner Abwesenheit in Urlaub.«

Jeanne stand gehorsam auf und kleidete sich an. Als Edwige ins Schlafzimmer zurückkam, seufzte sie: »Geschafft. Alle packen bereits. Ich habe das Mädchen gebeten, alle drei Tage die Pflanzen zu gießen. Das reicht, glaube ich. Du musst den Leuten nach deiner Rückkehr nur Bescheid sagen.«

Sie musterte Jeanne mit einem letzten prüfenden Blick, strich ihr mit mütterlicher Geste eine Strähne aus der Stirn und nickte zufrieden. Dann nahm sie den Koffer und ging entschlossen zur Tür. Da Jeanne sich nicht rührte, drehte sie sich an der Schwelle um.

»Soll ich dich etwa auch noch tragen?«, fragte Edwige in einem Ton aus Überdruss und Verzweiflung.

Jeanne glaubte, in dieser Stimme ihre Mutter zu hören, was ihre Verwirrung noch vergrößerte. Trotzdem folgte sie sofort ihrer Freundin – quasi aus reflexartigem Gehorsam. Und als Edwige sich noch einmal umdrehte, weil sie sich vergewissern wollte, ob Jeanne mitkam, hob die Jüngere automatisch beide Hände, als wollte sie ihren Kopf schützen.

Da stellte Edwige den Koffer hin und umarmte ihre Freundin.

»Dieser Scheißkerl! Er hat dich geschlagen, nicht wahr? Das habe ich immer vermutet!«

fünf

Suzanna wachte an jenem Morgen erst nach zehn Uhr auf. Sie hatte schlecht geschlafen und brauchte gar nicht erst zum großen Fenster in ihrem Schlafzimmer zu schauen, um zu wissen, dass der Himmel bedeckt und grau war. Das Bedürfnis nach Sonne und Licht wurde immer stärker in ihr, so stark, dass sie physisch darunter zu leiden begann. Schon seit vierzehn Tagen herrschte mit Ausnahme von einem oder zwei Tagen in Paris trübes Wetter. So etwas hatte Suzanna noch nie erlebt.

Sie seufzte, vergrub ihr Gesicht in den Kissen und schloss die Augen sofort wieder. Seit sie in Frankreich lebte, hatte sie ihren Rhythmus noch nicht gefunden; und ihr jetziger Zustand trug nicht zur Verbesserung ihrer Lebensumstände bei. Seit fast zwei Monaten lebte sie in dem Ein-Zimmer-Apartment in der Rue Tesson – im 10. Arrondissement, zwischen den Vierteln Belleville und République. Es gefiel ihr dort gut, obwohl sie außer ein paar Ladenbesitzern in der Nähe niemanden in Paris kannte. Deshalb sehnte sie sich danach, bald ihre Stelle als Sekretärin im portugiesischen Konsulat antreten zu können, denn dann bekam sie endlich Kontakt zu Landsleuten.

Doch seit einiger Zeit hatte Suzanna den Eindruck, dass sich die Dinge nicht so wie vorhergesehen entwickelten, und außerdem hatten so viele Veränderungen in ihrem Leben stattgefunden, dass sie sich etwas erschöpft fühlte.

Auch das ungewohnte Leben in der Großstadt machte ihr zu schaffen, die vielen Menschen – sie empfand die Pariser als kalt, distanziert, ja manchmal sogar aggressiv – und die schlechte Luft konnte sie schwer ertragen. Und zu ihrem Leidwesen hatte sie feststellen müssen, dass ihr Französisch, das sie für ziemlich gut gehalten hatte, bei weitem nicht ausreichte.

An manchen Tagen bedauerte es Suzanna, ihre Heimat, das kleine Dorf in Portugal verlassen zu haben. Dort kannte sie jeden, und jeder kannte sie, während sie hier anonym war, eine Unbekannte unter vielen. Niemand kümmerte sich um sie oder interessierte sich für ihr Befinden; und wenn sich jemand für sie interessierte, war es immer ein Mann und immer nur aus ein und demselben Grund.

Doch jetzt lebte sie in Paris und hatte oft Heimweh nach Porto-Salvo und ihrem Elternhaus, dessen strahlendes Weiß sich vor einem immer blauen Himmel abhob. Sie sehnte sich nach den leuchtenden Farben und der Wärme ihres Landes und nach der Gesellschaft der Menschen, die sie liebte.

Wie konnten die Leute nur in diesem ewigen Grau

existieren?, fragte sich Suzanna oft. Doch sie begriff jetzt, warum die Pariser ständig ein mürrisches Gesicht machten und so blass waren. Denn Menschen waren wie Pflanzen, sie brauchten Licht und Luft zum Wachsen und damit sie sich entfalten konnten – dann blühten auch sie auf.

Natürlich war Porto-Salvo nichts als ein uninteressantes Kaff, aber die Menschen dort waren freundlich und lächelten. Ja, warum lebe ich dann hier?, fragte sich Suzanna, wenn ich mich nach meinem Paradies zurücksehne, das in Wirklichkeit keins ist. Habe ich mich dort nicht oft zu Tode gelangweilt und von fernen Ländern geträumt?

Und deshalb hatte sie ihre Heimat verlassen: weil sie der Enge und Beschränktheit, die dort herrschten, entgehen wollte, weil sie neugierig auf das Leben war.

Entschlossen setzte sich Suzanna im Bett auf, schlug die Decke zurück und stellte die Füße auf den Boden. Schwer fiel ihr das volle schwarze Haar auf Schultern und ins Gesicht. Mit einer schnellen Bewegung strich sie es hinter die Ohren zurück.

Suzanna war eine sehr schöne junge Frau mit mattem, olivfarbenem Teint, großen schwarzen Augen, einem sinnlichen Mund und einer perfekten kleinen Nase. Sie gehörte zu jenen seltenen weiblichen Wesen, die weder Make-up noch andere Hilfsmittel brauchen, um Blicke auf sich zu ziehen. Sie war gerade fünfundzwanzig geworden und fest entschlossen, aus ihrem Leben etwas zu machen.

Sie stand auf und zog einen dicken Wollpullover über. Als sie zur Kochnische ging, überkam sie wieder diese Übelkeit. Tief einatmend blieb sie kurz stehen und wartete darauf, dass ihr Magen nicht mehr revoltierte. Sie musste unbedingt etwas essen!

Als sie den Brotkasten aufklappte, stellte sie zu ihrer Überraschung fest, dass er leer war. Und dann fiel ihr ein, dass sie gestern auch die letzten Cornflakes gegessen hatte und der Kühlschrank ebenfalls leer war.

Wieder wurde ihr schlecht. Dieses Mal war der Brechreiz noch stärker.

»*Merda!*«

Und wieder versuchte sie, ihn zu unterdrücken, denn sie wusste, dass sie sonst endlos lange quälend über der Toilettenschüssel verharren müsste.

Nach einer Minute hatte sie den Reflex besiegt und ging zum Bett, an dessen Fußende ihre Kleider lagen. Sie zog sich schnell an, kämmte sich flüchtig, schlüpfte im Flur in ihren Mantel und ging.

Auf der Straße atmete sie tief durch und eilte zur Bäckerei. Die Bäckerin stand mit gesenktem Kopf hinter ihrem Tresen. Sie war eine nette, junge, rundliche und freundliche Person. Suzanna mochte sie, weil die Bäckerin sich trotz des schlechten Französisch der Portugiesin immer bemühte, ein Schwätzchen mit ihr zu halten.

Doch heute wirkte sie geistesabwesend. Suzanna bat um ein Baguette, zwei Schokoladenbrötchen und zwei Stück Obstkuchen. Die Bäckersfrau bediente sie schweigend. Da erst fiel Suzanna ihr verändertes Verhalten auf.

»Geht … Ihnen nicht gut?«, fragte sie.

Allein diese Frage löste einen Tränenstrom bei der jungen Frau aus. Sie schluchzte eine Weile herzzerreißend, ohne auch nur ein Wort hervorbringen zu können.

Suzanna wusste nicht, was sie tun sollte, hilflos stand sie vor dem Tresen, bis sich die Bäckerin beruhigt hatte und ihr Klagelied anstimmte. Wie zuvor die Tränen aus ihren Augen, so strömten jetzt die Worte von ihren Lippen, von denen Suzanna nur die Hälfte verstand.

Nur so viel, dass sie, sie wisse nicht warum, mit ihrem Mann gestritten habe, und dass ihr Mann nicht einmal den Versuch mache, sie zu verstehen, und dass ihre Mutter krank sei und vielleicht das Osterfest nicht mehr erlebe …

Und während die Gute redete, weinte, sich schneuzte und es wieder aus ihr heraussprudelte, hatte Suzanna große Mühe, einen neu aufkommenden Brechreiz zu unterdrücken. Ihr Mund war voll bitteren Speichels, nur mit größter Anstrengung gelang es ihr, sich zu beherrschen.

Dann erging sich die Bäckersfrau lang und breit über die Feigheit der Männer und über die ihres Mannes im Besonderen. Eindringlich warnte sie ihre Kundin vor der Ehe und malte ihr eine Zukunft in den finstersten Farben aus, sollte sie jemals diesen Schritt wagen …

In diesem Moment wurde Suzanna so schlecht, dass sie schnell die Hand vor den Mund hielt. Doch die Bäckerin schien nicht einmal zu merken, dass es ihrer Kundin nicht gut ging, sie klagte unverdrossen weiter über die bedauernswerten unterdrückten Frauen.

Die arme Suzanna hatte gerade noch Zeit, aus dem Laden zu stürzen und sich in den Rinnstein zu erbrechen. Abrupt hielt die Bäckersfrau in ihrem Redefluss inne und lief hinter ihrer Kundin her.

»Ach, meine arme Kleine!«, tröstete sie Suzanna, während sie sie stützte. »Sie dürfen sich mein Gerede nicht so zu Herzen nehmen. Die Männer sind alle Monster, das ist nun mal eine Tatsache. Aber vielleicht gibt es doch ein paar, die die Mühe wert sind … Ich wollte Ihnen nicht den Appetit verderben. Und wenn man näher hinschaut, vielleicht haben sie dann manchmal auch ihre guten Seiten!«

sechs

Am Donnerstagmorgen fiel ein feiner Nieselregen auf Paris und er brachte das Kopfsteinpflaster einer kleinen ruhigen Straße im 18. Arrondissement zum Glänzen.

»Soll ich dich wirklich nicht begleiten?«, fragte Edwige.

»Nein, danke. Es geht mir viel besser. Mach dir keine Sorgen«, antwortete Jeanne.

Edwige sah ihre Freundin erstaunt an, dann schenkte sie ihr ein ermunterndes Lächeln.

»Ich warte dann im Xu auf dich. Bis nachher also.«

Jeanne nickte zustimmend, drückte auf den Zahlencode, umarmte ihre Freundin und verschwand hinter dem Hoftor, das schwer ins Schloss fiel. Edwige stand allein vor dem glänzenden an der Mauer angebrachten Messingschild auf dem stand: »Édouard Lombaris, Notar.«

Jeanne ging über den hübschen Innenhof mit dem Springbrunnen in der Mitte, in dessen Becken sich wohlgenährte Goldfische zwischen den bald erblühenden Seerosen tummelten. Sie betrat das Haupthaus und wandte sich direkt an die Sekretärin im Empfangsbüro.

»Ich bin Jeanne Tavier und habe um elf Uhr einen Termin bei Maître Lombaris.«

Die Sekretärin überprüfte die Angaben in ihrem Terminkalender, nickte und bat Jeanne, etwas zu warten. Kaum hatte sie Platz genommen, da erschien auch schon der Notar. Noch auf dem Flur begrüßte er sie überschwänglich.

»Meine liebe Madame Tavier, wie ich mich freue, Sie endlich kennen zu lernen! Erlauben Sie mir, Ihnen mein aufrichtiges Beileid auszusprechen.«

Maître Lombaris war ein Mann von durchschnittlicher Größe und durchschnittlichen Aussehens, blass und schmallippig. Außerdem trug er eine altmodisch gefasste Brille mit runden Gläsern. Sein Händedruck war schlaff und seine Hand feucht, wie Jeanne leicht angewidert feststellte. Er geleitete sie über eine große Veranda, die auf den Garten seines Anwesens hinausging, zu einer schmiedeisernen Wendeltreppe, die in sein luxuriöses, im Zwischengeschoss gelegenes Büro führte.

Er bat sie, an dem einen Ende eines ausladenden, ovalen Glastisches Platz zu nehmen. Seine Gesten waren nervös und wirkten einstudiert, doch Jeanne maß seinem Benehmen weiter keine Bedeutung bei, in der Annahme, dass der arme Mann den Umgang mit Frauen nicht gewohnt sei. Da er sich viel unbehaglicher als sie fühlte, entspannte sie sich, mehr noch: Sie provozierte ihn, indem sie die Beine übereinander schlug und dabei ihren Rock absichtlich höher als schicklich rutschen ließ.

»Ich darf doch rauchen?«, fragte sie, während sie sich eine Zigarette anzündete.

»Aber natürlich.«

Er schob einen Aschenbecher in ihre Reichweite und setzte sich ebenfalls. Dann öffnete er ein umfangreiches Dossier, das bereits vor ihm lag.

»In meiner Eigenschaft als Notar des verstorbenen Richard Tavier beginne ich mit der Eröffnung und Lesung seines Testaments. Da die Eltern Monsieur Taviers verstorben sind und er Einzelkind war, sind Sie als seine Ehefrau seine einzige Verwandte. Infolgedessen gibt es bis auf weiteres keine anderen gesetzlichen Erben.«

Maître Lombaris öffnete den Aktendeckel und entnahm ihm einen verschlossenen Umschlag. Dann klappte er ihn wieder zu.

»Ich muss Sie informieren, dass ich vor sechs Wochen Post von Ihrem Mann bekam, unter der sich dieser Umschlag befand. Er enthält sein handschriftliches Testament, das zuletzt datierte und somit das einzig Gültige.«

»Sein von Hand geschriebenes Testament?«

»Ja. Gemäß dem Code civil besitzt ein vom Erblasser geschriebenes, datiertes und unterzeichnetes Testament volle Gültigkeit.«

Ohne zu wissen, warum, wurde Jeanne von einer gewissen Nervosität ergriffen; sie zog heftig an ihrer Zigarette.

»Ach, und dieses Testament ist gültig?«

»Ja. Insofern die drei Bedingungen erfüllt sind, die ich Ihnen gerade genannt habe: Der Testator muss es selbst geschrieben, datiert und signiert haben.«

Maître Lombaris legte eine kurze Pause ein, währenddessen er seine Brille mit einem blütenweißen Taschentuch reinigte.

Äußerlich wirkte Jeanne gleichmütig, nichts verriet die in ihr aufsteigende Panik.

»Bleib ganz ruhig«, riet ihr die kleine, wohlvertraute Stimme. *»Warum regst du dich auf, ehe du den Inhalt des Testaments kennst? Warte doch erst mal ab.«*

» … zur Zeit seines Ablebens.«

Während Maître Lombaris das Siegel des Umschlags erbrach, vollendete er einen Satz, dessen Anfang Jeanne entgangen war.

»Wie bitte?«

»Ich sagte gerade, dass Sie beim zuständigen Gericht einen Antrag auf Überprüfung des Testaments stellen können.«

»Es ist sehr nett von Ihnen, mich über meine Rechte aufzuklären, aber bis jetzt sehe ich keinen Grund, an der Gültigkeit dieses Dokuments zu zweifeln«, entgegnete Jeanne.

»Nein, offensichtlich nicht. Aber es ist meine Pflicht, Sie dahingehend zu informieren.«

Édouard Lombaris räusperte sich, ehe er das dem Umschlag entnommene Blatt auseinander faltete. Nur das Rascheln des steifen Papiers war zu hören. Schweißtröpfchen bildeten sich auf Jeannes Stirn. Und als der

Notar mit der Lektüre des Dokuments begann, hielt sie den Atem an.

»Paris, den siebzehnten März des Jahres zweitausendundzwei. Ich, Richard Tavier, im Vollbesitz meiner körperlichen und geistigen Kräfte, vermache meinen gesamten Besitz Suzanna Da Costa, geboren am dreizehnten April im Jahre neunzehnhundertundfünfundsiebzig in Œiras, zur Zeit in Paris im zehnten Arrondissement in der Rue Tesson Nummer zehn wohnend.«

Das war alles – ein einfaches und entsetzlich grausames Testament. Der Notar faltete das Schriftstück wieder und steckte es behutsam in den Umschlag.

Jeanne fühlte nichts, denn es gab nichts mehr zu fühlen. Sie hatte den Eindruck, am Ende einer langen, gefährlichen Reise angekommen zu sein, einer Reise, in deren Verlauf sie schroffe Gebirge bezwungen, Wüsten durchquert, über stürmische Meere gesegelt und Hexen und Dämonen entkommen war und die übelsten Kreaturen besiegt hatte, bis sie endlich in der Ferne ihr Ziel sah – eine friedliche Oase. Doch dann war sie plötzlich gestürzt, hatte nur einen falschen Schritt gemacht – und das Ziel war unerreichbar geworden. Ein dummer Zufall, nichts weiter.

Nachdem Maître Lombaris das Testament wieder zu den übrigen Akten gelegt hatte, fuhr er mit seinen Erklärungen fort. »Die dem letzten Willen Ihres Mannes beigefügten Dokumente bestehen aus detaillierten Inventarlisten aller seiner beweglichen und unbeweglichen Güter. Es ist außerdem meine Pflicht, Sie dahingehend zu informieren, dass sich in diesem Dossier das Testament von Monsieur Richard Tavier senior, dem Vater Ihres Gatten befindet«, sagte der Notar mit ernster Stimme, den Blick auf die Papiere gerichtet, die er nun eins nach dem anderen dem Aktendeckel entnahm.

»Einen Teil dieses Erbes hat Monsieur Tavier junior bereits nach dem Tode seines Vaters angetreten. Doch der zweite Teil befindet sich bis heute auf einem Sperrkonto einer Bank und kann nur von einem Sohn Ihres Mannes angetreten werden. Sollte Letzterer ohne männlichen Nachkommen sterben, bin ich angewiesen, die gesamte auf dem Sperrkonto befindliche Summe – also den zweiten Teil des Erbes – der französischen Armee zu übereignen.«

Endlich hob der Notar den Kopf und sah Jeanne flüchtig an. »Meines Wissens hat Monsieur Tavier keinen Erben, aber vielleicht …«

Jeanne hatte sich nicht gerührt. Steif saß sie da, den Blick auf einen imaginären Punkt neben Maître Lombaris gerichtet. Wahrscheinlich war es gerade diese Emotionslosigkeit, die ihn erschreckte.

»Madam Tavier … Fühlen Sie sich wohl? Geht es Ihnen nicht gut?«, fragte er ängstlich.

Ohne den Kopf auch nur im Geringsten zu bewegen, änderte Jeanne abrupt ihre Blickrichtung und sah den Notar an. In ihren Augen war jetzt eine Kälte zu lesen, die dem Notar einen Schauder über den Rücken jagte.

»Madame Tavier ...«, stammelte er, als wollte er die plötzlich bösartige Atmosphäre in seinem Büro verjagen.

Da schien Jeanne wie aus einem Traum zu erwachen. Sofort setzte sie ein stereotypes, maskenhaftes Lächeln auf, und stellte die Beine wieder nebeneinander. Sinnlose Bewegung, bei der ihr Rock noch etwas höher rutschte.

Und Maître Lombaris putzte wieder seine Brille und räusperte sich erneut.

»Aber ja, mir geht es gut«, antwortete sie mit seltsam klarem und wohlklingendem Timbre. »Wer ist diese Suzanna Da Costa?«

»Hmm. Ich habe keine Ahnung.«

Jeanne schüttelte den Kopf. Dann stand sie auf und reichte dem Notar die Hand. »Dann habe ich hier wohl nichts mehr zu tun. Aber es gehört doch zu Ihren Pflichten, diese Person ausfindig zu machen, oder nicht?«, fragte sie und imitierte den Ton von Maître Lombaris.

»Ja, natürlich ... Ich setze mich mit ihr am Montag in Verbindung«, antwortete der Notar. Er konnte Jeannes Blick nicht mehr ertragen, die sein Verhalten offensichtlich genoss. Deshalb fügte er beschämt hinzu, als wäre er für die Situation verantwortlich: »Natürlich können Sie Rechtsmittel gegen das Testament einlegen. Seine Gültigkeit gerichtlich überprüfen lassen, zum Beispiel. Natürlich verursacht ein solches Vorgehen gewisse Kosten, aber vielleicht ...«

»Warum sollte ich die Gültigkeit des letzten Willens meines Mannes anzweifeln oder anfechten? Er selbst hat dieses Dokument Ihnen anvertraut. Und, unter uns gesagt, überrascht mich diese Testamentseröffnung kaum. Mein Mann hatte manchmal einen etwas seltsamen Humor.«

Jeanne kicherte und sah Maître Lombaris an, als fände sie den angeblichen Scherz Richards ganz nach ihrem Geschmack.

Der Notar stieß daraufhin ein ebenso falsches wie dümmliches Lachen aus, das in einem nochmaligen Räuspern endete. Er begleitete Jeanne zur Tür und sah ihr erleichtert nach. Ehe sie um die Ecke bog, drehte sie sich um, winkte ihm zu und schenkte ihm ein verführerisches Lächeln, gerade so, als würde sie sich von ihm nach einem Schäferstündchen trennen.

Ohne nach rechts oder links zu blicken hastete Jeanne über den Bürgersteig. Der Verkehrslärm dröhnte ihr in den Ohren, es roch nach Auspuffgasen, und alles widerte sie an. Sie hatte das Gefühl, von dieser Luft zerfressen zu werden. Jede ihrer Bewegungen war ein Beweis für die Gewalttätigkeit des Lebens, für die gnadenlose Grausamkeit, mit der diese Welt die Verlierer behandelte.

Der feine Nieselregen schien ihre Haut zu durchdringen, stach sie wie mit feinen spitzen Nadeln. An einer Straßenecke kam ihr ein buckliger Zwerg mit einem lahmen Hund entgegen. Allein sein lächerlicher

Gang und seine hässliche Gestalt machten sie aggressiv. Ein solches Wesen ekelte sie an.

Das Spiel, das sie glaubte zu beherrschen, hatte eine unerwartete heimtückische Wendung genommen. Richard … Bist du zufrieden mit deinem Werk und verhöhnst du jetzt diese arme Kreatur?

In diesem Moment war Jeanne nichts mehr als ein Wesen aus Fleisch und Blut. Zutiefst betroffen über die Hässlichkeit des Gnoms konnte sie nicht umhin, sich mit ihm zu identifizieren. Und dieser Gedanke flößte ihr Grauen ein.

Ein paar Schritte weiter entdeckte Jeanne eine Spielkarte auf dem Trottoir. Sie lag verkehrt herum, also konnte sie den Wert nicht erkennen. Sie ging daran vorbei, zögerte … blieb stehen. Das ist doch völlig idiotisch!, sagte sie sich. Trotzdem blieb sie weiter stehen, den Kopf lauschend erhoben, als würde sie auf ein Signal warten.

Ich bin doch nicht verrückt!, sagte sie sich. Nein, ich leide nur, ich leide entsetzlich. Mein Körper ist ein einziger Schmerz. Sie wartete auf die kleine Stimme in ihrem Kopf. Diese kleine tröstende und beruhigende Stimme. Aber dort herrschte Stille – eine Leere bis zur Unendlichkeit.

Jeanne kehrte um, blieb vor der Spielkarte stehen. Sie bückte sich langsam und griff danach. Dann drehte sie sie um. Ein Lächeln umspielte ihre Lippen, als sie die Pik-Dame betrachtete. Dann steckte sie die Karte in ihre Tasche und setzte ihren Weg fort.

Als Jeanne die Bar betrat, in der Edwige auf sie wartete, strahlte sie zufrieden.

»Hat alles geklappt?«, fragte Edwige.

»Bestens!«, verkündete Jeanne triumphierend und leicht exaltiert. »Ich erbe Richards gesamtes Vermögen!«

sieben

Nichts gibt dem Menschen ein größeres Gefühl der Sicherheit und Geborgenheit, als zu einer Gruppe zu gehören, zu einem bestimmten Mileu, und innerhalb dieser Gruppe eine gewisse Stellung zu erlangen. Eine solche Position schützt den Betroffenen vor allen Unbilden des Lebens, sodass sich zwangsläufig – da er keine finanzielle Not kennt und nie allein ist – Sorglosigkeit in seiner Existenz breit macht.

Doch sollte dieser Mensch aus irgendeinem Grund aus dieser Gruppe ausgeschlossen und seines privilegierten Status beraubt werden, führt das oft und ohne ersichtlichen Grund zum völligen Zerfall seiner Persönlichkeit.

Er war jemand, und jetzt ist er ein Niemand. Das Leben wird bitter, und die Welt erscheint ihm grausam und gnadenlos. Die Menschen, die ihn früher schätzten und seine Verbündeten waren, weil sie ihn achteten, werden plötzlich zu potenziellen Feinden.

Das Telefon läutet nicht mehr. Blicke wenden sich ab. Ehemals lebhafte Gespräche erweisen sich nun als mühsam und sind voller kaum verhüllten Mitleids.

Der Himmel hat sich bedeckt, ein kalter Wind bläst, wo früher die Sonne geschienen hat. Und Bitterkeit durchdringt das gesamte Denken und Handeln des armen Verlierers. Es ist vorbei. Man wird zur Persona non grata und wenn über einen geredet wird, beginnen die Sätze immer mit: »Du kannst dich doch sicher noch an sowieso erinnern?« Und das stets in einem süffisanten Ton.

Genau dieses Gefühl beherrschte Jeanne, als sie nach Hause kam. War das eigentlich ihr Zuhause?

Sie ließ den Blick über das aus hellem Sandstein erbaute dreistöckige herrschaftliche Stadthaus schweifen, das seit drei Generationen der Familie Tavier gehörte. Es hatte mehr als fünfzehn – die meisten unbewohnte – Räume und stand an einer mit Platanen gesäumten Avenue in einem der Außenbezirke von Paris.

Wenn man seine Fassade mit denen anderer Villen in diesem exklusiven Wohnviertel verglich, sah es nach nichts Besonderem aus, doch war es luxuriös ausgestattet und es gehörte ein prächtiger, mehrere Hektar großer parkähnlicher Garten mit einem kleinen Teich zu dem Anwesen. Eine Freitreppe führte zu einer schweren Haustür aus Eiche, die mit zwei Schlössern und einem Alarmsystem gesichert war. Über der Tür prangte in schmiedeeisernen Lettern der Name des herrschaftlichen Hauses: *Le Coquelicots* – die Mohnblumen.

Richards Großvater, Victor Tavier, seines Zeichens Weinhändler, hatte es im Jahre 1910 gekauft und in den ausgedehnten Kellergewölben des Hauses eine Abfüllanlage samt Etikettiermaschine installiert, denn er kaufte seine Weine fassweise in den verschiedenen Regionen Frankreichs, die er dann in Flaschen abfüllte und zum weiteren Verkauf etikettierte.

Während des Zweiten Weltkriegs hatte er als glühender Patriot in dem Bemühen, seinem Vaterland zu dienen, die inzwischen nicht mehr für den Weinhandel benötigten Kellerräume derart umgestalten lassen, dass sich dort von der Gestapo gesuchte Mitglieder der Résistance verstecken konnten.

Ein ausgeklügeltes System »falscher« Wände, die sich durch einen einfachen Knopfdruck verschieben ließen, öffnete den Zugang zu dahinter liegenden Räumen, von deren Existenz niemand etwas ahnte. Auf diese Weise war es ihm gelungen, das Leben vieler unschuldiger Menschen zu retten, und darauf war er sehr stolz.

Er starb ein paar Jahre nach Kriegsende, und Richard Tavier senior, sein einziger Sohn, zog mit seiner Frau in das Haus ein. Im Jahr darauf wurde Richard junior geboren, der seit seinem zwölften Lebensjahr auf ein Internat ging, bis er mit neunzehn sein Jurastudium begann und in einem Apartment im 10. Arrondissement wohnte.

Erst nach dem Tod seines Vaters kehrte Richard junior wieder in das Domizil seiner Eltern zurück, nachdem er es gründlich hatte renovieren lassen. Die gloriose Vergangenheit dieser Adresse war ihm bei seiner diplomatischen Karriere von großem Nutzen.

Jeannes Position war die einer Tänzerin auf einem Drahtseil – sie befand sich in einem heiklen Gleichgewicht zwischen Reichtum und Mittellosigkeit. Noch hatte sie niemand aus dieser Gesellschaftsschicht verbannt, in der sie lange Jahre wie die Made im Speck gelebt hatte. Doch sie ahnte, dass Gefahr drohte und ihre Situation alles andere als komfortabel war. Also musste sie handeln. Es war Donnerstag und da Maître Lombaris erst am Montag mit dieser Suzanna Kontakt aufnehmen und sie informieren wollte, hatte sie noch drei Tage Zeit.

Noch in der Bar hatte Jeanne Edwige erklärt, dass sie nun wieder nach Hause zurückkehren wolle. Da Edwige das Bedürfnis ihrer Freundin gut verstand, wieder in ihrer vertrauten Umgebung zu leben und auch allein sein zu wollen, hatte sie keinerlei Einwände dagegen erhoben. Außerdem war sie der Überzeugung, dass es Jeanne nun viel besser gehe, weil sie das Schlimmste hinter sich hatte.

Als die beiden Frauen in Edwiges Villa in Passy zurückgekehrt waren und Jeanne ihren Koffer packte, wollte sich Edwige – wie immer pragmatisch – um die Organisation von Jeannes Haushalt kümmern.

»Ich rufe inzwischen deine Dienstboten an, damit sie ihre Arbeit wieder aufnehmen!«, rief sie die Treppe hoch und ging zum Telefon.

Bis jetzt hatte Jeanne noch keinen präzisen Plan gemacht, wie sie agieren wollte. Sie wusste nur – oder ahnte es vielmehr –, dass sie etwas Schwerwiegendes und Definitives tun musste. Aber sie weigerte sich, diese Handlung irgendwie zu benennen, auch wenn ihr klar war, dass sie nur wenig Spielraum hatte, denn sie wollte um keinen Preis wieder in Armut leben. Also musste diese andere Frau verschwinden. Und aus diesem Grund musste sie allein sein.

Ganz allein.

Deshalb rief sie schnell aus dem Gästezimmer zurück: »Ach, das ist wirklich nicht nötig, Edwige. Ich kümmere mich darum, sobald ich wieder daheim bin. Außerdem weiß ich noch nicht, ob ich alle diese Leute behalte … Sie waren eher Richard ergeben als mir. Aber vielen Dank für deine Mühe.«

»Ganz wie du willst, Schätzchen.«

Edwige fuhr ihre Freundin nach Hause. Als sie ebenfalls aus ihrem Wagen steigen wollte, hinderte Jeanne sie mit einer Geste daran.

»Lass nur, Edwige. Ich möchte jetzt gern alleine sein. Und du hast bereits so viel für mich getan.«

Edwige nickte verständnisvoll und tätschelte ihrer Freundin die Hand. »Ruf mich an, wenn du mich brauchst.«

Die beiden umarmten sich zum Abschied. Jeanne stieg aus der Limousine, während Edwiges Chauffeur den Koffer zum Haus trug.

Kurz darauf schaute Jeanne dem davonfahrenden Auto nachdenklich hinterher. Dann seufzte sie und betrat die Villa.

acht

Freitag.

Jeanne wartete mit dem Ausgehen bis zum Abend. Nebel senkte sich über die Stadt, besseres Wetter hätte sie sich für ihr Vorhaben nicht wünschen können.

Sie fröstelte und schlug den Kragen ihres Pelzmantels hoch. Ihr Herz klopfte im Takt ihrer schnellen Schritte. Noch nie hatte sie sich lebendiger als in diesem Moment gefühlt. Die frische Nachtluft brannte auf ihren Wangen und wirkte belebend, ein Gefühl, das sie seit ihrer Kindheit nicht mehr gekannt hatte. Ihr war, als würde sie eine Reise antreten, eine lange Reise voller angenehmer Überraschungen.

Eigentlich waren die Dinge ganz einfach, weil unvermeidbar, ja fast fatal. Jedenfalls liefen alle ihre Überlegungen darauf hinaus. Sie sah sie bereits mit einer Klarheit vor ihrem geistigen Auge und war von einer Gewissheit erfüllt, die sonst nur himmlischen Wesen eigen war, was der untrügliche Beweis dafür war, dass jene anderen Wesen oder Schutzengel – wie auch immer die Menschen sie nannten – existierten. Zwar hatte sich die Stimme, die sie manchmal in ihrem Kopf hörte und die ihr zu einer Freundin geworden war, seit der Testamentseröffnung nicht mehr manifestiert, doch nun wurde sie von einer anderen, weitaus intensiveren Sinneserfahrung geleitet – ihr Tun war nichts anderes als etwas von der Vorsehung Bestimmtes.

»Wer bist du Suzanna? Aus welchem Stoff bist du gemacht, weil es dir gelungen ist, mir das zu rauben, was ich mir mein ganzes Leben lang sehnlichst gewünscht habe? Den Überfluss, den Luxus, die Liebe und den Respekt eines Mannes … Mit eigener Hand hat er verfügt, dass du seine alleinige Erbin bist! Er, der sich nie der Mühe unterzog, etwas mit der Hand zu schreiben! Wie hast du ihn dazu gebracht, dass er dir alles vermacht? Auf allen vieren, wie eine Hündin – und das bist du ja auch – hast du ihn seines Safts und seiner Kraft und seiner Aggressivität beraubt.«

Sie winkte einem vorbeifahrenden Taxi. Es hielt. Sie nahm im Fond Platz und sagte: »Place d'Italie.«

Der Fahrer stellte das Taxameter ein und fuhr los. Währenddessen rekapitulierte Jeanne im Geist die einzelnen Schritte ihres Vorhabens. Die einzige Schwierigkeit hatte darin bestanden, eine Schaufel zu finden, die sie, ohne Aufsehen zu erregen, transportieren konnte. Dann musste sie nur noch dafür Sorge tragen, während ihrer Fahrt zum Friedhof ihre Spuren zu verwischen, sodass niemand eine Verbindung von ihrem Domizil zu Richards letzter Ruhestätte herstellen konnte.

Place d'Italie. Sie bezahlte den Taxifahrer und ging in

die Metro-Station hinunter. Sie brauchte ein paar Minuten, um sich zu orientieren, und verzog angeekelt das Gesicht, weil sie die abgestandene Luft einatmen musste.

Schon fast in Panik hastete sie an einem Bettler vorbei. Arbeiter, die von ihrer Spätschicht kamen, begegneten ihr, ohne der eleganten Frau auch nur einen Blick zu schenken. Zu ihrer großen Erleichterung lief gerade in dem Moment ein Zug ein, als sie den Bahnsteig betrat.

Nachdem einige Passagiere ausgestiegen waren, quetschte sie sich in eine Ecke des fast leeren Waggons und beäugte die wenigen Fahrgäste argwöhnisch aus den Augenwinkeln: eine müde aussehende Hausfrau mit erloschenem Blick, ein Arbeiter im Monteuranzug mit schwieligen Händen wie Schaufeln, die auf seinen Oberschenkeln ruhten und drei schrill kichernde Schülerinnen. Niemand schenkte Jeanne auch nur die geringste Aufmerksamkeit, was sie beruhigte, aber gleichzeitig irritierte.

Endstation: Porte de Clichy. Jeanne stieg aus und wollte jemanden nach dem Weg fragen. Schnell überlegte sie es sich anders, denn sie wollte nicht, dass sich jemand an sie erinnerte. Sie hastete die Treppe hoch und atmete auf der Straße tief ein, gerade so, als wäre sie der Hölle entflohen. Sie fühlte sich dreckig und klebrig. Am liebsten hätte sie geschrien, ausgespuckt, denn sie musste diese verpestete Luft loswerden, die sie innerlich beschmutzt hatte. Doch sie beherrschte sich und hüstelte nur zwei- oder dreimal, die Hand vor dem Mund.

Dann lenkte sie ihre Schritte in Richtung Cimetière de Batignolles, vorbei an geschlossenen Blumengeschäften und Steinmetzbetrieben durch die dunkle Nacht. Sie fürchtete sich.

Der Eingang zum Friedhof musste nicht mehr weit entfernt sein, wie sie sich vage erinnerte, aber als sie vor dem schweren schmiedeeisernen Tor ankam, war es geschlossen. Das hatte sie nicht bedacht. Seltsam, überlegte sie, in Filmen treiben sich doch oft Menschen nachts zwischen Gräbern herum.

Gleichzeitig beglückwünschte sie sich zu ihrer genialen Idee, diesen Ort vorher noch einmal aufgesucht zu haben. Was hätte sie jetzt hier in Begleitung Suzannas machen sollen? Ihren Besuch auf den nächsten Tag, womöglich bei hellem Sonnenschein, verschieben? Wo sie ihr Vorhaben nicht hätte realisieren können? Ihr blieb nur eins: Sie musste sich Zugang zu dem Friedhof verschaffen.

Langsam schritt sie die Friedhofsmauer ab und entdeckte nach etwa hundert Metern eine kleine verrostete Eisentür, die sie zu öffnen versuchte. Vergeblich!

Jeanne ging weiter und umrundete den ganzen Friedhof, ohne einen weiteren Zugang zu finden. Das ist doch nicht möglich, dachte sie verärgert. Sollte ich meinen Plan wegen einer kleinen Tür aufgeben müssen? Nein!

Entschlossen kehrte sie zu der Eisentür zurück, griff

nach der Klinke, drückte sie nieder, schüttelte, rüttelte daran … Plötzlich kam ihr eine Idee: Sie drückte die Klinke nach oben und lächelte siegesgewiss. Die Tür schwang quietschend auf. Sekunden später huschte sie zwischen Grabsteinen den Weg entlang zu Richards letzter Ruhestätte.

Das Grab war neu, der Stein noch nicht gesetzt und die Erde weich. Also fiel ihr das Graben leicht; sie kam schnell mit der Arbeit voran und würde keine Spuren hinterlassen, wenn sie den Sarg wieder mit Erde bedeckte. Niemandem würde etwas auffallen.

Sie entdeckte einen großen runden Stein, den sie zusammen mit der Schaufel in der Nähe des Grabes versteckte und zur besseren Tarnung mit ein paar umherliegenden Zweigen bedeckte.

Dann trat sie drei Schritte zurück, betrachtete ihr Werk und merkte sich jede Einzelheit, um nichts dem Zufall zu überlassen …

»Es tut mir aufrichtig Leid, aber du bist zu weit gegangen Suzanna! Du hättest dich mit der Rolle einer x-beliebigen Mätresse begnügen sollen und vom Körper und dem Geld meines Mannes profitieren können, ohne dass ich etwas dagegen gehabt hätte. Letztendlich wären die Dinge dann für dich viel besser gelaufen. Denn ich habe auch einen Fehler gemacht. Wie eine Idiotin habe ich für dich gearbeitet. Ich habe das vollendet, was du seit Wochen oder Monaten geplant hast. Auf diese Weise habe ich dir viel Arbeit abgenommen; du hast dir nicht einmal den Kopf wegen eines Alibis zerbrechen müssen, ehe du dich seiner entledigt hast und nun alles Geld kassierst … Aber wie um das Maß vollzumachen, kümmert sich seine dämliche Ehefrau auch noch um den heikelsten Teil deines Plans, und das, ohne dass sie darum gebeten wurde! Diese dumme Gans, die sich schon als Erbin betrachtete, steht jetzt auf der Straße …

Das findest du lustig, nicht wahr? Allein der Gedanke, dass ich bald ohne einen Sou bin und nicht mal ein Dach über dem Kopf habe, bringt dich zum Lachen. Du dreckige, kleine Nutte! Aber du kennst mich nicht! Du weißt nicht, wessen ich fähig bin. Ich habe Richard eigenhändig umgebracht. Und was ich einmal getan habe, kann ich wieder tun. Ich lasse deinen heißen Körper erkalten und schließe deine starren Augen und klappe dir dein Maul zu. Dann betrachte ich deine steifen Glieder und dein starres, eiskaltes Gesicht. Ja, ich betrachte dich, du lasterhafte Schlampe, weil du ihn verführt hast! Oder vielmehr … Ha, willst du ihn, meinen Richard? Willst du ihn wirklich? Ich schenke ihn dir, du Hure. Bis in alle Ewigkeit soll er dir gehören! Jetzt wirst du seinen Körper spüren können, ohne dass euch jemand stört. Du kannst dich an ihn schmiegen und schreien, so viel du willst. Niemand wird dich hören!«

neun

Seit fast zehn Tagen hatte sich Richard nicht bei Suzanna gemeldet, und ihr anfänglicher Zorn über sein Ausbleiben hatte sich in Sorge und ein latentes Gefühl der Angst verwandelt. Sie verstand dieses Schweigen nicht und konnte es kaum noch ertragen.

Erst während dieser einsamen, nicht enden wollenden Stunden war ihr bewusst geworden, dass sie fast nichts über diesen Mann, dem sie in blindem Vertrauen gefolgt war, wusste. Sie kannte zwar seinen Namen und hatte eine vage Vorstellung von seinem Beruf, aber sie wusste weder wo er wohnte noch wer sein Arbeitgeber war. Das hatte sie nicht für nötig gehalten, denn Richard hatte sich immer rührend um sie gekümmert.

Jetzt wagte sie nicht einmal mehr, ihre Wohnung auch nur für kurze Zeit zu verlassen, aus Angst, er könnte sie während ihrer Abwesenheit anrufen oder besuchen. Und so kam sie sich wie ein gefangenes Tier vor.

Es gab noch eine Überlegung, die ihr zu schaffen machte, obwohl sie sich sträubte, diese Möglichkeit in Betracht zu ziehen: Vielleicht war sie für ihn nur ein

Spielzeug gewesen, eine Mätresse unter vielen, und er war ihrer überdrüssig geworden? Doch dann rief sie sich sein Lächeln ins Gedächtnis zurück, seine zärtlichen Worte, seine Leidenschaft ... Er fehlte ihr so sehr. Mit jeder Faser ihres Körpers sehnte sie ihn herbei, obwohl sie ihn erst vor drei Monaten kennen gelernt hatte – auf ganz alltägliche Weise.

Suzanna hatte mit einer Freundin einen Nachmittag am Strand von Cascais verbracht, ebenso wie Richard in Begleitung eines Kollegen, wo die beiden Männer nach einem anstrengenden Kongress Entspannung suchten. Und diese erste Begegnung war schicksalhaft gewesen – ein Blick hatte genügt. Sie hatten es beide sofort gewusst und sich ihrer Leidenschaft hingegeben, obwohl Richard versucht hatte, seinen Prinzipien treu zu bleiben.

Natürlich hatte er wieder in seine Heimat zurückkehren müssen, ihr jedoch versprochen, bald wieder zu kommen. Und er hatte Wort gehalten. Er überhäufte sie mit Geschenken, nahm sie mit auf Reisen, kehrte nach Frankreich zurück, kam wieder ...

Das alles war wie ein gelebter Traum gewesen. Warum kam er jetzt nicht?

Wie oft hatte sie im Geist Richards Worte wiederholt, mit denen er sie gebeten hatte, sie in seine Heimat zu begleiten und seine Frau zu werden? Und als sie ihm gesagt hatte, dass sie von ihm schwanger sei, war seine Freude grenzenlos gewesen und er hatte sein Versprechen bekräftigt.

Seitdem lebte Suzanna diesen Traum: Richard liebte sie – trotz ihres Altersunterschieds – leidenschaftlich. Das wusste sie. Und auch sie liebte ihn – und sie liebte sein Kind, denn es war ein Kind der Liebe.

Sein Kind.

Warum ließ er dann nichts von sich hören? Das konnte Suzanna nicht begreifen. Hatte sie vielleicht etwas getan oder nicht getan, um bei ihm eine derartige Gleichgültigkeit hervorzurufen? Und wenn er nun nicht mehr zu ihr zurückkehrte?

Plötzlich fühlte sich Suzanna entsetzlich einsam und verletzlich. Sie kannte niemanden in Paris, war mit keinem Menschen befreundet, der ihr hätte helfen können.

Richard hatte ihr diese Wohnung gemietet und ihr ein Konto eingerichtet, auf das er wöchentlich einen gewissen Betrag für ihren Lebensunterhalt überwies. Doch das Geld war schnell ausgegeben, und sie wusste nicht einmal, ob sie noch genug hatte, um ihre Heimreise zu finanzieren. Außerdem wollte sie an eine solche Möglichkeit nicht einmal denken, denn es hätte bedeutet, dass sie in der Fremde kläglich gescheitert wäre.

Resolut schob Suzanne solche Erwägungen beiseite und starrte wieder einmal wie hypnotisiert das Telefon an. Wenn es nur endlich läuten würde! Oh, Richard! Wo bist du? Warum rufst du nicht wenigstens an? Doch schon bald wurde sie unruhig, stand auf, ging zum Fenster und starrte auf die Straße, in der Hoffnung, ihren Geliebten da unten zu entdecken.

Ein leichtes Schwindelgefühl ergriff sie, und ihr fiel ein, dass sie heute kaum etwas gegessen hatte. Schnell ging sie wieder zum Telefon, wählte die Nummer eines Pizza-Services und bestellte eine Pizza Hawaii.

Dann legte sie sich aufs Bett und rührte sich nicht mehr, aus Angst, sie könnte ihn nicht hören, seinen Schritt nicht erkennen, sollte er kommen. Ihre Nerven waren zum Zerreißen gespannt, und in der bedrückenden Stille ihres Zimmers klopfte ihr Herz wie wild.

Sie nahm sich fest vor, nicht zusammenzuschrecken, wenn es an ihrer Tür klingelte – erst gar nicht zu hoffen, dass Richard klingelte –, da es sich doch nur um den Pizza-Ausfahrer handeln konnte. Da hörte sie Schritte auf dem Gang. Sie nahm zehn Euro aus ihrer Geldbörse und ging zur Tür, öffnete sie.

Zuerst glaubte sie, die Dame in dem Pelzmantel müsste sich in der Adresse geirrt haben. Suzanna starrte sie stumm an, bis die Fremde das Schweigen brach.

»Ich nehme an, Sie sind Suzanna Da Costa?«, fragte sie in jenem leicht überheblichen Tonfall der oberen Schichten, was Suzanna nicht entging.

»Si …«, antwortete die Portugiesin mit matter Stimme.

»Ich bin Jeanne Tavier, die Frau von Richard.«

Suzanna begriff nur ein einziges Wort: »Richard«, und hatte das Gefühl, einen elektrischen Schlag bekommen zuhaben. Wieder fing ihr Herz wild zu klopfen an.

»Si?«, wiederholte sie, doch lauter dieses Mal.

Als Jeanne sah, welche heftige Reaktion allein das Aussprechen des Namens ihres Mannes bei der jungen Frau auslöste, verdrehte sie die Augen und seufzte verärgert.

»Darf ich reinkommen?«, fragte sie und machte einen Schritt nach vorn.

Suzanna trat sofort beiseite. »*Si, si!*«

Noch während Jeanne in den Flur ging, drehte sie sich nach Suzanna um und sah die junge Frau an.

»Sprechen Sie Französisch?«

»Ein wenig«, antwortete die Portugiesin mit einem schüchternen Lächeln.

»Der personifizierte Charme des Mittelmeers!«, murmelte Jeanne und sagte dann laut: »Was sind Sie? Spanierin? Italienerin?«

»Portugal!«

»Portugiesin …«, sagte Jeanne höhnisch. »Das hat mir gerade noch gefehlt.«

Suzanna musterte ihre Besucherin, während sich Jeanne mit kritischem Blick in dem Apartment umsah.

»Hat Richard Ihnen dieses bezaubernde Liebesnest eingerichtet?«

»Ricardo?«, sagte Suzanna hoffnungsvoll.

»Ja, Richard«, entgegnete Jeanne und drehte sich zu der jungen Frau um. »Ich weiß nicht, was er Ihnen bedeutet hat, obwohl über die Natur Ihrer Beziehung zu ihm wohl kaum Zweifel bestehen«, sagte sie und bohrte ihren Blick in Suzannas. »Sie sind unbestreitbar eine schöne Frau, aber eigentlich nicht Richards Typ.«

Sie schwieg kurz und merkte dann, dass Suzanna überhaupt nicht reagierte. »Verstehen Sie eigentlich, was ich sage?«

»*Eu não percebo* … Schwer für mich.«

»Nicht so schwer wie für mich, meine Schöne«, murmelte Jeanne, noch immer die junge Frau musternd.

»Ricardo … okay?«

Jeanne beobachtete Suzanna genau, so als fürchtete sie, die Portugiesin könnte sich über sie lustig machen.

»Das gibt es doch nicht! Es sieht ganz so aus, als wüsstest du es noch nicht. Deshalb habe ich dich auch nicht auf seiner Beerdigung gesehen«, murmelte sie. »Ich frage mich, wo Richard dich aufgegabelt hat.«

Mit einer Geste gab Suzanna zu verstehen, dass sie nicht begriff, was ihre Besucherin zu ihr sagte.

»Nein, Richard nicht okay!«, sprach Jeanne mit lauter Stimme weiter. »Überhaupt nicht okay, dein Ricardo. Tot, begraben, futsch!«, fügte sie gehässig hinzu und fuhr sich mit der Handkante in einer schnellen Bewegung über die Kehle.

»Ricardo?«, rief Suzanna mit weit aufgerissenen Augen. »*Ele morreu? Não è possivel!*«

»Na, na, na! Immer mit der Ruhe.«

Doch schon waren Suzannas Augen voller Tränen, und sie zitterte am ganzen Körper. Mit einer solchen Reaktion hatte Jeanne nicht gerechnet, das brachte sie völlig aus der Fassung, diese spontane aufrichtige Trauer, ein Gefühl ohne Falsch.

»Was ist denn das für eine Geschichte? Und wo kommst du eigentlich her? Er liegt schon fast eine Woche unter der Erde; und du hast keine Ahnung?«, sagte Jeanne, ergriff Suzannas Arm und zwang sie, sich aufs Bett zu setzen.

Suzanna schluchzte herzzerreißend. Intuitiv hatte sie erfasst, dass ihr langes Warten nun zu Ende war, und eigentlich wollte sie die Wahrheit gar nicht erfahren, weil der Zweifel ihr noch eine Hoffnung ließ – denn seit zwei Monaten hatte sie praktisch nur durch Richard existiert. Und wenn er nicht mehr lebte, brach das Fundament, auf dem sie versucht hatte, ihr neues Leben aufzubauen, zusammen. Hier, in diesem fremden Land, war sie ohne ihn vollständig entwurzelt.

Jeanne betrachtete schweigend die junge Ausländerin. Auf eine solche Reaktion war sie nicht vorbereitet, das hatte sie nicht eingeplant. Sie war vielmehr auf eine arrogante Gegnerin gefasst gewesen, die sie unter einem Vorwand an Richards Grab hatte locken wollen – und das nicht ohne ein insgeheimes Triumphgefühl –, um sie dann gerechterweise für immer mit ihrem teuren, verblichenen Gatten in der kühlen Erde zu vereinen. Ein würdiger Abgang für die Erbschleicherin, da sie dann auf immer mit ihrem Geliebten vereint wäre!

Doch jetzt wusste Jeanne nicht mehr, wie sie reagieren sollte. Sie hatte sich auf eine geldgierige und verachtenswerte Person eingestellt, um ihre Tat vor sich selbst zu rechtfertigen, aber diese wehrlose und gutgläubige Frau entwaffnete sie.

»Und erzähl mir bloß nicht, dass du ihn wirklich geliebt hast«, murmelte sie mit einer Nachsicht, die sie selbst erstaunte.

Über den sanften Ton verwundert, hob Suzanna den Kopf und fragte: »Wer Sie sein?«

Jeanne war über die Verzweiflung in Suzannas Blick betroffen. Sie zögerte kurz und antwortete dann: »Eine Freundin.«

Suzanna nickte nur; unfähig zu sprechen, fing sie wieder an zu schluchzen. Auch wenn Richard nie von dieser Freundin gesprochen hatte, so fühlte sie sich ihr doch nahe, allein weil auch diese Freundin ihn gekannt hatte. Völlig verzweifelt warf sie sich in Jeannes Arme und weinte.

Jeanne brachte es nicht übers Herz, sie abzuweisen, und streichelte tröstend den Kopf der jungen Frau.

Das Schrillen der Klingel riss Suzanna aus ihrem Schmerz. Sie schrak zusammen, löste sich aus Jeannes Umarmung und lief zur Tür. Eine absurde, irrationale Hoffnung flammte in ihr auf. Ihre Besucherin existierte nicht mehr, abrupt war sie wieder zu der jungen Liebenden geworden, die sehnsüchtig ihren Geliebten erwartet.

Sie riss die Tür auf und starrte den jungen Mann verständnislos an.

»Rue Tesson, Nummer zehn … Da Costa … das ist doch hier, oder?«, sagte er und hielt ihr die Pizza-Schachtel hin.

Da endlich begriff sie, tastete nach ihrer Hosentasche und gab ihm den Geldschein. Dann machte sie dem verdutzten Ausfahrer die Tür vor der Nase zu.

Als Suzanna wieder das Zimmer betrat, saß Jeanne noch immer auf dem Bett, und bei ihrem Anblick hatte die junge Portugiesin plötzlich den dringenden Wunsch, sich auf sie zu stürzen und ihr das Gesicht zu zerkratzen. Denn diese Frau im Pelzmantel hatte ihren Traum zerstört, sie aus dem Paradies gejagt – die Welt war plötzlich kalt und grausam geworden.

Doch das tat sie nicht, alle Kraft hatte sie verlassen. Sie senkte nur den Kopf.

Als sie ihn wieder hob, kreuzten sich die Blicke der beiden Frauen. Und in diesem Augenblick gab es zwischen ihnen etwas wie ein gegenseitiges Erkennen, ein tiefes Verstehen: Sie waren Schwestern in ihrer Not, Verzweiflung und auch Hilflosigkeit geworden. Sie waren sich so nahe gekommen, als würden sie sich seit einer Ewigkeit kennen.

Dann wandte Jeanne den Blick ab und seufzte theatralisch. »Also gut. Wir können aber nicht ewig hier rumsitzen und über unser Schicksal klagen!«, sagte sie laut und fügte dann leise wie zu sich selbst hinzu: »Die ganze Sache läuft schließlich viel besser, als ich angenommen hatte.«

Dann stand sie entschlossen auf, ging in den Flur, nahm Suzannas Mantel vom Garderobenhaken und hielt ihn ihr gebieterisch hin.

»Wir werden jetzt unserem Märchenprinzen einen

kleinen Besuch abstatten. Sie haben sicher nichts dagegen einzuwenden, denn vielleicht glauben Sie meinen Worten nicht«, fügte Jeanne ironisch hinzu.

Suzanna schlüpfte gehorsam in ihren Mantel, ohne eine einzige Frage zu stellen. Was konnte sie schon gegen diese Frau ausrichten, die plötzlich aus dem Nichts aufgetaucht war und entschlossen schien, die Dinge in die Hand zu nehmen? Außerdem fühlte sie sich schwach und zu kraftlos, um reagieren zu können. Und nicht zuletzt war ihr im Moment alles egal.

Jeanne wiederum betrachtete die kleine Portugiesin mit wachsendem Ärger. Die junge Frau sah eher tot als lebendig aus; und der Gedanke, sich eines Menschen zu entledigen, der bereits tot war, erschien ihr plötzlich langweilig und ohne Reiz, eine lästige Aufgabe, die es schnell zu erledigen galt.

Gereizt nahm sie Suzannas Hand und ging mit ihr zum Fahrstuhl.

Suzanna ließ alles willenlos mit sich geschehen.

zehn

Jeanne marschierte direkt auf die kleine verrostete Eisentür in der Friedhofsmauer zu.

Während der Fahrt mit der Metro durch die Stadt hatten die beiden Frauen geschwiegen; und Suzanna war wie ein kleiner Hund hinter der Frau im Pelzmantel hergelaufen. Doch als sie begriff, dass sie zum Friedhof gingen, fing sie leise, mit gesenktem Kopf und resigniert zu weinen an. Schließlich ging sie immer langsamer. Was Jeanne wütend machte. Sie wollte dem allen endlich ein Ende setzen und diese ständig heulende junge Frau, die nichts kapierte, loswerden.

Mittlerweile war es dunkel geworden, und zwischen den schwarzen Wolken wurde von Zeit zu Zeit ein bleicher Mond sichtbar, der mit seinem fahlen Licht die gespenstige Szenerie schwach beleuchtete.

Jeanne hastete an den Gräberreihen vorbei, bis sie schließlich vor Richards letzter Ruhestätte stehen blieb.

»Hier ist es«, sagte sie, packte wieder die Hand der jungen Frau und zerrte sie an den Rand des Grabes.

Suzanna warf ihr einen verständnislosen Blick zu.

»Ricardo!«

Suzanna fing sofort wieder zu weinen an. Jetzt erst konnte sie sich Richards langes Schweigen erklären. War nicht allein der Tod mächtig genug, die Liebenden zu trennen?

Unter Aufbietung all ihrer Kräfte versuchte Suzanna, ein aufkommendes Schwindelgefühl zu bekämpfen, als sie auf den Erdhügel starrte, unter dem der über alles geliebte Mann lag, der Mann, der ihrem Leben einen Sinn gegeben hatte, der Mann, der ihr die Tür zur Welt geöffnet und sie aus ihrer kleinbürgerlichen Umgebung geholt hatte. Der Mann, dem sie alles verdankte!

Der Boden unter ihren Füßen fing an zu beben, und sie fiel auf die Knie. Sie schlang die Arme um ihren Leib und stieß schluchzende Klagelaute aus.

Suzannas Trauer verstörte Jeanne zutiefst, denn sie identifizierte sich – wenn auch widerwillig – mit dieser jungen Frau. Ja, sie begriff diese Verzweiflung, diesen quasi physischen Schmerz, dieses tiefe Leid …

Doch Jeanne riss sich zusammen. Das war nicht der Moment, sich rühren zu lassen! Mit einem flüchtigen Blick vergewisserte sie sich, dass der Stein und die Schaufel noch dalagen.

Und während Suzanna noch immer klagte und weinte, noch immer auf Knien lag und ihren Körper im Rhythmus ihrer unsäglichen Trauer vor und zurück wiegte, griff Jeanne nach dem Stein und stellte sich hinter die im Leid Versunkene.

Jeanne atmete tief ein und setzte zum Schlag an – und hielt inne. Als sie Richard die Treppe hinuntergestoßen hatte, war das ein spontaner Akt gewesen, den sie vorher nicht geplant hatte. Aber diese Situation war eine ganz andere. Denn Suzanna hatte jetzt begonnen zu sprechen, zu weinen und dazwischen zu reden. Noch immer wiegte sie sich, und hin und wieder hob sie die Hände flehentlich zum Himmel.

Jeanne verstand nichts von dem Gesagten. Sie war jetzt aufs Äußerste angespannt, wollte all dem endlich ein Ende bereiten. Suzanna hatte kein Recht, ihr das zu nehmen, worum sie jahrzehntelang gekämpft hatte – ein wenig Liebe und Geborgenheit – und das sie mit ebenso langer Verachtung und mit Hass bezahlt hatte. Und deshalb musste Suzanna sterben!

Wieder hob sie ihre Waffe und zählte stumm bis drei, zum Schlag bereit … um abermals wie erstarrt innezuhalten. Sie konnte nicht fassen, was sie gerade gehört hatte.

»*Meu bebe, meu bebe, meu bebe* …«, wiederholte Suzanna, noch immer weinend, als betete sie eine Litanei herunter. Dabei streichelte sie ihren Bauch und breitete dann über dem Erdhügel ihre Hände aus, als böte sie dem darunter Liegenden eine Opfergabe dar.

Jeanne erwachte aus ihrer Starre und ließ langsam den Arm sinken. Vorsichtig legte sie den Stein auf den Boden und blieb eine ganze Weile zitternd und erschöpft stehen. Aus dem in ihrem Kopf herrschenden Chaos kristallisierten sich einige zusammenhangslose, aber deutlich erkennbare Bilder heraus. Wirre Gedanken nahmen Gestalt an.

Ein Baby.

Ein Baby von Richard … Das änderte alles! Zwar wusste sie noch nicht, in welcher Hinsicht, aber sie wusste definitiv, dass es nun töricht wäre, die von ihr geplante Tat zu begehen. Und dass sie schnell reagieren musste.

Auf keinen Fall durfte Suzanna den Eindruck gewinnen, sie beherrsche die Situation nicht, auch wenn ihr jetzt blitzartig klar wurde, dass Richard an dem Tag sein Testament geändert hatte, als er erfuhr, dass er Vater werden würde und es für sie – Jeanne – nie mehr einen Platz in seinem Leben geben würde.

Jeanne schluckte und räusperte sich dann automatisch. Sie legte die Hand auf Suzannas Schulter. Die junge Frau zuckte kaum merklich zusammen, hob den Kopf und sah die ältere schmerzerfüllt an. Obwohl Jeanne diesen Blick kaum ertragen konnte, hielt sie ihm stand. Dann half sie Suzanna auf und lächelte die Jüngere unter größter Anstrengung liebevoll an.

»Kommen Sie. Wir können nicht ewig hier bleiben«, sagte Jeanne, nahm Suzannas Arm und führte sie zum Ausgang.

Suzanna zögerte. Sie konnte keinen klaren Gedanken fassen. Wer war diese elegante Frau, die urplötzlich als Todesbotin in ihr Paradies eingedrungen war? Richard hatte diese Freundin nie erwähnt. Konnte sie ihr vertrauen? Aber hatte sie denn eine andere Wahl? Was sollte aus ihr werden, da niemand mehr für ihren Lebensunterhalt aufkam? Wie sollte sie in dieser fremden

Stadt leben, in einem Land, dessen Sprache sie kaum sprach?

Also kam Suzanna schnell zu dem Schluss, dass sie keine andere Wahl hatte, als dieser Frau im Pelzmantel zu vertrauen und mit ihr zu gehen.

Sie nickte, löste sich aber aus Jeannes Griff und fragte resigniert: »Wohin wir gehen?«

Jeanne antwortete erst nach einer Weile, denn sie wusste es selbst nicht. Außerdem gab es nur wenige Möglichkeiten, ganz abgesehen davon, dass das »Problem Suzanna« noch immer existierte: Sie war Richards Alleinerbin und durch ihre Schwangerschaft auch die potenzielle Erbin von Richards Vater – insgesamt ein beträchtliches Vermögen.

In Jeannes Kopf überschlugen sich die Gedanken: Wenn sie diese nun reiche junge Frau tötete, beraubte sie sich der Möglichkeit, auch noch in den Besitz des väterlichen Erbes zu gelangen. Der Notar hatte sich klar ausgedrückt: Starb Richard ohne männlichen Nachkommen, fiel dieses Geld der französischen Armee zu.

Jeanne überlief ein Schauder … Ein vager Plan zeichnete sich langsam in ihrem Kopf ab oder vielmehr eine vage, völlig hirnrissige und absurde Idee …

Nichts Konkretes, nichts Rationales und erst recht nichts Realisierbares … Nur die innere Überzeugung, dass sie Suzanna ebenso brauchte wie die junge Frau sie.

»Wohin wir gehen?«, wiederholte die Portugiesin, während sie folgsam neben Jeanne herging.

»Haben Sie Verwandte oder Freunde in Paris?«

Die beiden waren vor der kleinen verrosteten Pforte angekommen. Jeanne schaute Suzanna fragend an. Die schüttelte den Kopf.

»Ausgezeichnet«, antwortete Jeanne und öffnete die eiserne Tür. Sie schlüpfte hindurch, und Suzanna folgte ihr.

»*Posso ir consingo?* Ehm … Ich gehen mit?«

Ein kaltes Lächeln umspielte Jeannes Mund, als sie antwortete, ohne ihre Begleiterin anzusehen: »Natürlich kommst du mit zu mir, meine Schöne. Von nun an sind wir unzertrennlich!«

elf

Seit vergangenem Donnerstag, dem Tag der Testamentseröffnung hatte Edwige nichts mehr von Jeanne gehört. Jeanne ging nicht ans Telefon. Edwige machte sich keine allzu großen Sorgen, wunderte sich aber über Jeannes Verhalten »nach allem, was sie für ihre Freundin getan hatte …«.

Deshalb reagierte sie ziemlich ungehalten, als Jeanne schließlich anrief. »Du meine Güte, Jeanne. Warum meldest du dich nicht? Was ist in dich gefahren? Du weißt doch, dass …«

»Edwige … Oh, Edwige! Ich muss dich unbedingt sehen«, unterbrach ihre Freundin sie exaltiert. »Es ist etwas Außerordentliches geschehen … das heißt, mir ist etwas passiert und ich kann nur mit dir darüber reden. Jedenfalls im Moment. Komm schnell. Ich erwarte dich!«

Mit diesen Worten legte sie auf.

»Jeanne?« Edwige legte, leise fluchend, ebenfalls auf. »Ich glaube, ich spinne. Diese Frau macht mich noch verrückt. Was hat sich diese Närrin denn dieses Mal wieder in den Kopf gesetzt?«

Dann informierte sie das Mädchen, dass sie ausgehe und setzte sich selbst ans Steuer ihres nagelneuen BMW-Coupés, das sie sich vor zwei Wochen zum Geschenk gemacht hatte.

Während der Fahrt durch die Hauptstadt musste sie sich eingestehen, dass sie von Neugier fast zerfressen wurde. Als sie vor Jeannes Domizil ankam, wunderte sie sich, weil niemand zu ihrer Begrüßung herbeieilte, ihre Autoschlüssel nahm und ihr kostbares kleines Gefährt außerhalb des Zugriffs normaler Sterblicher parkte. Sie runzelte die Stirn, ging die Treppe zur Haustür hoch und läutete zweimal. Da niemand ihr schnell öffnete, wurde sie ungeduldig und fluchte wieder leise.

»Was ist denn nun schon wieder los? Kann sie denn nicht einfach ihr ganz normales Leben wieder aufnehmen, anstatt Versteck zu spielen? Diese Geschichte geht mir allmählich auf den Geist. Und sollte sie sich einbilden ...«

Edwige unterbrach sich, als sie hörte, wie ein Schlüssel ins Schloss gesteckt und umgedreht wurde. Die Tür öffnete sich einen Spalt.

»Jeanne! Jeanne! Ich bin's, Edwige! Um Himmels willen, mach die Tür auf!«, rief sie resolut, setzte den Fuß in den Spalt und stieß dann die Tür ganz auf.

»Dem Himmel sei Dank, du bist es!«, rief Jeanne und seufzte beim Anblick ihrer Freundin erleichtert.

»Natürlich bin ich es. Wer sollte es denn sonst sein?«

Jeanne machte die Tür schnell hinter ihrer Freundin zu und lächelte entschuldigend. »Komm mit in den Salon. Was stehen wir hier rum«, sagte sie, fasste Edwige am Arm und zog sie ins Wohnzimmer.

»Kannst du mir mal erklären, was diese ganze Geheimniskrämerei soll? Was hast du letzte Woche gemacht? Du hättest mich wenigstens einmal anrufen können! Und warum gibt es in diesem Haus kein Personal mehr? Jeanne, ich weiß nicht, was hier vor sich geht, aber ich muss ernsthaft mal …«

»Psst! Sag nichts mehr. Mir ist etwas ganz Außergewöhnliches passiert. Etwas Undenkbares! Ich kann es selbst noch nicht fassen … Und deshalb habe ich eine Weile gebraucht, um die richtige Entscheidung zu treffen. Du kannst dir gar nicht vorstellen, wie paradox das Leben manchmal sein kann! Aber jetzt klappt alles bestens, und ich …«

Jeanne redete schnell und zusammenhangslos, was Edwige immer mehr beunruhigte. Sie folgte ihr ins Wohnzimmer und versuchte zu begreifen, was los war.

»Setz dich in den Sessel da und rühr dich nicht vom Fleck!«, befahl Jeanne ihrer erstaunten Freundin in einem Ton, der keinen Widerspruch duldete.

»Ja, was soll das denn, Schätzchen? Ich …«

»Und vor allem, sag jetzt nichts«, bat Jeanne und ging aus dem Zimmer.

Edwige war ziemlich beunruhigt.

Kurz darauf kam Jeanne zurück; ihr Gesichtsausdruck spiegelte eine Mischung aus Erregung und Unruhe wider. In einer Hand hielt sie etwas, das sie sorgfältig vor Edwige verbarg.

»Ich weiß nicht, ob das, was ich tue, anständig und begreifbar ist und, vor allem, realisierbar … Aber Gott ist mein Zeuge, dass ich die letzten Tage viel nachgedacht habe …«

»Lass Gott bei dieser Geschichte aus dem Spiel, Jeanne, und rede jetzt endlich! Ich kann diese nervliche Anspannung kaum noch ertragen und stelle mir alles Mögliche vor …«

»Gut, gut … Aber vor allem musst du wissen, dass du die Einzige bist, die Bescheid weiß.«

»Über was Bescheid weiß, Himmel noch mal?«

Jeanne setzte sich in einen Sessel Edwige gegenüber und sah ihre Freundin bedeutungsvoll an. Dann redete sie in diesem exaltierten Ton weiter, den Edwige nur zu gut an ihr kannte und dem sie über alle Maßen misstraute.

»Wo soll ich nur anfangen? Das alles klingt so unwahrscheinlich … Du wusstest doch, in welcher Beziehung ich zu Richard stand, nicht wahr?«

»Natürlich«, antwortete Edwige gequält.

»Also wusstest du auch, dass wir uns nicht besonders gut verstanden?«

»Ich bitte dich, mach's kurz!«

»Natürlich, natürlich … Trotzdem kam es manchmal vor, dass Richard … wie soll ich es ausdrücken? … dass er zärtlich wurde und mich dann bat, den Abend mit ihm zu verbringen. Du weißt, was ich meine?«

»Was willst du mir damit sagen, Schätzchen? Dass

dein Mann nicht der Scheißkerl war, für den wir ihn immer gehalten haben?«

»Nein. Ich will ihn nicht besser machen. Ich möchte dir nur sagen, dass ich manchmal, sehr selten, aber immerhin manchmal auch Angenehmes mit ihm erlebte.«

»Angenehmes?«

»Ja. Etwas, das bei einem verheirateten Paar völlig normal ist … Du weißt, was ich meine?«

»Du hast mit diesem Monster geschlafen?«, rief Edwige überrascht.

»Ja«, murmelte Jeanne, sichtlich verärgert über die Reaktion ihrer Freundin. »Manchmal habe ich in letzter Zeit mit Richard … mit ihm geschlafen.« Und dann fügte sie kalt hinzu: »Zwar weiß ich, dass dir so etwas schon seit einer Ewigkeit nicht mehr passiert ist und dass Robert in deinen Augen nichts als ein lächerlicher Hampelmann ist, den du nur brauchst, um in einem gewissen Milieu verkehren zu können, aber …«

»Ganz recht. Robert hat außer seinem Vornamen nichts Verführerisches an sich. Aber du sollst wissen, Schätzchen, dass ich mich derlei Vergnügungen keineswegs beraube, sondern oft genug die Beine breit mache. Doch jetzt möchte ich nur eins wissen: Was willst du mir mit deinem überschwänglichen vertraulichen Geschwafel eigentlich sagen?«

Jeanne strafte ihre Freundin mit einem vernichtenden Blick, worauf Edwige in schallendes Gelächter ausbrach.

»Du meine Güte! Was soll das Theater?«, sagte sie noch immer lachend und beschloss dann, wieder Frieden zu machen. »Entschuldige, Schätzchen, ich wollte dich nicht ärgern. Nun komm schon ... Also, was ist dir so Außergewöhnliches passiert?«

Mühsam schluckte Jeanne ihren Ärger hinunter, denn ein Streit mit ihrer Freundin hätte ihre Pläne gefährdet.

»Um es kurz zu machen«, sagte sie missgelaunt. »Vor etwa drei Monaten habe ich die Nacht mit Richard verbracht und ...« Abrupt brach sie ab, weil Edwige leicht angewidert das Gesicht verzog und die Augen verdrehte.

»Und?«, erkundigte sich Edwige mit Unschuldsmiene.

»Seit einiger Zeit stelle ich an mir gewisse körperliche Veränderungen fest«, sagte Jeanne nach einer Weile, als sie sich wieder unter Kontrolle hatte. Denn Edwiges Spott war ihr unerträglich geworden, und sie hätte am liebsten ihrem Ärger Luft gemacht. «Ich bin ständig erschöpft und möchte am liebsten nur schlafen. Zuerst schob ich das auf die Tatsache, dass Richard tot ist. Ich hatte den Eindruck, ich würde unter einer leichten Depression leiden. Du weißt ja, was wirklich geschehen ist und dass es nicht immer einfach ist, den Tatsachen ins Auge zu sehen. Dann traten andere Symptome auf, beunruhigende Symptome. Zum Beispiel ...« Jeanne unterbrach sich, äußerst zufrieden, weil sie sah, dass Edwige buchstäblich an ihren Lippen hing.

»Sprich weiter!«, drängte ihre Freundin sie.

»Zum Beispiel ist mir ständig morgens beim Aufwachen übel, und mein Busen tut mir weh. Schau mal, er ist viel größer geworden!«

»Was versteckst du da in deiner Hand, Jeanne?«, fragte Edwige langsam, als hätte sie vor der Antwort Angst.

Jeanne begnügte sich damit, die Faust zu öffnen. Auf ihrem Handteller lag ein kleines Röhrchen, auf dessen Boden sich ein farbiger Ring abgesetzt hatte.

Edwige schwieg lange, aber Jeanne war über die Reaktion ihrer Freundin entzückt.

»Ich bin schwanger, Edwige!«, sagte sie schließlich theatralisch.

Edwige schüttelte nachdenklich den Kopf. Noch immer starrte sie das Röhrchen an. Jeanne beobachtete ihre Freundin und konnte nur mühsam das in ihr aufkeimende Triumphgefühl unterdrücken, denn Edwige schien keine Sekunde an ihren Worten zu zweifeln.

Und wenn Edwige ihr glaubte, würden alle ihr glauben.

dritter monat

»Das Herz des Fetus ist selbstständig und schlägt
unabhängig von dem seiner Mutter.
Es schlägt nach seinem eigenen Rhythmus, allerdings ist es von der psychischen Verfassung seiner Mutter abhängig.
Wenn sie sehr gestresst, aufgeregt oder wütend ist,
wird in ihr Blut Adrenalin ausgeschüttet, das
über die Plazenta den Herzrhythmus des Babys mit beeinflusst.
Deshalb ist es wichtig, dass die Mutter ein
ruhiges Leben führt.«

zwölf

»Lieber Monsieur Lombaris,

ich schreibe Ihnen, um Sie davon in Kenntnis zu setzen, dass bezüglich der Erbschaft meines verstorbenen Mannes, Richard Tavier, eine völlig neue Situation eingetreten ist. Trotz des unsäglichen Kummers über seinen Tod, hat dieser neue Umstand meinem traurigen Leben eine ungeahnte neue Perspektive eröffnet, deren Tragweite Sie wohl am besten ermessen können.«

Jeanne stand nackt vor dem Spiegel in ihrem Schlafzimmer und musterte mit fiebrigen Augen ihren mageren Körper. Ihre ganze Aufmerksamkeit galt ihrem nicht existierenden Bauch, denn sie versuchte mehrmals vergebens, ihn angestrengt vorzustülpen. Mit einem verzweifelten Seufzer gab sie ihre Bemühungen auf und fragte sich, ob man eine dreimonatige Schwangerschaft bereits sehen könne.

Suzannas üppige Formen sprachen dafür, aber die junge Frau schien von Natur aus mit Rundungen ausgestattet zu sein. Wie konnte sie nur unterscheiden, ob sie das Resultat ihrer Schwangerschaft waren oder der Naschsucht?

»Ich bin überglücklich, Ihnen mitteilen zu können, dass ich schwanger bin – bereits seit drei Monaten schwanger bin, ein Umstand, den ich durch den tragischen Tod meines Mannes und die schweren Wochen danach erst kürzlich erkannte und von dem ich bei der Testamentseröffnung noch nichts wusste, als ich Sie letzten Monat in Ihrer Kanzlei aufsuchte.«

Zärtlich streichelte Jeanne ihren Bauch, berührte mit kreisenden Bewegungen die Haut um ihren Nabel, wanderte hoch zu ihren Brüsten, die sie erschaudernd betastete. Was war das für ein seltsames Gefühl, das wellenartig aus ihren Brüsten bis in ihre Kehle aufstieg? Jeanne schloss die Augen, damit sie die von ihrer Gebärmutter ausgehende Wärme besser genießen konnte.

Was versucht dieses kleine, in meinem Bauch wachsende Wesen mir zu sagen?, fragte sie sich.

Eine Woge der Zärtlichkeit überkam sie, als sie die Augen wieder öffnete und voller Liebe ihr Spiegelbild betrachtete, denn sie sah eine Frau, die ein rosiges Baby in den Armen hielt, das gierig an ihrer Brust saugte. Mit unendlicher Zärtlichkeit streichelte sie das runde Bäckchen des kleinen Wurms. Als das Kind sie dankbar ansah, wurde sie von Rührung überwältigt. Denn in dem Blick des Säuglings erkannte sie die strahlenden Augen Richards wieder. So hatte Richard sie angesehen, als sie beide von Leidenschaft verzehrt wurden, so hatte er sie angesehen, wenn sie sich ihm hingab und er ihre Hingabe dankbar und glücklich empfing.

Worunter hatte sie alle die langen Jahre am meisten gelitten? Keine Liebe mehr zu bekommen oder keine mehr geben zu können?

Versunken betrachtete Jeanne den kleinen Jungen in ihren Armen. Er war so winzig, so zart und absolut von ihr abhängig – physisch wie psychisch. Und sie hatte so viel Liebe in sich, dass sie glaubte, daran ersticken zu müssen, weil sie ihre Gefühle zu lange hatte unterdrücken müssen.

»Ich weiß, dass die Geburt eines Erben eine völlig neue Situation schafft, denn ihm steht laut Testament ein Teil des Vermögens der Tavier zu. Aus diesem Grund bitte ich um einen Termin in Ihrer Kanzlei, damit Sie die notwendigen Vorkehrungen treffen können.

Mit freundlichen Grüßen,

Ihre Jeanne Tavier«

Nach einer Weile kam Jeanne wieder zu Sinnen und registrierte erstaunt, wie mager sie war, fast ausgezehrt. Sie schämte sich ihres Körpers, Arme und Beine sahen skelettartig aus, die Rippen standen vor, und der Bauch war nicht vorhanden.

Am liebsten würde sie diese Frau aus ihrem Universum verbannen und für immer in die Haut der Mutter mit ihrem Kind schlüpfen. Mit Tränen in den Augen wandte sich Jeanne vom Spiegel ab und zog sich schnell an. Zum Schluss streifte sie einen dicken, weiten Pullover und einen ebenso weiten Rock über, um darunter ihren mageren Körper zu verbergen. Um ihrem ausgezehrten Gesicht mehr Fülle zu verleihen, legte sie Make-up in pastellfarbenen weichen Tönen auf. Ihrer Frisur gab sie mit ein paar Bürstenstrichen einen kühnen Schwung. Die ganze Aufmachung ließ sie jetzt wie einen sowohl leidenden und zerbrechlichen als auch einen von Leidenschaft beseelten Menschen aussehen – eine seltsam widersprüchliche Aura, die sie wie ein Geheimnis umgab.

Kurz darauf ging sie die Marmortreppe hinunter, so vorsichtig zögernd, als könnte sie beim geringsten Fehltritt zerbrechen. Das Telefon läutete lange und schrill. Jeanne ging daran vorbei, ohne abzunehmen.

Sie musste jetzt handeln, ihr Leben organisieren. Rasch eilte sie in die Küche und schloss die Tür hinter sich ab, als hätte sie vor, dort etwas Verbotenes zu tun, obwohl sie nur verwirrt die Unmengen der auf der Theke liegenden Lebensmittel anstarrte.

Genau das, was eine schwangere Frau braucht, überlegte sie: eine ausgewogene Ernährung. Fleisch, Fisch, Eier wegen der Proteine; Milchprodukte wegen des Kalziums; stärkehaltige Produkte wegen der Glukose und Früchte und Gemüse wegen der Ballaststoffe und der Vitamine. Daneben lagen Bücher, alle möglichen Kochbücher, einige aufgeschlagen, andere noch in Cellophan eingeschweißt. Denn sie musste Suzanna richtig ernähren, sie pflegen und wie ihren Augapfel hüten.

Weil dieses Kind Jeannes Kind sein würde. Diese junge Frau war nichts anderes als ein menschlicher

Brutkasten. Jeanne hatte irgendwo gelesen, dass das Herz des Fetus im dritten Schwangerschaftsmonat nach seinem eigenen Rhythmus schlug, wobei es demnach dem psychischen Zustand der Mutter unterworfen ist, und daraus den Schluss gezogen, dass Suzanna ein ruhiges und ausgeglichenes Leben führen müsse.

Dieser Gedanke hatte eine große Verärgerung in Jeanne ausgelöst, denn sie wusste nur zu gut, dass Suzanna über ihre Lage nicht glücklich war, obwohl sie Jeanne eigentlich auf Knien hätte danken müssen, weil sie sich der jungen Frau angenommen hatte. Schließlich hätte sie ja um ein Haar an Richards Grab ihr Leben verloren …

Doch stattdessen bot Jeanne ihr nicht nur Kost und Logis an, sondern auch einen Luxus, von dem sie nur hätte träumen können, hätte Jeanne sie nicht aus ihrer elenden kleinen Wohnung in der Rue Tesson geholt. Und als Gegenleistung verlangte Jeanne doch nicht viel, nur dass Suzanna aß und trank und ruhte und das Kind in sich wachsen ließ. Aber nein! Sie sträubte sich dagegen.

Diese Ohnmacht, Suzanna nicht zwingen zu können glücklich zu sein, machte Jeanne rasend vor Wut.

Sie konnte schlecht sagen: »Sei glücklich! Ich befehle es dir! Ich will, dass du glücklich bist!«

Aber noch hatte Jeanne das letzte Wort nicht gesprochen. Denn dieses Kind würde um jeden Preis das ihre sein. Und deshalb musste sie die fehlende seelische Zufriedenheit der Schwangeren durch eine perfekte Nahrung kompensieren, damit sich ihr Kind unter optimalen Bedingungen entwickeln konnte.

»Liebe Madame Tavier,

erlauben Sie mir, Ihnen zu dem künftigen frohen Ereignis, von dem Sie mich in Ihrem letzten Schreiben in Kenntnis setzten, zu gratulieren, obwohl ich Sie dahin gehend informieren muss, dass diese sowohl überraschende als auch unerwartete Nachricht nichts am Testament Ihres verstorbenen Mannes, Richard Tavier, ändert. Die Geburt eines Erben würde vielmehr den letzten Willen Ihres Schwiegervaters, Richard Tavier senior, betreffen. Wie ich Ihnen bereits bei unserer letzten Unterredung erklärt habe, befindet sich sein Vermögen auf einem Sperrkonto und ist für einen direkten Nachkommen männlichen Geschlechts von Richard Tavier junior bestimmt. Das Kind muss also ein Knabe sein.

Aus diesem Grund schlage ich vor, dass Sie wieder mit mir in Verbindung treten, wenn Sie durch eine ärztliche Untersuchung haben feststellen lassen, dass Ihr Kind männlichen Geschlechts sein wird. Dieser Vorschlag geschieht in Ihrem eigenen Interesse, so ersparen Sie sich einen unnötigen Besuch in meiner Kanzlei.

Inzwischen wünsche ich Ihnen von ganzem Herzen eine glückliche Zeit in Erwartung dieses freudigen Ereignisses.

Mit freundlichem Gruß

Édouard Lombaris«

In einem Anfall unbändiger Wut zerriss Jeanne den Brief des Notars. Wie hatte sie nur diese Klausel vergessen können? Ihr Schwiegervater war ein Frauenfeind gewesen. Nicht einmal seiner Enkeltochter hatte er sein Geld gegönnt. Jeanne hatte nie begriffen, warum dieser harte unbeugsame Mann je geheiratet hatte, da er für Frauen nichts als Verachtung übrig gehabt hatte. Wahrscheinlich hatte er diesen Schritt nur getan, um einen Sohn zu haben, einen Nachkommen seines Namens, damit sein Geschlecht weiterlebte …

Ab welchem Schwangerschaftsmonat konnte man das Geschlecht eines Kindes bestimmen? Nervös nahm Jeanne den Ratgeber für Schwangere zur Hand. Sie hatte das Buch vor ein paar Tagen gekauft und verschlang es seitdem. Dort las sie nach, dass bereits ab dem dritten Monat die primären Geschlechtsmerkmale gut ausgeprägt waren, aber dass man das Geschlecht erst ab dem sechsten Monat mit Sicherheit bestimmen konnte.

Seufzend klappte sie das Buch wieder zu. Drei Monate! Noch drei Monate Wartezeit, ohne zu wissen, ob ihr überstürztes Handeln auch von Nutzen gewesen war. Noch drei Monate, ehe sie sicher sein konnte, dem finanziellen Ruin entgangen zu sein, in den Richard sie gestürzt hatte.

Sie war der Überzeugung, dass dieser Fiesling sie noch über den Tod hinaus quälte. Denn es genügte nicht, schwanger zu sein. Nein, es musste ein Junge sein! Ein Mädchen war nichts wert.

Plötzlich kam Jeanne ein furchtbarer Gedanke: eine Ultraschalluntersuchung! Das bedeutete, sie musste Suzanna zu einem Gynäkologen bringen, was nichts als Schwierigkeiten bedeutete. Denn dann konnte dieses kleine Miststück auf ihre Lage hinweisen, um Hilfe bitten – vielleicht sogar fliehen!

Jeanne zermarterte sich das Gehirn, wie sie dieses Problem lösen sollte, denn es kam für sie überhaupt nicht in Frage, ihr Projekt einem solchen Risiko auszusetzen. Sie hielt es momentan für die beste Lösung, bis zur Geburt zu warten und den Notar dahin gehend zu informieren. Ein Entschluss, der natürlich bedeutete, dass sie sich mit Geduld wappnen und Suzanna monatelang von der Außenwelt abschirmen musste.

Zerstreut blätterte Jeanne in ein paar Diät-Kochbüchern und entschied sich dann doch für ein Kochbuch mit soliden, alten Rezepten für Hausmannskost. Was sollte sie zubereiten? Seit Jahrzehnten hatte sie nicht mehr am Herd gestanden … Eine Suppe? Eine Hähnchenbrust? Ein Omelett? Und wie viel? Musste Suzanna für zwei essen, wie es manche Leute noch heute empfahlen?

Du lieber Himmel, sie brauchte dringend Hilfe, aber sie konnte doch nicht zum Frauenarzt gehen und vorgeben, sie sei schwanger. Nein, Jeanne musste mit der Situation alleine fertig werden, Bücher zu Rate ziehen und sich im Übrigen auf ihren Instinkt verlassen.

Heute Abend würde sie etwas Einfaches zubereiten, zum Beispiel einen Salat. Schritt für Schritt den Anweisungen des Rezepts folgen … Ja, einen Salat. Und während sie ungeduldig in dem Kochbuch blätterte, fühlte sie plötzlich unbekannte Kräfte in sich wachsen. Würde sich ihr sehnlichster Wunsch erfüllen?

Ein Kind .....

Ein Sohn! Denn da war jeder Zweifel verboten: Es würde und musste ein Junge werden. Jeanne durfte sich auf keinen Fall eingestehen, dass sie im Begriff war, für ein Mädchen ein ebenso großes Risiko einzugehen.

Suzanna wusste nichts von alledem – von Jeannes Phantasmagorien, ihren bizarr gespenstischen Wahnvorstellungen. Ebenso wenig wusste sie, aus welchem Grund Jeanne sie in dieses Zimmer eingesperrt hatte. Zwar hatte Jeanne versucht, ihr zu erklären, dass es in Suzannas Interesse sei, das Haus nicht zu verlassen, was Suzanna anscheinend nicht begriff.

»Du darst nicht ausgehen, meine Schöne. Du bleibst nur unter einer einzigen Bedingung am Leben, nämlich der, dieses Haus nicht zu verlassen.«

Suzanna hatte nicht verstanden, was Jeanne sagte, und hatte nur den Kopf geschüttelt, aber dann auf das Telefon gedeutet und ihrer Gefängniswärterin klar gemacht, dass sie telefonieren wolle.

»Wen willst du denn anrufen?«, hatte Jeanne misstrauisch gefragt.

»*Familia*! Ich telefonieren an meine *familia, si?*«

»Kommt nicht in Frage, Süße. Du verstehst doch hoffentlich: Niemand darf von deinem Aufenthalt hier erfahren. Ich weiß, dass dir das nicht gefällt, aber ich habe keine andere Wahl. Also, mach uns das Leben nicht noch schwerer. Entweder du tust, was ich dir sage, oder ich muss mein unsprüngliches Vorhaben in die Tat umsetzen. Kapiert?«

Suzannna sah Jeanne verblüfft an. Sie war sich nicht sicher, was diese sonderliche Frau ihr zu verstehen geben wollte. Doch dann hatte sie entschlossen nach dem Hörer gegriffen und angefangen zu wählen. Mit ein paar Schritten war Jeanne bei ihr und unterbrach die Verbindung einfach.

Suzanna hob langsam den Kopf – in ihrem Blick eine Mischung aus Unverständnis und Argwohn – und murmelte ein paar drohend klingende Worte.

Da Jeanne nicht reagierte, drehte sie sich schnell um, ließ den Hörer fallen und ging zur Tür. Mit drei Sätzen kam Jeanne ihr zuvor und hinderte sie daran, aus dem Zimmer zu gehen.

»Du machst mir meine Aufgabe nicht leichter, Suzanna! Es liegt in unserem gemeinsamen Interesse, dass wir uns verstehen und dass du mir gehorchst. Denk an dein Kind ... Solltest du mich zwingen, zögere ich keine Sekunde dich umzubringen«, hatte Jeanne am ganzen Körper zitternd, aber fest entschlossen verkündet.

Worauf die junge Frau wie erstarrt stehen blieb, ihre Wärterin aber mit einem Schwall übelster Beschimpfungen überhäufte, die Jeanne ohne Reaktion über sich ergehen ließ.

Vor dieser kalten Entschlossenheit verlor Suzanna die Geduld und – ganz außer sich – ohrfeigte sie Jeanne mit aller Kraft.

Und während sich die beiden Frauen lange stumm anstarrten und sich langsam ein roter Fleck auf Jeannes Wange ausbreitete, hielt Suzanna den Atem an. Sie konnte nicht fassen, was sie eben getan hatte.

Doch mit einem Mal erwachte Jeanne dann aus ihrer Reglosigkeit, packte Suzanna bei den Haaren und riss ihren Kopf brutal nach unten. So zwang sie ihre Gegnerin in die Knie.

Keiner Bewegung mehr fähig, fühlte Suzanna, wie ihr Mund ganz trocken wurde, und als Jeanne sich ihrem Kopf näherte und mit schneidender Stimme etwas in ihr Ohr flüsterte, überlief sie ein eisiger Schauder.

»Hör mir gut zu, du dreckiges kleines Miststück! Entweder zu bleibst ganz brav in deinem Zimmer, oder ich murkse dich ohne mit der Wimper zu zucken ab. Denn ich habe nichts mehr zu verlieren. Kapierst du das? Ich habe bereits einmal getötet und würde es ohne weiteres ein zweites Mal tun, solltest du mich dazu zwingen. Die Bedingungen sind ganz einfach: Du bleibst hier und brütest dein Ei aus, ohne mir auf die Nerven zu gehen. Dann hast du vielleicht eine Chance, mit dem Leben davonzukommen. Hast du das verstanden?«

Suzanna hatte nicht geantwortet, was Jeannes Wut noch steigerte. Wieder zerrte sie brutal an den Haaren der jungen Portugiesin.

»Antworte, wenn ich dich etwas frage!«

Mit einem Schmerzensschrei versuchte Suzanna,

sich zu befreien. Doch Jeanne hob die geballte Faust und drohte ihr, sie in den Bauch zu schlagen.

»Wenn du auch nur den kleinen Finger rührst, prügele ich dir dein Balg aus dem Leib.«

Suzanna sackte in sich zusammen.

»Na, sieh mal einer an! Wenn du willst, verstehst du sehr gut, was ich sage.«

In dieser Position verharrte Jeanne noch eine ganze Weile, und als sie sicher war, dass Suzanna jeden Widerstand aufgegeben hatte, schubste sie die junge Frau zu Boden. Suzanna hatte gerade noch Zeit, ihren Bauch mit den Händen zu schützen. Wenig später hörte sie, wie die Tür ins Schloss fiel und wie der Schlüssel zweimal umgedreht wurde.

Als sie wagte, sich aufzurichten, hatte sie voller Verzweiflung feststellen müssen, dass ihre Gefängniswärterin das Telefon mitgenommen hatte.

Bitterkeit überfiel Jeanne, wenn sie an diese Szene zurückdachte. So weit hatte sie nicht gehen wollen, aber diese dumme Pute hatte ihr keine andere Wahl gelassen. Vor allem hoffte sie, dass der Fetus nicht unter ihrer Aggressivität gelitten hatte und dass er nicht unter den Ängsten litt, die die junge Frau jetzt zweifelsohne hatte.

Jeanne seufzte und schüttelte bedauernd den Kopf. Dann konzentrierte sie sich wieder auf ihre Arbeit. Einen Salat also. Was brauchte sie dazu? Einen Kopfsalat, Tomaten, Eier, etwas Mais, ein paar Würfel Emmentaler und einen halben Apfel, ebenfalls in Würfel geschnitten … Ich könnte auch noch Croutons hinzugeben, überlegte sie, und eine Avocado. Und das Ganze mit einer Vinaigrette servieren. Perfekt.

Mit wachsender Selbstsicherheit machte sie sich fröhlich ans Werk, wusch den Salat und die Tomaten, kochte die Eier, schnitt den halben Apfel, den Käse und die Avocado. Auf diese Weise hatte sie das Gefühl, am Wachsen ihres Babys teilzuhaben, ihm mütterliche Fürsorge angedeihen zu lassen und zärtlich über die Gesundheit des Kindes zu wachen.

Es würden himmlische Zeiten anbrechen, wenn es erst einmal auf der Welt war! Sie sah sich bereits mit dem Säugling auf dem Arm und ihm das Fläschchen geben. Später würde sie dem Baby bei seinen ersten Gehversuchen helfen, den Kleinen die ersten Worte sprechen lehren, mit ihm lachen und spielen; das strahlende Gesicht mit Küssen bedecken und ihm endlich diese Liebe geben, die seit einer Ewigkeit in ihr schlummerte und die sie nie geben durfte.

Dann erst würde ihr Leben einen Sinn bekommen und ihm einen bisher unbekannten Wert verleihen. Die Zukunft lag nun hell und glücklich vor ihr, gleich einem Sonnenaufgang nach einer finsteren endlosen Nacht, in der sie nur Einsamkeit und Kälte und Angst gekannt hatte.

Im Licht dieser Sonne würde es warm und voller tröstlicher Zärtlichkeiten sein. Und auch wenn sie die kommenden Monate etwas fürchtete, so spürte sie doch in ihrem tiefsten Innern, dass ihr Leben sich änderte und dass die lange Zeit, in der ihre Seele nach Gefühlen dürstete, nun für immer vorbei war.

Im Vestibül hatte das Telefon wieder zu läuten begonnen, aber Jeanne schien es nicht einmal zu hören.

dreizehn

Das Zimmer sah wie ein Hotelzimmer aus. Unpersönlich. Auf einem etwas altmodischen Himmelbett lag eine hellblaue Steppdecke, die neu aussah. Links und rechts daneben standen zwei nicht zueinander passende Nachttische. An der gegenüberliegenden Wand befand sich eine antike Kommode aus Eiche mit einem alten, teilweise blinden Spiegel darauf und daneben ein großer Kleiderschrank. Der Boden war mit einem hässlichen, schwarz-beigen Teppich ausgelegt, und die eierschalenfarbene Tapete hatte ein Muster aus blassblauen Vergissmeinnicht. Links von der Tür gab es ein kleines Badezimmer mit Waschbecken, Dusche und WC. Zwei kleine Fenster gingen auf den Park hinaus.

Da das Zimmer im zweiten Stock lag, hatte Suzanna keine Chance zur Flucht, ohne sich wenigstens ein paar Knochen zu brechen.

Was soll ich hier?, fragte sie sich ständig. Wer ist diese Verrückte, die mich scheinbar ohne Grund hier eingesperrt hat? Und warum hält sie mich hier fest, ohne dass ich meine Familie benachrichtigen kann? Suzanna ging ruhelos auf und ab und versuchte, ihre aufsteigende Panik zu unterdrücken. Ihr Herz schlug wie wild und in ihrem Magen hatte sich ein schmerzhafter Knoten gebildet.

Sie musste unbedingt ihr seelisches Gleichgewicht wiedergewinnen, denn alle diese Aufregungen waren sehr schlecht für das Kind. Die letzte Zeit hatte sie sich vor lauter Sorge um Richard vernachlässigt. Aber nun, da sie wusste, dass er tot war, durfte sie nichts tun, was das in ihr wachsende Leben gefährden könnte. Denn dieses Kind war alles, was ihr von ihrem Geliebten blieb, der einzige Beweis ihrer Liebe – Richards Kind.

Mit fahrigen Bewegungen tastete Suzanna ihren Leib ab und fühlte, wie ihr Tränen über das Gesicht liefen, ohne dass sie sie kontrollieren konnte. Aber das Weinen erleichterte sie.

Was wollte diese Frau von ihr? Ließ sie sie wieder gehen? Und wenn ja, wann? Warum tat sie ihr das an? Warum ... Zu viele Fragen, auf die es keine Antwort gab.

Ein paar Stunden nach der heftigen Auseinandersetzung und den Drohnungen, die ihre Gefängniswärterin ausgestoßen hatte, kam diese mit Suzannas Koffer wieder, mit ihrem Koffer der ihre wenigen persönlichen Sachen enthielt: Unterwäsche, Kleidung, Toilettenartikel, ein Buch, ihren Pass, ihr Tagebuch und ein paar Schmuckstücke – Geschenke von Richard.

Die Nacht würde bald hereinbrechen; die Frau im Pelzmantel durchstöberte Suzannas Koffer und warf dann eins ihrer großen T-Shirts aufs Bett, die sie immer als Nachthemd trug, wenn sie allein war.

Suzanna fürchtete Jeannes Brutalität noch so sehr, dass sie gehorsam das T-Shirt anzog und stumm und ergeben auf das Weitere wartete. Auch Jeanne sprach kein Wort, was die fast fühlbare Spannung zwischen den beiden Frauen noch erhöhte.

Dann plötzlich redete Jeanne mit Suzanna. Sie sprach freundlich und in beruhigenden Tönen mit ihr, so als wären sie Freundinnen.

Einige Worte wie »Baby«, »essen« oder »glücklich« verstand die Portugiesin. Sie war derart verblüfft über das Benehmen ihrer Gefängniswärterin, dass sie schwieg. Und während Jeanne weiter auf die junge Frau einredete, näherte sie sich ihr, als wollte sie sie von ihrer Harmlosigkeit überzeugen, doch diese Geste hatte nichts Beruhigendes an sich. Mit einem Zeichen ihrer Hand bedeutete sie der jungen Frau, sich neben sie zu setzen, was Suzanna auch tat, doch voller Argwohn.

So saßen die beiden eine Weile nebeneinander, und Jeanne redete die ganze Zeit in diesen zuckersüßen Tönen weiter. Kurz darauf nahm sie aus ihrer Tasche einen Gegenstand aus Metall, dessen Funktion Suzanna zunächst unklar war. Jeanne griff behutsam nach dem Handgelenk der Portugiesin, und jetzt, als Jeanne ihr blitzschnell das kalte, stählerne Armband überstreifte, erkannte sie das Ding: Handschellen!

Sie sprang auf, doch Jeanne stieß sie wieder aufs Bett und hatte sie in null Komma nichts an den Pfosten gefesselt. Das alles geschah so schnell, dass es Suzanna den Atem raubte.

Nachdem sich Jeanne von der Haltbarkeit ihrer Fessel überzeugt hatte, setzte sie ihren scheinheiligen Monolog fort. Hätte man ihren Worten Glauben schenken können, so entschuldigte sie sich bei ihrer Gefangenen für das Geschehene und erklärte ihr, dass sie es bedauerlicherweise trotzdem habe tun müssen.

Endlich schwieg sie und sah ihr Opfer nachdenklich an. Dann lächelte sie Suzanna an. Und in diesem Lächeln lag so viel Liebe, dass es Suzanna zutiefst erschütterte.

Dann stand Jeanne auf und ging ohne ein weiteres Wort aus dem Zimmer.

Als Suzanna hörte, wie der Schlüssel im Schloss umgedreht wurde, brach sie in lautes Schluchzen aus.

Nach einer Woche Gefangenschaft glaubte Suzanna, dass es nichts Schlimmeres mehr geben könne.

Doch das war erst der Anfang.

Tag und Nacht sah sie im Geist Jeannes Gesicht – dieses vom Wahnsinn gezeichnete Gesicht, als die schmächtige Frau sie mit geradezu übermenschlicher Kraft in die Knie gezwungen hatte; sie, die wilde, die rebellische Suzanna bezwungen hatte. Noch nie war sie so wehrlos gewesen.

In ihrem Heimatdorf nannte man sie manchmal liebevoll »Löwin«, weil sie eine so prächtige Mähne hatte und auch weil ihr niemals jemand widerstanden hatte.

Dort war sie frei gewesen, konnte laufen, springen,

klettern, wohin sie wollte. Kein Ort war für sie unerreichbar; und wenn sich ihr jemand in den Weg stellte, wurde sie ungebärdig, sodass auch der Frechste ihr schnell Platz machte.

Aber hier, eine Gefangene in diesem hässlichen Zimmer, war nichts mehr wie früher. Ihr Körper wusste nicht mehr, wie er mit dieser urwüchsigen Kraft umgehen sollte, die sie früher unbesiegbar gemacht hatte. Denn er gehörte ihr nicht mehr: In ihm schlummerte ein kostbarer und zerbrechlicher Schatz, den der geringste Schock in Gefahr bringen konnte.

Früher wäre sie ohne zu zögern Jeanne an die Kehle gesprungen und hätte die Situation im Handumdrehen zu ihren Gunsten verwandelt, aber ohne die Brutalität, mit der diese Verrückte vorging. Doch mit einem Mal war Suzanna unfähig gewesen, sich zu verteidigen, denn sie hatte Angst gehabt, das in ihr wachsende Leben zu schädigen oder gar zu töten.

Also musste sie sich den Umständen fügen und durfte von nun an nicht mehr handeln, wie sie gern gewollt hätte. Weil sie bereits Mutter war, weil sie bereits Monate vor der Geburt ihres Kindes dafür verantwortlich war. Denn sie liebte es mehr als alles andere auf dieser Welt. Und diese Liebe machte sie schwach und lieferte sie der Grausamkeit und der Gnade oder Ungnade dieser Welt aus.

Außerdem litt sie zunehmend unter Übelkeit – diesem Phänomen, das normalerweise im dritten Schwangerschaftsmonat verschwand –, und Suzanna interpretierte ihre Beschwerden als ein Zeichen, dass ihr Kind litt, was ihr wiederum Schuldgefühle einflößte.

Doch am allerschlimmsten war es für sie, nicht nur eingesperrt, sondern auch an das Bett gefesselt zu sein. Bis vor kurzem hatte sie Sommer wie Winter fast nur in der freien Natur gelebt, in der Sonne, der Weite des Meers, einen fast immer blauen Himmel über sich. Hatte bereits das trübe Pariser Wetter der vergangenen Wochen sie deprimiert, so überfiel sie jetzt schiere Verzweiflung. Das Leben machte keinen Sinn mehr.

Noch nie hatte Suzanna ein derartiges Gefühl der Leere und Hoffnungslosigkeit gekannt. Was war aus ihrer Freude geworden, die sie empfunden hatte, als sie erfuhr, dass sie schwanger war?

Sie fühlte sich entsetzlich einsam und verlassen, vom vielen Weinen erschöpft und hilflos. Manchmal hatte sie Lust, einfach nur im Bett liegen zu bleiben und sich überhaupt nicht mehr zu rühren, zu schlafen, immer nur schlafen und nichts mehr zu denken, bis sie für immer einschlafen würde.

Jeanne brachte ihr jeden Tag reichlich zu essen und zu trinken. Morgens um Punkt acht servierte sie ihrer Gefangenen ein reichhaltiges Frühstück, bestehend aus Brot, Butter, Konfitüre oder Honig, Müsli, Joghurt, Fruchtsalat und frischem Orangensaft und einer Tasse Tee.

Suzanna mochte keinen Tee. Morgens trank sie Kaffee, und sie hatte versucht, Jeanne das begreiflich zu machen. Doch Jeanne fand, dass Kaffee schädlich für das Kind sei. Jeanne begrüßte ihre Gefangene immer mit einem strahlenden Lächeln, dem Lächeln einer liebevollen Mutter, die sich freut, mit ihrem Kind einen Ferientag zu verbringen.

Dann redete sie unentwegt. Offensichtlich erzählte sie Suzanna lustige Geschichten. Aber Suzanna antwortete nie. Zum einen, weil sie nicht verstand, was die Verrückte zu ihr sagte, und außerdem, weil sie ihrer Gefängniswärterin nicht mit Sympathie begegnen wollte.

Jeanne stellte jedes Mal das Tablett auf den Nachttisch und zauberte aus den Falten ihres Rocks ein zweites Paar Handschellen, mit denen sie einen Fuß Suzannas ans Bett fesselte. Erst dann befreite sie die Hand der Portugiesin, damit diese »ganz bequem« essen könne. Ehe sie ging, winkte sie ihrer Gefangenen fröhlich zu.

Eine Stunde später kam Jeanne wieder, um Suzanna zu waschen, zu kämmen und anzukleiden. Dann fesselte sie ihre Füße aneinander und schloss sich mit ihr in dem kleinen Bad ein.

Jeanne entkleidete die junge Frau und stellte sie unter die Dusche. Dabei konnte sie nicht anders, sie musste Suzannas schönen Körper bewundern: ihre samtweiche matte Haut und ihre perfekten Rundungen.

Das war also der Körper, in den Richard eingedrungen war, in dem er sich verloren hatte, der ihm Lust und Erfüllung geschenkt hatte … Mein Gott, welche Ekstase mussten die beiden gekannt haben, nackt und ohne Scham, außer sich vor Begierde! Wenn Jeanne sich vorstellte, wie die beiden sich geliebt hatten, wurde ihr leicht schwindelig. Und sie musste sich mit aller Macht zusammenreißen, Suzanna nicht an den Stellen höchsten Genusses zu berühren, eines Genuss, der ihr immer verweigert worden war.

Nie in ihrem Leben hatte sie eine Frau begehrt, aber mit Suzanna war das etwas anderes. Denn sie hatte das Gefühl, durch diese junge Frau Richard erreichen zu können. Und selbst wenn sie es sich nicht eingestand, sie brannte darauf, diese Leidenschaft zu erfahren. Dieser Körper, in dem Richards Kind heranwuchs, machte sie fast verrückt vor Begierde, und sie brannte jeden Tag mehr darauf, ihn zu riechen, zu berühren und zu schmecken.

Wenn Suzanna aus der Dusche trat, rieb sie die junge Schöne mit heftigen, fast rüden Bewegungen ab, um ja nicht der Versuchung zu erliegen, ihrem brennenden Verlangen durch eine zärtliche Geste Ausdruck zu verleihen. Dann kleidete sie sie wieder an. Meistens streifte sie ihr nur ein formloses, weites Nachthemd über. Denn Jeanne glaubte, dass Suzanna dann noch weniger der Sinn nach Flucht stand.

Die übrigen Mahlzeiten liefen nach dem gleichen Schema ab. Abends stellte Jeanne einen kleinen Imbiss, einen Teller mit Früchten und einem Müsliriegel auf den Nachttisch, zusammen mit einer Flasche Mineralwasser, damit sich Suzanna nach Belieben bedienen konnte.

Die junge Frau ließ diese täglichen Rituale ohne sichtbare Reaktion über sich ergehen. Je mehr Tage vergingen, umso mehr glich sie einer jener wirklichkeitsgetreuen Puppen, die sich manche Männer kaufen, um ihre unaussprechbaren sexuellen Phantasien auszuleben.

Etwas in Suzanna war an dem Tag erloschen, als sie begriffen hatte, dass jeglicher Widerstand Jeanne gegenüber das Leben ihres Kindes gefährden würde. Und dieses Kind war zum einzigen Sinn ihres Lebens geworden. Warum also sollte sie einen Fluchtversuch unternehmen? Das bedeutete Gefahr, Gefahr für das Kind, selbst wenn es ihr gelänge, Jeanne zu entkommen. Und was nützte ihr die Freiheit, wenn sie ihr Kind verlor?

Auf diese Weise war Suzanna unbewusst zu dem geworden, was Jeanne sich wünschte: eine Art Brutkasten für den kleinen Menschen in ihr. Wichtig war nur noch die Nahrungsaufnahme, damit ihr Baby wachsen konnte. Und die übrige Zeit konnte sie schlafen. Das allein zählte für Suzanna. Alles Übrige war nicht von Interesse.

vierzehn

Die kleine Stimme war zurückgekommen.

Eines Morgens wachte Jeanne auf und hörte sie in ihrem Ohr singen. Welch köstliches Gefühl, nicht mehr allein zu sein und zu wissen, dass ich eine Verbündete an meiner Seite habe, die mich berät und aufpasst, dass ich mich nicht verliere, dachte sie.

Sofort erzählte Jeanne ihrer unsichtbaren Freundin, was in letzter Zeit geschehen war, ihre Begegnung mit Suzanna, ihren gemeinsamen Besuch auf dem Friedhof und vor allem von Suzannas Schwangerschaft. Ausführlich und mit angespannter Stimme erklärte sie dann, wie sie in dem Augenblick, in dem sie die junge Portugiesin habe töten wollen, spontan den Entschluss gefasst habe, sie bei sich zu Hause gefangen zu halten, um für das Wohlergehen des heranwachsenden Kindes zu sorgen. Schließlich habe sie ihren Bekannten nur noch zu verstehen geben müssen, dass sie von Richard schwanger sei, was ihr auch gelungen sei, berichtete sie stolz.

»*Und was willst du mit Suzanna machen, wenn sie entbunden hat?*«, fragte die kleine Stimme neugierig.

»Natürlich bringe ich sie um! Was soll ich denn sonst mit ihr machen?«

»Wahrscheinlich bleibt dir keine andere Wahl, denke ich. Denn eine Mutter ist lästiger als eine Schmeißfliege. Sie würde alles tun, um ihr Kind zurückzubekommen.«

»Das hatte ich ja sowieso vor. Allein ihr Zustand hat sie für eine Weile vor dem Unausweichlichen bewahrt. Und dann gelange ich auch in den Besitz des Erbes von Richards Vater. Seins fällt mir dann ohnedies zu.«

»Wie willst du denn Richards Erbe antreten? Er hat dich nicht einmal in seinem Testament erwähnt.«

»Wenn Suzanna verschwunden ist, muss doch jemand das Erbe antreten ... Und ich bin die einzige noch lebende Verwandte.«

»Ich wäre mir da nicht so sicher, dass dir das Erbe zufällt. Es gibt Gesetze, die so etwas regeln. Du solltest dich lieber schlau machen, ehe du zu siegessicher bist.«

»Spar dir deine guten Ratschläge. Dieses Geld steht mir rechtmäßig zu und niemand wird mich daran hindern, darüber zu verfügen. Eigentlich hole ich mir nur das wieder, was Richard mir gestohlen hat: den Reichtum, die Liebe und ... und das Kind.«

»Du hast Recht, Jeanne. Wie man sich bettet, so liegt man«, entgegnete die Stimme gemessen.

Jeanne zögerte eine Weile und sprach dann über das, was ihr am Herzen lag.

»Weißt du, eines Morgens habe ich eine Frau gesehen ... eine Frau mit einem Kind. Es war seltsam. Ich hatte das Gefühl, sie gut zu kennen; sie war mir vertraut wie eine Schwester. Ich wusste genau, was sie empfand. Und wie sie so vor mir dastand, fühlte ich mich außerordentlich wohl. Noch nie habe ich ein ähnliches Gefühl gehabt. Es war, als bestünde der Sinn unseres Lebens darin, einander zu entdecken. Findest du das nicht seltsam?«

»Nein. Wie sah sie denn aus, diese Frau?«

»Sie sah mir ähnlich, aber sie war jünger und hübscher. Ihr Baby vor allem war wunderschön. Ich fand, dass es Richard ähnlich sah. Du findest sicher lächerlich, was ich da sage ... Vielleicht verliere ich allmählich den Verstand ...«

»Ganz und gar nicht. Und diese Frau, Jeanne, das warst du. Es liegt jetzt allein an dir, zu dem zu werden, was sie ist. Sie gehört dir, sie ist für dich da. Und ihr Kind ist dein Kind – das Kind, auf das du schon seit einer Ewigkeit wartest.«

»Meinst du? Meinst du das wirklich?«, fragte Jeanne hoffnungsvoll und so gerührt, dass ihr Tränen in die Augen traten. Sie brauchte eine Weile, bis sie sich wieder gefasst hatte.

»Die Schwangerschaft macht dich viel schöner, Jeanne! Und diese neuen Rundungen lassen dich zehn Jahre jünger erscheinen.«

Jeanne trat näher vor den großen Spiegel und betrachtete das Bild darin. Die Frau mit dem Kind stand wieder vor ihr und schenkte ihr ein strahlendes Lächeln. Sie war nackt, und ihre schwellenden Formen ließen bereits ahnen, dass sie bald Mutter werden würde. Zwar trug sie das Kind heute nicht auf den Armen, aber seine Anwesenheit war trotzdem spürbar; man konnte sie fast riechen.

»Im wievielten Monat bist du jetzt schwanger, Jeanne?«

»Meinen Berechnungen nach muss ich im dritten Monat sein.«

»Spürst du bereits, wie es sich bewegt?«

»Noch nicht«, antwortete Jeanne etwas traurig. »Erst ab dem fünften Monat kann man etwas spüren.«

»Das ist noch lange hin!«

Jeanne stieß einen kleinen Seufzer aus und wandte sich vom Spiegel ab. Ein seliges Lächeln umspielte ihre Lippen, ihr Gesicht strahlte vor Glück. Sie ging ins Bad, duschte und kleidete sich an – wobei sie sich für helle und fröhliche Farben entschied. Anschließend schminkte sie sich. Das alles tat sie mit großer Sorgfalt.

Dann griff sie zum Telefon und wählte eine Nummer aus ihrem Adressbuch. »Guten Tag. Madame Tavier am Apparat … Sehr gut und Sie? … Ich rufe an, weil ich gern einen Termin hätte … So früh wie möglich … Noch heute? … Das passt ausgezeichnet! Ach, ein etwas modernerer Schnitt, etwas schicker. Sie wissen doch, was ich meine? … Um sechzehn Uhr. Sehr schön. Also bis später.«

Zufrieden legte Jeanne auf. Außerdem ließ sie sich jeweils einen Termin bei ihrer Kosmetikerin und bei ihrer Schneiderin geben. Innerhalb kurzer Zeit hatte sie ihren ganzen Tag verplant.

Als sie ihr Adressbuch wieder in ihre Handtasche legte, fiel etwas heraus. Jeanne bückte sich und hob die

Spielkarte auf, die sie am Tag ihres Besuchs beim Notar von der Straße aufgelesen hatte. Die Pik-Dame, die Dame in Schwarz.

»Das bin ich, die Witwe, die unangenehme Person. Ich habe den König von seinem Thron gestoßen«, summte sie vor sich hin und starrte angestrengt auf das Bild, als könnte sie daraus die Zukunft lesen.

»Doch Pik ist der Papa und Herz ist die Mama«, summte sie weiter, schloss die Augen und endete triumphierend: »Und Mama gebiert dem toten König jetzt einen Sohn!«

Schweigen.

Lächelnd öffnete sie wieder die Augen, steckte die Karte in ihre Tasche und eilte so hastig aus ihrem Schlafzimmer, als hätte sie ein geheimes Signal empfangen. Sie ging in die Küche und bereitete, fröhlich vor sich hinträllernd, Suzannas Frühstück zu. Sie belud das Tablett zusätzlich mit ein paar Sandwiches – als Mittagessen – und trug es in die zweite Etage.

Als sie das Zimmer betrat, schlief Suzanna noch. Leise stellte sie das Tablett auf den Nachttisch, befreite die Hand der jungen Frau von der Handschelle und legte sie stattdessen um ihre Fesseln.

Dann schlich sie aus dem Raum.

fünfzehn

Erst kurz vor sieben Uhr abends hörte Suzanna im Haus Rumoren. Dass sie den ganzen Tag allein verbracht hatte, machte ihr nichts aus. Sie hatte gleich gemerkt, dass Jeanne etwas vorhatte, sonst hätte sie ihre Gefangene nicht mit zusätzlichen Sandwiches versorgt. Aber aus welchem Grund ihre Gefängniswärterin das Haus den ganzen Tag über verlassen hatte, danach fragte sie nicht. Es war ihr völlig egal.

Doch als Jeanne jetzt ihr Zimmer betrat, riss sie erstaunt die Augen auf. Fast hätte Suzanna sie nicht erkannt, so sehr hatte sich Jeanne verändert. Sie hatte einen neuen Haarschnitt: das blonde, glatte Haar war nun kurz und schmiegte sich wie ein Helm an ihren Kopf, was ihrem abgezehrten Gesicht ein noch zerbrechlicheres Aussehen verlieh.

Suzanna fand diese neue Frisur geradezu lächerlich, doch Jeanne war offensichtlich so stolz darauf, dass die junge Frau zugeben musste, dass sie Jeanne eine gewisse bizarre Anmut verlieh.

Außerdem trug ihre Peinigerin – die normalerweise dunkle und gedämpfte Töne bevorzugte – dieses Mal ein fuchsienrotes Ensemble aus Samt, eine auffällige und gleichzeitig vulgäre Aufmachung. Die Ärmel dieses seltsamen Kleidungsstücks waren aus Seidentüll, sodass man durch den transparenten Stoff ihre mageren, weißen, mit Sommersprossen übersäten Arme sehen konnte. Ein Paar hochhackiger Riemchensandaletten vervollständigten ihre Aufmachung im gleichen Fuchsienrot, nur einen Ton dunkler. Das Ganze wirkte derart exzentrisch, dass es ganz vergessen ließ, wie lächerlich ihr Aufzug war.

Suzanna traute ihren Augen nicht: Diese normalerweise gequälte und verschlossene Frau enthüllte ihr ein ganz anderes Gesicht, das wohl als freundlich und entgegenkommend gedacht war, ihr aber aus einem unerklärlichen Grund noch mehr Angst einflößte. Sichtlich zufrieden und mit unverhülltem Stolz drehte Jeanne ein paar Pirouetten vor ihrer Gefangenen, wobei sie fast gestolpert wäre, und dann legte sie – noch immer im Tanzschritt – die Tüten, die sie in den Händen hielt, aufs Bett.

Sie setzte sich Suzanna gegenüber und schlüpfte wieder in die Rolle der liebevollen Mutter, doch derart übertrieben, dass die junge Frau einen Anflug von Übelkeit verspürte.

»Ich habe eine Überraschung für dich«, flüsterte sie, als wäre noch jemand im Zimmer.

Suzanna konnte nicht anders, sie warf Jeanne einen fragenden Blick zu.

»Eine wundervolle Überraschung!«, fuhr Jeanne

exaltiert fort. »Ich bin sicher, dass sie dir gefallen wird. Sieh mal!«

Sie griff nach einer der Tüten auf dem Bett und leerte sie hastig. Zum Vorschein kamen ein fuchsienrotes Samtkleid sowie ein Schuhkarton. Das Kleid war das gleiche wie Jeanne es trug, und auch die Schuhe waren die gleichen.

Neugierig sah Suzanna ihre Wärterin an.

»Gefällt es dir?«, fragte Jeanne siegessicher.

Suzanna jedoch schwieg; sie starrte die Sachen nur fassungslos an.

»Das habe ich für dich gekauft, Chérie. Sieh nur, ich habe uns die gleichen Kleider gekauft. Dieselbe Farbe, derselbe Schnitt. Von nun an werden wir wie Schwestern aussehen«, sagte sie aufgeregt und entfaltete das Kleid.

»Diese Farbe steht dir ausgezeichnet. Fast so gut wie mir.«

Suzanna schwieg noch immer.

»Aber warte nur, das ist noch nicht alles«, fuhr Jeanne in geheimnisvollem Ton fort und deutete auf die dritte Tüte am Fußende des Betts.

Dann stand sie auf, umfasste Suzannas Taille und führte sie in das kleine Bad. Im Vorbeigehen nahm sie die Plastiktüte mit.

Im Bad setzte sie Suzanna auf das WC und musterte sie mit zunehmender Erregung, wobei sie mit zitternder Hand das prächtige schwarze Haar der jungen Frau streichelte.

»Du wirst phantastisch aussehen«, murmelte sie verzückt.

Suzanna versteifte sich; Entsetzen breitete sich auf ihrem Gesicht aus. Etwas in Jeannes Stimme erschreckte sie derart, dass sie anfing, am ganzen Körper zu zittern.

Jeanne versuchte sie zu beruhigen und wollte sie in die Arme nehmen, aber Suzanna wehrte sich heftig dagegen. Mit so viel Widerstand hatte Jeanne nicht gerechnet; sie verstand die Reaktion der jungen Frau nicht und war gekränkt.

Gleich nahm ihr Gesicht einen kalten und grausamen Ausdruck an. Sie wandte sich von ihrer Gefangenen ab und breitete den Inhalt der letzten Einkaufstüte auf dem Rand des Waschbeckens aus.

Als Suzanna sah, worum es sich handelte, schüttelte sie vehement den Kopf. Dann stand sie auf und versuchte, mit einem Sprung die Tür zu erreichen. Doch da ihre Füße aneinander gefesselt waren, stolperte sie und fiel zu Boden, wo sie auf allen vieren auf die Tür zukroch.

Jeanne betrachtete gelassen den Fluchtversuch der jungen Frau und höhnte: »Was bildest du dir eigentlich ein? Dass du mir entkommen könntest?«

Sie stieß ein hässliches und mitleidsloses Lachen aus, bückte sich und packte Suzanna hinten am Nachthemd. Sie zwang ihre Gegnerin aufzustehen, schüttelte sie und gab ihr zwei kräftige Ohrfeigen.

Als sie sah, dass Suzannas Widerstand gebrochen

war, setzte Jeanne sich wieder auf den WC-Deckel. Ein triumphierendes Lächeln auf den Lippen nahm sie die Schere vom Waschbecken und machte sich ans Werk, während Suzanna leise vor sich hinwimmerte.

An das, was dann geschah, konnte sich Suzanna kaum erinnern, nur an das ruckartige Schnappen der Schere, an den beißenden Geruch der Emulsion in ihrem Haar, an die kalte, nicht enden wollende Dusche … Und die ganze Zeit über machte sich Jeanne an ihr zu schaffen, umtanzte ihr Opfer tonlos summend und voller Konzentration, als gelte es, eine Meisterprüfung abzulegen.

Suzanna ließ alles willenlos mit sich geschehen. Erst als sie merkte, dass Jeanne sie entkleidete, erwachte die junge Frau aus ihrer Erstarrung. Inzwischen lag sie auf dem Bett, wusste aber nicht mehr, wie sie dorthin gekommen war. Als sie nackt war, zog ihr Jeanne ein anderes Kleidungsstück über den Kopf. Dann zwang sie ihre Gefangene, sich aufzusetzen, damit sie sich im Spiegel gegenüber dem Bett betrachten konnte.

Der erste flüchtige Blick löste nur eine mit leichtem Abscheu gemischte Verblüffung in ihr aus. Denn in dem Spiegel sah sie einen Clown. Ein Clownsgesicht mit mattem Teint, großen dunklen Augen, blauen Lidschatten, grellrot geschminktem Mund und gepuderten Wangen starrte ihr entgegen. Doch die Krönung des Ganzen bildete das Haar, strohig gelbes, strähniges Haar, dessen unregelmäßiger Schnitt vage an die Frisur Jeannes erinnerte.

Fast hätte Suzanna laut aufgelacht, derart grotesk war der Anblick ihres Spiegelbilds. Doch langsam dämmerte es ihr, dass diese hässliche, lächerlich gekleidete Witzfigur sie war – sie, die schöne Suzanna mit der prächtigen dunklen Haarmähne.

Das war ein Schock. Alles bäumte sich in ihr auf. Mit einem Schrei sprang sie auf und packte Jeanne an der Kehle. Die beiden Frauen fielen aufs Bett, und für kurze Zeit behielt Suzanna die Oberhand. Sie lag auf Jeanne, die Hände noch immer um ihren Hals.

Jeanne bekam keine Luft mehr, sie ruderte mit den Armen, ohne sich aufrichten zu können. Dann, mit einem verzweifelten Aufbäumen, gelang es ihr, eine von Suzannas Haarsträhnen zu packen und sich mit übermenschlicher Kraft aus dem Griff der jungen Frau zu befreien. Was ihr nur gelang, weil Suzannas Füße noch immer aneinander gefesselt waren.

Sie warf sich auf ihre Gegnerin und hatte sie kurz darauf besiegt.

Jeanne keuchte und rieb sich mit zitternder Hand den schmerzenden Hals. Als sie wieder normal atmete, drehte sie sich zu Suzanna um und musterte sie kalt von Kopf bis Fuß. Dann packte sie brutal das Kinn der jungen Frau und zwang sie, ihr in die Augen zu sehen.

»Mein Gott, was bist du hässlich!«, zischte sie voller Verachtung.

Darauf drehte sie sich um und stöckelte aus dem Zimmer.

vierter monat

»Dieser Monat verläuft normalerweise ohne Komplikationen.
Die Risiken einer Fehlgeburt sind minimal.
Das ist eine der ruhigen Perioden der Schwangerschaft.«

sechzehn

Inmitten des zur Teestunde gedeckten Tischs thronte ein bombastischer Tafelaufsatz mit feinstem Gebäck, allen möglichen Kuchen, Torten und Petits Fours. Beim Anblick solcher Opulenz brachen die drei Damen in Begeisterungsrufe aus, die Edwige mit einem bescheidenen Lächeln quittierte, während sie ihre Gäste bat, Platz zu nehmen.

Die drei kamen der Bitte ihrer Gastgeberin umständlich nach, während sie fortfuhren, sich in Lobeshymnen zu ergehen. Edwige bedankte sich für die aufrichtigen Komplimente und läutete mit ihrer kleinen silbernen Tischglocke nach dem Butler, der umgehend mit einem Tablett erschien, auf dem ein englisches Teeservice aus Stirlingsilber mit Zuckerdose, Milchkännchen sowie vier Tassen standen.

»Dieses Karamel-Aroma!«, rief Coralie Duchesne entzückt aus, als sie an ihrem Tee nippte. Sie war eine kleine Person, der man das längst überschrittene fünfzigste Lebensjahr trotz intensiver Bemühungen eines Schönheitschirurgen ansah. »Wie überaus originell!«

»Wo hast du diese Teesorte her?«, erkundigte sich

Marie-Bérengère Beaucarmé, deren Gesicht im Schatten eines breitkrempigen Huts lag, der mit Orangenblüten aus Seide dekoriert war.

»Ihr werdet es mir nicht glauben, aber ich muss gestehen, dass ich den Tee in dem kleinen Laden am Ende der Straße hier gekauft habe!«, antwortete Edwige mit vor Stolz leuchtenden Augen.

»Das ist ja unglaublich!«, trompetete die Dritte, eine Dame unbestimmbaren Alters, mit hochtrabender Ausdrucksweise. Sie trug den prätentiösen Namen Cunégonde de Saint-Prieux.

Während der Butler den vier Freundinnen aufwartete, plauderten sie über belanglose Dinge, um sich dann in dem Augenblick, als sie sich allein wähnten, auf ihre Lieblingsbeschäftigung zu stürzen: den Klatsch.

So erfuhr Edwige, dass Marie-Bérengères Schwester ihren Mann seit drei Wochen mit einem Theaterschauspieler – eine Frechheit! – betrüge und dass eine ihrer gemeinsamen Freundinnen im kommenden Februar Nachwuchs erwarte.

»Warum sind diese Frauen nur so erpicht darauf, Kinder in die Welt zu setzen?«, wunderte sich Edwige, nachdem sie die Neuigkeit gehört hatte. »Eine Schwangerschaft ruiniert die Figur, bringt den Hormonhaushalt durcheinander, und wenn das kleine Monster dann da ist, hat man keinen Moment mehr für sich. Ich für meinen Teil habe nicht im Traum daran gedacht, für Nachwuchs zu sorgen.«

Coralie gluckste vor sich hin und verstreute Kuchenkrümel um sich herum. »Der Himmel sei gepriesen, nein! Kaum vorstellbar, was das arme Kind hätte leiden müssen.«

Worauf die vier in schallendes Gelächter ausbrachen, als hätte Coralie gerade einen fabelhaften Witz gemacht.

»Und Jeanne?«, fragte Cunégonde. »Hat jemand etwas von Jeanne gehört?«

Sofort richteten sich die Augen der drei Damen auf ihre Gastgeberin.

»Nein, ich habe nichts von ihr gehört«, sagte Edwige mit finsterem Blick. »Schon seit einem Monat habe ich sie nicht mehr gesehen.«

»Aber Edwige! Sie ist doch schließlich deine beste Freundin.«

»Das habe ich auch immer gedacht«, antwortete Edwige mit einem aufrichtigen Seufzer des Bedauerns, der in den drei Damen Unbehagen auslöste.

»Wie oft schon habe ich versucht, sie zu erreichen. Sowohl unter ihrer regulären Nummer als auch unter ihrer Handynummer. Ohne Erfolg. Niemand geht ans Telefon.«

»Niemand geht ans Telefon?«, empörte sich Cunégonde. »Aber was ist mit dem Personal?«

»Wenn ich sage, dass niemand abnimmt, meine ich auch niemand, Schätzchen!«, wies Edwige ihre Freundin zurecht. »Es läutet und läutet und läutet, aber niemand geht an den Apparat.«

»Willst du damit sagen, Jeanne hat keine Dienstboten mehr?«

Die drei Damen sahen sich überrascht an. Sie waren schockiert. Aber in ihren Augen funkelte gleichzeitig eine gewisse Erregung.

»Als ich das letzte Mal bei ihr war, lebte sie ganz allein in dem großen Haus«, sagte Edwige traurig. »Sie hat mir versichert, sie werde neues Personal einstellen. Aber wie es scheint, hat sie das nicht getan.«

»Wie überaus originell!«, trompetete Coralie.

»Und ihre Schwangerschaft?«, fragte Marie-Bérengère. »Weiß man schon, ob es ein Mädchen oder ein Junge wird?«

»Dafür ist es noch zu früh«, antwortete Edwige. »Als Jeanne mir von ihrer Schwangerschaft erzählte, war sie im dritten Monat. Also muss sie jetzt im vierten sein …«

»Eine höchst seltsame Geschichte, nicht wahr?«, unterbrach Cunégonde ihre Freundin mit treuherziger Miene, ein Zeichen, dass sie dieses Thema ausschlachten wollte. »Zwanzig Jahre lang ist sie kinderlos geblieben, und kaum liegt ihr Mann unter der Erde, wird sie schwanger!«

»Wenn ihr mich fragt, ich finde das Ganze höchst verdächtig«, murmelte Marie-Bérengère, ganz Unschuldslamm.

»Was redest du da, Marie? Sprich lauter, damit wir dich verstehen können!«, befahl Coralie ihrer Freundin. Sie hatte sich über den Tisch gebeugt, damit ihr ja nichts entging.

»Also, zwar hat niemand was gesagt, aber findet ihr das nicht auch alles seltsam? Wissen wir denn überhaupt, ob das Kind auch wirklich von Richard ist?«

»Was willst du damit sagen?«, fragte Edwige, leicht beunruhigt.

»Es tut mir wirklich Leid, Edwige«, sagte Marie-Bérengère bekümmert. »Ich weiß, dass dir Jeanne eine sehr liebe Freundin ist ... Aber sei doch mal ehrlich: Findest du diese Schwangerschaft nicht auch etwas verdächtig?«

»Da ich Jeanne gut kenne, kann ich euch versichern, dass Jeanne Richard nie betrogen hat. Es wäre ihr nie in den Sinn gekommen, von einem anderen Mann als ihm schwanger zu werden.«

»Das stimmt. Die zwei waren unzertrennlich!«, bestätigte Coralie.

Die beiden anderen waren ebenfalls dieser Meinung und ließen sich lang und breit darüber aus, während Edwige die Augen verdrehte.

»Andererseits muss man sagen, dass das schon ein sehr seltsamer Zufall ist ...«

»Vor allem, wenn man bedenkt, dass sie seit Richards Beerdigung quasi wie vom Erdboden verschwunden ist.«

»Ja, richtig! Als hätte sie sich unsichtbar gemacht.«

»Gibt es Gerüchte über eine Affäre?«

»Das ist ausgeschlossen!«, rief Cunégonde. »Es gab kein Ehepaar, das leidenschaftlicher einander zugetan war als die beiden. Nicht wahr, Edwige?«

»Gewiss doch«, antwortete die Hausherrin mit einem zweifelhaften Unterton, der den anderen jedoch entging. »Macht euch darüber keine Gedanken«, fuhr sie leicht aufgebracht fort. »Jeanne hatte keinen Liebhaber. Sie war ihrem Mann immer treu; und das Kind, das sie jetzt in sich trägt, ist nichts als die Frucht ihrer langjährigen Beziehung. Und wenn ihr nichts dagegen habt, möchte ich nun gern das Thema wechseln«, schloss sie in einem Ton, der keinen Widerspruch duldete.

Während Cunégonde und Coralie errötend in ihre Teetassen starrten, bot Marie-Bérengère ihr mutig die Stirn.

»Ärgere dich nicht, Edwige«, sagte sie. »Du musst doch zugeben, dass wir Grund hatten, uns Fragen zu stellen, oder nicht?«

»Und diese Fragen habe ich wohl zur Genüge beantwortet«, entgegnete Edwige kalt.

Ein peinliches Schweigen entstand.

Schließlich nahm Carolie die Unterhaltung wieder auf und plapperte mit gespielter Fröhlichkeit über die unerträgliche Hitze, die seit drei Tagen in Paris herrschte. Worauf die anderen über das Wetter im Allgemeinen klagten und Hitzewellen im Besonderen, wobei sie ganz vergaßen, dass sie sich noch vor einer Woche über das schlechte Wetter beschwert hatten.

Doch Edwige war nicht mehr bei der Sache. Sie musste dem allen ein Ende machen!

Schon morgen früh würde sie Jeanne besuchen und

sie überreden, wieder unter die Leute zu gehen. Diese selbst gewählte Einsamkeit war ungesund und grenzte an Wahnsinn. Außerdem provozierte Jeanne durch ihr Verhalten Gerüchte. Die meisten ihrer Bekannten interpretierten ihr Verhalten auf gefährliche Weise. Mit einem Mal war ihre Schwangerschaft verdächtig, denn die Leute glaubten, Jeanne hätte eine Liaison und das Kind sei nicht von ihrem verstorbenen Mann.

Ganz zu schweigen von Richards Testament. Schließlich hatte er ihr sein gesamtes Vermögen hinterlassen … Und aus dieser Tatsache konnten manche schließen, dass es bei seinem Ableben nicht mit rechten Dingen zugegangen sein könnte.

Jeanne musste aufpassen: Durch ihr kindisches und unbesonnenes Verhalten lenkte sie die Aufmerksamkeit auf sich, und die Leute – immer begierig auf einen Skandal – fingen an, sich zu sehr für sie zu interessieren.

Als sich die drei Damen eine Stunde später von Edwige verabschiedeten, herrschte eine gewisse angespannte Stimmung zwischen ihnen. Der Hausherrin war es nicht gelungen, die anfängliche Unbeschwertheit wieder herzustellen.

Ehe sie ging, warf Marie-Bérengère Edwige einen schiefen Blick zu. Da begriff Edwige, dass von nun an diesbezügliche Gerüchte kursieren würden.

siebzehn

»Aber Schätzchen! Was ist denn los? Und was soll denn diese lächerliche Frisur? Und dieses Kleid … Die Farbe ist ja abscheulich! Jeanne, was ist nur in dich gefahren, wie kannst du dich so ausstaffieren? Du siehst ja wie eine billige Nutte aus!«, begrüßte Edwige ihre Freundin verwundert, nachdem Jeanne ihr nach langem Klingeln endlich die Tür geöffnet hatte.

Suzanna hatte in ihrem Zimmer zwei Stockwerke höher ebenfalls die Türglocke gehört und schreckte in ihrem Bett hoch. Sie war wie elektrisiert, sprang auf und zerrte verzweifelt an ihren Handschellen. Sie wollte zur Tür kriechen, um zu erfahren, ob ihre Gefängniswärterin Besuch bekommen hatte.

In der Eingangshalle fuhr Edwige mit ihrer erbarmungslosen Kritik fort.

Das Missfallen ihrer Freundin machte Jeanne fassungslos. »Das gefällt dir nicht?«, fragte sie bestürzt.

»Du meine Güte, Jeanne«, entgegnete Edwige und verdrehte die Augen. »Du willst mir doch nicht weismachen, dass du deine Aufmachung schön findest? Und dieser Haarschnitt … In deinem Alter!«

Jeanne hatte das Gefühl, als würde etwas in ihr zerbrechen. Eine unendliche Traurigkeit breitete sich auf ihrem Gesicht aus.

»Was soll das heißen, in meinem Alter?«, protestierte sie schwach. »Ich bin in dem Alter, in dem man Mutter wird.«

»Ja, ja. Aber meiner Meinung nach an der äußersten Grenze«, sagte Edwige mit schonungsloser Offenheit.

Als sie sah, wie sehr sie Jeanne verletzt hatte, fügte sie beschwichtigend hinzu: »Jeanne, ich bin deine Freundin. Ich möchte dir nicht wehtun … aber gerade weil ich deine Freundin bin, möchte ich über gewisse Dinge mit dir reden.«

Als Jeanne sah, wie besorgt Edwige war, lachte sie gezwungen und meinte: »Nun rede doch nicht so, als wolltest du mir das Ende der Welt verkünden.«

»Ich verstehe zwar nicht, warum du dich seit ein paar Wochen in diesem großen Haus einsperrst«, redete Edwige weiter und zog ihre Kaschmirjacke aus. Da sie nicht wusste, wohin damit, fragte sie: »Und warum hast du kein Personal mehr? Das ist doch absurd! Du bist reich, du bist frei! Du kannst tun und lassen, was du willst … Begreife doch endlich, dass Richard tot ist.«

Jeanne schwieg. Sie senkte nur den Blick, wie ein kleines Mädchen, das gescholten wird.

»Ich bin mir sicher, dass du seit Wochen keine Menschenseele mehr gesehen hast … Gehst du wenigstens zum Arzt?«

Jeanne schwieg noch immer.

Für Suzanna schien die Zeit plötzlich still zu stehen. Nach einer Weile angestrengten Lauschens, währenddessen sie glaubte, leise Stimmen gehört zu haben, hielt sie nichts mehr zurück: Sie fing wie eine Irrsinnige an zu schreien! Sie war überzeugt, dass jemand im Haus war. Jemand, der sie vielleicht befreien konnte.

Zwei Etagen unter ihr verlor Edwige langsam die Geduld. »Zu welchem Gynäkologen gehst du, Jeanne?«, fragte sie aufgebracht.

»Zu welchem Gynäkologen ich gehe?«, wiederholte Jeanne stumpfsinnig.

Edwige musterte ihre Freundin argwöhnisch und stellte besorgt fest, dass Jeanne verstört wirkte. Sie hatte wieder diesen leeren Blick, den sie bereits wahrgenommen hatte, als sie Jeanne am Tag nach Richards Beerdigung nicht in deren Schlafzimmer vorgefunden hatte.

»Ja, wer ist dein behandelnder Arzt?«, sagte Edwige ruhig. »Der Arzt, der dich während deiner Schwangerschaft begleitet. Du bist dir doch hoffentlich bewusst, dass eine Schwangerschaft für eine Frau deines Alters gewisse Risiken birgt, oder? Mit über vierzig ist eine Frau in physischer Hinsicht anfälliger und muss Vorsichtsmaßnahmen treffen«, erklärte sie, als hätte sie es mit einer geistig leicht zurückgebliebenen Person zu tun. »Derartige Dinge sollte man nicht auf die leichte Schulter nehmen, Schätzchen! Du musst unbedingt einen sehr guten Arzt konsultieren und dich stets an seine Anordnungen halten.«

»Aber ich bin doch nicht krank!«

Diese Antwort verschlug Edwige für einen Moment die Sprache. Dann streckte sie vorsichtig die Hand nach Jeannes Stirn aus, weil sie prüfen wollte, ob ihre Freundin Fieber hatte.

Jeanne schlug die Hand ärgerlich beiseite.

»Jeanne, Schätzchen, geht es dir nicht gut?«, fragte Edwige mit erzwungener Sanftheit.

»Ich habe dir doch gesagt, dass ich nicht krank bin!«, schrie Jeanne sie an. »Ich bin schwanger! Ich bekomme ein Kind!« Vor Empörung fing sie an zu zittern. Ihre Augen traten aus den Höhlen, Speicheltröpfchen bildeten Bläschen auf ihrer Unterlippe. »Das schnallst du nicht, wie?«, schrie sie hasserfüllt weiter. »Das macht dich krank, du fette Kuh. Weil du zu alt bist und keine Kinder mehr kriegen kannst. Und weil dieses Mickermännchen von Ehemann keinen mehr hochkriegt. Und außerdem, welcher Mann hätte schon Lust, seinen Schwanz in deine Fettmassen zu stecken? Du sagst, dass ich wie eine Nutte aussehe, aber du, du bist einfach widerlich mit deinen überquellenden Fettmassen. Und zu alledem bist du noch überzeugt, dass du dir mit deiner Kohle alles kaufen, alles erlauben kannst. Warum sonst würdest du so selbstgefällig auf alle anderen runtersehen. Für wen hältst du dich eigentlich? Du bist hässlich, du bist dick, du bist den Leuten scheißegal. Und sobald du ihnen den Rücken gekehrt hast, lachen alle über dich. Das wundert dich, wie?«

Edwige sah ihre Freundin fassungslos an.

»Glaubst du allen Ernstes, dass dich die Leute wegen deiner schönen Augen lieben oder weil du so geistreich bist? Arme Irre! Sie respektieren dich nur, weil du Geld hast. Nur wegen deines dreckigen Zasters! Alles Übrige ist denen doch egal: du selbst und auch dein ganzes gespieltes affektiertes Gehabe. Und dann dein blödes Getue wegen eines abgehalfterten Filmschauspielers. Robert Mitchum … Begreif doch endlich, er ist tot, dein Robert Mitchum! Tot und begraben, von den Würmern zerfressen. Er liegt in einer Kiste unter der Erde …«

Wie dein Richard, dachte Edwige, aber sie rührte sich nicht, sondern sah ihre Freundin nur an.

Eine Weile herrschte Schweigen, während Jeanne sich langsam wieder beruhigte und normal atmete.

Endlich sagte Edwige: »Du brauchst Hilfe, Jeanne.«

Anfangs reagierte Jeanne nicht, doch dann füllten sich ihre Augen mit Tränen.

»Verzeih mir«, flüsterte sie mit kindlicher Stimme. »Ich weiß nicht, was über mich gekommen ist. Ich … ich bin in letzter Zeit so erschöpft.«

Dann ging sie schwankend zur Treppe und ließ sich auf eine der unteren Stufen sinken, als hätte sie gerade eine übermenschliche Anstrengung hinter sich. Edwige setzte sich neben sie.

»Das ist doch ganz normal, Schätzchen. Darüber musst du dir keine Sorgen machen«, redete sie beruhigend auf ihre Freundin ein, nahm ihre Hand und tätschelte sie. »Dieses Kind raubt dir deine ganze Kraft. Es heißt doch immer, dass die ersten Schwangerschaftsmonate die schwierigsten seien. Komm, wir gehen jetzt in dein Zimmer, damit du dich ausruhen kannst. Ich bleibe bei dir.«

Die ganze Zeit über hatte Suzanna geschrien. Wenn sie eine Pause machte, um Luft zu holen, hörte sie Jeannes Beschimpfungen. Sofort schlug ihr Herz schneller. Denn wenn sie Stimmen von unten hörte, konnte sie sich dann nicht ebenfalls bemerkbar machen?

Also verdoppelte sie ihre Kräfte. Von unbändiger Wut angespornt, schrie sie, so laut sie konnte. Dann trampelte sie heftig auf dem Boden herum, merkte aber schnell, dass dieses Unterfangen lächerlich, wenn nicht gefährlich für ihr Kind war.

Also begann sie, das Bett in Richtung Tür zu schieben. Mit wenig Erfolg, denn das schwere Möbelstück ließ sich nur zentimeterweise verrücken. Aber sie ließ nicht davon ab, zerrte und schob und schrie und zerrte und schob und schrie …

Jeder gewonnene Zentimeter war ein Schritt in die Freiheit. Nach fünf Minuten war sie am ganzen Körper von Schweiß bedeckt. Das gelbliche Haar klebte ihr an der Stirn, ihre Arme und Beine schmerzten. Sie war so erschöpft, dass sie nur noch keuchend atmen konnte.

Doch sie gab nicht auf: Bereits die Hälfte der Entfernung zur Tür hatte sie geschafft. Also fasste sie neuen Mut und verdoppelte ihre Anstrengungen.

Als sie nur noch ein paar Zentimeter von der Tür trennten, bündelte sie ihre letzten Kräfte und stieß das Bett, so heftig sie konnte, gegen die Tür. Metall prallte dumpf gegen die Tür, und die Wände des Hauses erbebten.

Keuchend hielt Suzanna inne und wartete auf eine Reaktion.

»Was war das denn für ein Geräusch?«, murmelte Edwige und hob lauschend den Kopf.

»Was für ein Geräusch?«, fragte Jeanne beunruhigt.

»Hast du denn nichts gehört? Man könnte meinen, da wäre etwas zusammengekracht.«

Edwige erhob sich schwerfällig und machte Anstalten, die Treppe hochzugehen. Jeanne starrte sie voller Angst an und eilte dann hinter ihr her.

»Wo willst du hin?«, fragte sie entsetzt.

»Ich will nachsehen, was da los ist«, antwortete Edwige vernünftig.

»Lass das!«, befahl Jeanne, am Rand der Hysterie. »Das ist nichts.«

Doch Edwige ließ sich nicht beirren. Langsam ging sie weiter die Treppe hoch, ohne auf ihre Freundin zu achten.

»Lass mich doch jetzt nicht allein!«, flehte Jeanne plötzlich, als ob es um ihr Leben ginge.

Edwige blieb stehen, drehte sich um und musterte ihre Freundin neugierig.

»Was hast du denn?«, fragte sie.

»Ich … ich will nicht da hoch gehen«, stammelte Jeanne, außer sich vor Angst. »Und … und … ich will nicht allein bleiben … Komm, lass uns lieber ins Wohnzimmer gehen. Ich brauche etwas, um wieder auf die Beine zu kommen. Einen Bourbon. Ja! Ich habe ungeheure Lust auf einen Bourbon!«

»Einen Bourbon?«, rief Edwige. »In deinem Zustand? Schlag dir das aus dem Kopf, Schätzchen!«

»Nein … nein. Natürlich keinen Bourbon! Einen Fruchtsaft! Ich habe Durst. Edwige, ich habe solchen Durst«, klagte sie, als wollte sie gleich in Tränen ausbrechen.

»Schon gut, schon gut!«, beschwichtigte Edwige ihre Freundin hastig. »Ich komme ja schon. Wir trinken etwas.« Sie drehte sich um und ging die Treppe hinunter. »Wir müssen aber nachschauen, ob da oben nichts kaputt gegangen ist«, murmelte sie.

Als Edwige den Fuß der Treppe erreicht hatte, blieb sie abrupt stehen und lauschte wieder.

»Hast du auch dieses Mal nichts gehört?«

»Nein. Nein, ich habe nichts gehört«, antwortete Jeanne etwas zu schnell.

»Man hätte meinen können, dass da jemand geschrien hat …«

»Das muss von der Straße her kommen«, sagte Jeanne, kurz davor, die Nerven zu verlieren.

»Nein. Das kam hier aus dem Haus. Ist jemand bei dir?«

»Natürlich nicht«, entgegnete Jeanne mit einem gepressten Lachen. »Komm jetzt, Edwige. Ich habe solchen Durst.«

»Natürlich, Schätzchen. Sofort.«

Edwige folgte ihrer Freundin ins Wohnzimmer und geleitete sie zum Sofa.

»Mach die Tür zu!«, flehte Jeanne weinerlich.

Suzannas Zimmer im zweiten Stock lag direkt über der Küche, die wiederum dem Wohnzimmer gegenüber lag. War die Tür geschlossen, konnte Suzanna toben wie sie wollte, dann war in diesem Raum nichts mehr von ihr zu hören.

»Natürlich, Schätzchen, sofort«, sagte Edwige. Sie ging zur Tür. Aber anstatt sie zu schließen, wandte sie sich zu Jeanne um. »Ich gehe in die Küche und mache dir etwas zu trinken. Warte hier auf mich.«

Und noch ehe Jeanne protestieren konnte, war ihre Freundin im Flur verschwunden. Die Tür stand weit offen.

achtzehn

Was einem das Schicksal bestimmt, kann einem niemand nehmen.

Für diese Devise hatte sich Jeanne schon vor langer Zeit entschieden. Und obwohl sie dumpf ahnte, dass sie noch einen weiten Weg bis zu dem selbst gesteckten Ziel vor sich hatte, war sie zu allem bereit. Denn jetzt war sie schon viel zu weit gegangen.

Sie hatte nur eine Hoffnung: Edwige – die einzige Freundin, die sie je gehabt hatte – möge sich ihr nicht in den Weg stellen. Denn obwohl Edwige tolerant, ja ein Freigeist war und sogar akzeptiert hatte, dass sie Richard getötet hatte, zweifelte Jeanne nicht ohne Grund daran, dass ihre Freundin ebenfalls akzeptieren würde, dass sie eine unschuldige junge Frau gefangen hielt.

Also war Jeanne zum Handeln gezwungen. Sie hatte keine andere Wahl.

»Möchtest du einen Orangensaft oder einen Pampelmusensaft?«, rief Edwige aus der Küche. »Du meine Güte! Du hast hier ja Lebensmittel angehäuft, als wolltest du eine ganze Kompanie Soldaten verpflegen!

Hast du Angst, vor Hunger sterben zu müssen? Aber eigentlich hast du ja Recht … in deinem Zustand!«

»Sprich leiser«, flüsterte Jeanne verzweifelt. »Schrei nicht so. Ich bin nicht taub.«

»Was sagst du? Sprich lauter, Schätzchen. Ich kann dich nicht verstehen.«

Edwiges lautes Gerede regte Jeanne derart auf, dass sie wütend in die Küche lief.

»Um Himmels willen, Edwige. Schrei doch nicht so. Und lass das! Ich habe keinen Durst mehr. Komm ins Wohnzimmer zurück!«, befahl sie mit schneidender Stimme.

Edwige hielt mitten in der Bewegung inne; die Hälfte einer ausgepressten Orange in der Hand, starrte sie ihre Freundin verwirrt an. Sie wusste nicht, wie sie Jeanne behandeln sollte: Denn ihre Freundin wirkte immer verstörter. Und diese plötzliche Meinungsänderung verhieß nichts Gutes. Jeanne musste weit mehr aus dem Gleichgewicht geraten sein, als sie vermutet hatte. Nach Richards Tod hatte Edwige geglaubt, dass ein paar Tage Ruhe ausreichen würden, und ihre Freundin würde wieder die Alte sein. Aber niemand tötete ohne seelische Konsequenzen, vor allem, wenn es sich dabei um einen einst geliebten Menschen handelt!

Langsam fing Edwige an zu begreifen – leider zu spät –, dass Jeanne in den Wahnsinn geglitten war. Sie hatte geglaubt, dass ihre Freundin trotz der jahrelang ertragenen Erniedrigungen von robusterer Natur sei. Und nun vermutete sie, dass dieses Verbrechen den latent schlummernden Wahn zum Ausbruch gebracht und Jeanne sich zurückgezogen hatte, weil sie um ihre Krankheit wusste – und auch, weil niemand merken sollte, wie abgöttisch sie Richard geliebt hatte.

Jahrelang hatte sie eine von Richard ihr auferzwungene Rolle spielen müssen, ohne ihre wahren Gefühle jemals zum Ausdruck bringen zu dürfen, denn sonst hätte sie das Bild zerstört, das ihr Mann von ihr forderte. Und zweifellos war es dieses Bild gewesen, dem sie hatte entsprechen müssen, das verhinderte, ganz in eine schwere Depression abzugleiten oder gar im Wahnsinn zu versinken …

Jeanne war eine psychisch labile Frau, leicht erregbar und ohne Selbstvertrauen, der die Ehe mit Richard eine gewissen Bedeutung verliehen hatte. Ihre Welt war Richards Welt; und jetzt, da er tot war, gab es nichts mehr, an das sie sich klammern konnte. Selbst das Kind, das sie erwartete, hatte ihren psychischen Verfall nicht verhindert, wie es normalerweise bei Schwangeren der Fall war.

Diese Überlegungen stellte Edwige an, während sie in der Küche hantierte, und sie kam zu dem Schluss, dass Jeanne dringend ärztlicher Behandlung bedurfte und dass vielleicht sogar ein Aufenthalt in einer psychiatrischen Klinik nötig sein würde.

Ihr war bewusst, dass sie vor einer schwierigen Aufgabe stand, denn wie alle psychisch Erkrankten hielt sich Jeanne für völlig gesund und würde einen Arztbesuch ablehnen. Also beschloss sie, sich sofort zu Hause mit einem Freund ihres Mannes, einem berühmten Psychiater, in Verbindung zu setzen und ihn um Rat zu fragen, wie sie ihrer Freundin helfen könne.

An diesem Punkt ihrer Überlegungen angekommen, ließ Edwige alles stehen und liegen und ging in Richtung Wohnzimmer. Als sie über den Flur marschierte, blieb sie abrupt stehen.

»Da! Hast du es jetzt gehört?«, rief sie ihrer Freundin zu.

»Nein. Ich habe nichts gehört.« Jeannes Antwort kam zu schnell, zu brüsk. Sie stampfte mit den Füßen auf, wie ein bockiges Kind, das nicht gehorchen will.

»Da hat doch eine Frau geschrien!«, rief Edwige fassungslos. »Jeanne, da oben ist jemand! Wir müssen nachsehen, wer da ist!«

Aus Jeannes Gesicht wich jede Farbe, ihr Blick wurde leer. Und während Edwige entschlossenen Schritts auf die Marmortreppe zusteuerte, folgte ihr Jeanne wie in Trance.

»Was ist da eigentlich los?«, murmelte Edwige.

»Bleib stehen!«, befahl Jeanne mit eisiger Stimme. »Ich verbiete dir, da hochzugehen! Hast du das kapiert, du miese Schnüfflerin?«

Edwige gehorchte und drehte sich langsam zu ihrer Freundin um. Sie beobachtete Jeanne aufmerksam.

»Bitte, Jeanne! Sag mir, wer da oben ist«, sagte sie ernst.

Jeanne antwortete nicht, obwohl Edwige Suzanna jetzt deutlich schreien hörte.

»Da oben ist doch jemand? Ich höre eine Frau schreien. Wer ist das?«

Schweigen.

»Warum ist diese Frau hier, Jeanne? Warum schreit sie so?«

Jeanne war aschfahl geworden. Sie starrte auf einen imaginären Punkt hinter Edwige, auf einen Punkt außerhalb jeder Vernunft.

Eine tödliche Stille herrschte, nur von Suzannas verzweifelten Schreien unterbrochen.

»Jeanne, wir gehen jetzt gemeinsam nach oben«, sagte Edwige mit betont ruhiger Stimme. »Und wir gehen gemeinsam in das Zimmer, in dem sich diese Frau befindet. Und wir fragen sie, was sie dort macht. Bist du damit einverstanden?«

Jeanne rührte sich nicht. Sie hätte eine Gestalt aus einem Wachsfigurenkabinett sein können, hätte nicht ein feiner Schweißfilm ihr Gesicht bedeckt. Edwige ging langsam auf ihre Freundin zu.

»Komm, Jeanne. Komm mit«, sagte Edwige und nahm Jeanne an die Hand. »Wir beiden stehen uns doch sehr nahe, nicht wahr? Wir kennen uns schon so lange und sind Freundinnen, die keine Geheimnisse voreinander haben …«

Behutsam ging Edwige mit Jeanne auf die Treppe zu. Jeanne ließ alles widerstandslos mit sich geschehen. Wie ferngelenkt setzte sie einen Fuß vor den anderen.

»Ist es nicht wunderbar, eine Freundin zu haben?«, fügte Edwige mit falscher Fröhlichkeit hinzu. »Einen

Menschen, dem man absolut vertrauen kann? Erinnerst du dich noch an unsere Donnerstagnachmittage? Wir haben doch immer offen über alles gesprochen, ohne Tabu. So etwas habe ich mit keinem anderen Menschen gekannt. Und ich kenne, weiß Gott, eine Menge Leute! Aber die meisten sind oberflächlich, dumme Puten, und ihr Geschwätz langweilt mich. Aber mit dir ... O ja! Mit dir ist das was ganz anderes!«

Langsam stiegen die beiden Frauen die Treppe hoch. Noch immer wirkte Jeanne willenlos. Wie eine Fremde in ihrem eigenen Haus ließ sie alles mit sich geschehen. Mit jedem Schritt waren Suzannas Schreie lauter zu hören. Und mit jedem Schritt wurde Edwige stärker bewusst, welche Angst und welche Verzweiflung diese Hilfeschreie bargen.

Sie ging etwas schneller, weil sie ahnte, dass sich dort oben ein Drama abspielte. Es lief ihr eiskalt über den Rücken.

Dann konnte sie nicht mehr anders und rief: »Halten Sie durch! Ich bin gleich bei Ihnen!«

neunzehn

Mitten im Schreien hielt Suzanna inne und lauschte angespannt. Ihr Herz klopfte wie rasend, ihre Kehle war trocken. Sie hörte Stimmen im Treppenhaus, dann Schritte … Sie hörte jemanden schwer atmen.

Jetzt gab es keine Zweifel mehr: Jemand ist auf ihre Hilferufe aufmerksam geworden, jemand, der sie gleich befreit!

Sie konnte es kaum noch erwarten und rief laut: »*Aqui, eu estou aqui! Venha rapido, por favor!*

Eine Frauenstimme antwortete ihr von unten, und Suzanna ließ sich aufs Bett fallen und brach in Tränen aus. Noch konnte sie ihr Glück nicht fassen. Wie lange war sie jetzt eingesperrt? Drei Wochen? Vier Wochen? Sie wusste es nicht. Eine Ewigkeit, wie ihr schien. Ihr Bauch war größer geworden, auch ihre Brüste …

Sie streichelte ihren Bauch und murmelte leise: »Jetzt ist alles vorbei, mein Kleines … Jetzt können wir endlich an uns denken. Jetzt werden wir glücklich sein.«

Als zufällig ihr Blick in den Spiegel über der Kommode fiel, wich sie erschrocken zurück. Ihr Anblick entsetzte sie. Hastig riss sie den Bezug von ihrem Kopfkissen ab, spuckte darauf und versuchte, die groteske Schminke von ihrem Gesicht zu wischen. Keinesfalls wollte sie ihre unbekannte Retterin erschrecken, sonst könnte diese Frau noch denken, sie hätte es mit einer Verrückten zu tun. An ihrer lächerlichen Frisur und dem abscheulichen Kleid konnte sie leider nichts ändern.

Plötzlich hielt Suzanna in ihren Bemühungen inne und lauschte wieder angestrengt. Warum brauchte diese Frau so lange? Doch das schwere Atmen kam immer näher, also rief sie noch einmal um Hilfe.

»*Eu estou aqui! Estas ai? Estas me entender?*«

Die Frau antwortete ihr mit keuchender Stimme. Suzanna stieß einen Seufzer der Erleichterung aus. Gleich darauf hörte sie Schritte auf dem Flur, nur ein paar Meter von ihrem Zimmer entfernt – und wieder fing sie an zu rufen.

Dann sah sie, wie sich der Türknauf drehte, aber die Tür ließ sich nicht öffnen, Jeanne hatte sie abgeschlossen. Ein Schlüssel wurde ins Schloss gesteckt. Suzanna machte die Augen zu und konzentrierte sich ganz auf dieses Geräusch.

Aber nichts geschah. Sie hörte nur eine Stimme etwas fragen, wie ihr schien.

Niemand antwortete.

Jetzt fiel Suzanna ein, wo ihre Gefängniswärterin den Schlüssel versteckte: in ihrem Büstenhalter. Also rief sie:

»No seu soutien! À chave encontrãse no seu soutien!«

Doch niemand reagierte auf ihren Zuruf. Suzanna hörte nur, wie jemand noch einmal versuchte, die Tür zu öffnen, und dann sich entfernende Schritte.

»Das hat nichts zu bedeuten«, murmelte sie leise in ihrer Muttersprache vor sich hin, um ihre aufsteigende Panik zu bekämpfen.

Die Frau holt den Schlüssel, dachte sie, oder die Polizei. Sie ist jetzt gegangen, aber sie kommt bald zurück. Sie weiß jetzt, dass ich hier gefangen bin. Sie kommt zurück, und dann bin ich frei ...

Doch plötzlich hallte ein furchtbarer Schrei durchs Treppenhaus, schrill und markerschütternd – darauf folgte das dumpfe Geräusch eines Falls, als ob ein schwerer Körper die Treppe hinunterstürzte, begleitet von einem schrillen Wimmern und von röchelnden Atemzügen.

Darauf folgten hastige Schritte die Treppe hinunter und das Geräusch von Schlägen, Schläge, die mit erschreckender Regelmäßigkeit verabreicht wurden, und noch immer dieses Wimmern, das aber leiser und leiser wurde und schließlich erstarb ...

Suzanna erstarrte, schüttelte dann vor maßlosem Entsetzen den Kopf und biss die Zähne zusammen, bis ihr Kiefer schmerzte.

Nach einer Weile herrschte Stille, eine tödliche Grauen erregendere Stille.

Als Suzanna aus ihrer Starre erwachte, wagte sie es zu

rufen. Ganz leise. Vielleicht sogar zu leise, um gehört zu werden. Auch als sie lauter rief, rührte sich nichts.

Zu Tode geängstigt, rollte sich die junge Frau zu einer Kugel auf dem Teppichboden zusammen, die rechte Hand noch immer ans Bett gefesselt, während sie die Linke schützend um ihren Leib legte.

Da lag sie, wie ein Fetus.

Lärm an der Tür ließ Suzanna aufschrecken.

Jeanne versuchte, die Tür aufzustoßen, aber sie war von dem davor stehenden Bett blockiert, bis es Jeanne schließlich gelang, sie Zentimeter für Zentimeter zu öffnen.

Suzanna lag noch immer am Boden, und als sie ihre Gefängniswärterin im Türrahmen erblickte, glaubte sie, in das Gesicht einer Furie zu sehen: das gelbe Haar wirr, Wahnsinn in den Augen, das Gesicht blutverschmiert.

Sie atmete in heftigen Stößen, ihre Brust hob und senkte sich. Ohne ein Wort stürzte sich Jeanne auf die Wehrlose, zerrte sie auf die Füße. Dann schloss sie die Handschellen auf und stieß ihre Gefangene brutal vor sich her, aus dem Zimmer, auf den Flur, die Treppe hinunter. Auf der ersten Etage starrte Suzanna wie gebannt auf die Spuren des mörderischen Kampfs, der kurz zuvor hier stattgefunden hatte. Ein paar Geländerstäbe waren zerbrochen, und auf dem Teppich breitete sich ein immer größer werdender roter Fleck aus.

Ungerührt stieß Jeanne ihre Gefangene weiter vor

sich her, ins Parterre, auf eine halb offen stehende schwere Holztür zu. Mit ihrer freien Hand schob sie die Tür ganz auf, stieß sie Suzanna wieder vor sich her, die Treppe hinab und in den Keller des Herrenhauses.

Schon auf den ersten Stufen schlug ihnen ein feucht-modriger Geruch entgegen, und es wurde merklich kühler. Suzanna fing am ganzen Körper zu zittern an, dieser Weg – wie es ihr schien, ins Innere der Erde – wollte nicht enden. Die Treppe war nur spärlich von ein paar nackten Glühbirnen erleuchtet, die unheimliche Schatten auf die rauen Wände warfen.

Unten angekommen, dirigierte Jeanne Suzanna weiter, einen langen Gang entlang, an dem zu beiden Seiten die ehemaligen Weinkeller lagen. Noch immer lagerten dort hunderte Flaschen, sorgfältig in Regalen übereinander gestapelt. In diesem Gewölbe war die Temperatur noch niedriger als auf der Treppe, und Suzanna zitterte noch heftiger, sie wusste nicht, ob mehr aus Angst oder wegen der Kälte.

Am Ende des Gangs steuerte Jeanne direkt auf eine Tür zu. Dahinter verbarg sich ein Keller, kleiner als die anderen.

Sie öffnete auch diese Tür und gab der jungen Frau einen letzten brutalen Stoß.

Ehe sie die Tür schloss, sagte sie hasserfüllt: »Hier kannst du schreien, bis du schwarz wirst! Hier hört dich niemand!«

Dann fiel die Tür krachend ins Schloss, und der Schlüssel wurde knirschend umgedreht.

Suzanna lief verzweifelt darauf zu und hämmerte mit den Fäusten dagegen und flehte verzweifelt, Jeanne möge sie herauslassen. Dieser Ort jagte ihr pures Entsetzen ein. Er war leer, von der Decke hing nur eine schwach leuchtende, staubige Glühbirne, der Boden des niedrigen Gewölbes bestand aus festgestampftem Lehm.

Schließlich ließ sich die junge Frau erschöpft und weinend zu Boden sinken. Noch konnte sie die sich entfernenden Schritte ihrer gnadenlosen Wärterin auf dem Gang hören. Als ihr Kopf auf ihre angezogenen Knie sank, merkte sie, dass ihr Gesicht wie im Fieber glühte, obwohl ihr Körper eiskalt war. Übelkeit stieg in ihr auf.

Aber sie hatte keine Kraft zum Aufstehen mehr. Es wäre ihr sogar gleichgültig gewesen, wenn sie jetzt ihr Kleid mit Erbrochenem beschmutzt hätte. Was spielte das noch für eine Rolle? Völlig verzweifelt und erschöpft ließ sich Suzanna in eine schützende Apathie sinken, wo sie nichts mehr wahrnehmen konnte, weil die Wirklichkeit unerträglich geworden war.

Als Suzanna aus ihrer Betäubung erwachte, brauchte sie ein paar Sekunden, ehe sie begriff, wo sie war. Sofort kehrte ihre Erinnerung an das Geschehene zurück und erfüllte sie erneut mit Entsetzen.

Sie stand taumelnd auf und hatte angesichts dieses niedrigen Kellergewölbes mit den feuchten Mauern, an denen das Wasser an einigen Stellen herunterlief, das Gefühl, ersticken zu müssen. Außerdem war es sehr dunkel in dem Raum. Das kümmerliche Licht reichte nicht bis in die Ecken.

Nach einer Weile machte sie ein paar Schritte, um ihr Gefängnis zu erkunden. Da fiel ihr auf, dass in einer Ecke eine Art großes mit einem Bettlaken bedecktes Paket lag. Es war von länglicher Form und lehnte an der Wand. In der Hoffnung, etwas Brauchbares zu finden, das ihr den Aufenthalt in diesem Loch erleichtern könnte, ging sie zu der Stelle und hob dann das Laken hoch.

Und starrte in das wächserne Gesicht einer Toten, mit hervorquellenden Augen und offen stehendem Mund. Auf dem Schädel klaffte eine Wunde, aus der Blut in einem Rinnsal über ihr Gesicht gelaufen war.

zwanzig

»Es ist nicht zu fassen, wie kleinlich die Leute heutzutage geworden sind! Also neulich .... Neulich suche ich verzweifelt schon seit einer Viertelstunde einen Parkplatz ... Und dann entdecke ich endlich einen auf dem Trottoir. Nichts wie hin! Mein Gott, was war ich froh, dass ich den erwischt hatte. Aber kaum habe ich meinen Wagen geparkt, entdecke ich eine Politesse. Weil ich ein höflicher Mensch bin und ihr unnötigen Papierkram ersparen will, gehe ich zu ihr und erkläre ihr, dass ich die Nichte des Finanzministers bin und dass es nichts nützt, wenn sie mir einen Strafzettel ausstellt, weil ich den sowieso nicht bezahlen muss. Das hätte ich mir wahrhaftig sparen können bei diesem Weib! Wie die Frau schon aussah, Glubschaugen und fliehendes Kinn. Wissen Sie, was diese Person mir geantwortet hat? – ›Vor dem Gesetz sind alle gleich!‹ Ich fand das einfach engstirnig!«

»Und was haben Sie erwidert?«

»Ich war derart verblüfft, dass es mir die Sprache verschlagen hat. Dann hat sie triumphierend ihren

Strafzettel ausgefüllt und ihn mir hingehalten, als handelte es sich um eine Kriegserklärung.«

»Ja, ja. Der Übereifer der kleinen Leute. Es gibt nichts Widerwärtigeres.«

»Aber meine Liebe! Du musst doch inzwischen wissen, dass diese Zukurzgekommenen überempfindlich sind! Sie sind frustriert und ergreifen jede Gelegenheit beim Schopf, sich an Leuten, wie wir es sind – die schließlich aus einer ganz anderen Gesellschaftsschicht kommen –, zu rächen.«

»Ach, diese Überempfindlichkeit trifft nicht nur auf das gemeine Volk zu. Auch andere leiden darunter … So hat mich Edwige doch neulich sehr enttäuscht! Weißt du eigentlich, dass sie sich bei mir nicht mehr gemeldet hat, seit wir damals wegen Jeanne diese kleine Meinungsverschiedenheit hatten?«

»Nein! Das wundert mich aber … Ich hätte Edwige niemals für so nachtragend gehalten. Vor allem, weil es ja um nichts Persönliches ging.«

»Das sollte man meinen! Ich habe doch nur ausgesprochen, was alle anderen denken. Als wir über dieses Thema redeten, hat mir Rose Labeye anvertraut, sie hege denselben Verdacht wie ich. Auch sie glaubt, dass Jeannes langes Nichterscheinen in unseren Kreisen nur eines bedeuten kann: Sie hat etwas zu verbergen! Und Rose ist sogar noch weiter als ich gegangen. Sie vermutet nicht nur, dass Richard nicht der Vater des Kindes ist, sondern dass der richtige Vater des Kindes missgestaltet sein muss oder so was Ähnliches. Wie soll man sich sonst erklären, dass sie kein Personal mehr beschäftigt?

Denn Jeanne ist nicht dumm, sie weiß, wie schnell sich Gerüchte verbreiten, vor allem durch Domestiken. Ich bin immer mehr davon überzeugt, dass sie es nicht wagen kann, sich mit ihrem Geliebten in der Öffentlichkeit zu zeigen. Und meiner Meinung nach ist Edwige darüber im Bilde. Deshalb verteidigt sie ihre Freundin mit Zähnen und Klauen, was ich übrigens kindisch finde …«

»Vor allem, wenn man bedenkt, dass Jeanne ja wahrhaftig erwachsen genug ist und für sich selber sprechen kann … Aber sollte das stimmen, was du vermutest, was hat dieses arme Kind dann für einen Stammbaum!«

»Ach, ich bin überzeugt, dass die Wahrheit spätestens in ein paar Monaten rauskommt.«

»Wo wir gerade darüber reden, hat sie eigentlich auf deine Einladung geantwortet?«

»Zu meinem großen Erstaunen ja. Vorgestern habe ich mit ihr telefoniert, und sie hat mir versichert, dass sie mit Freude meine Einladung annehme.«

»Und wie geht es ihr?«

»Offensichtlich gut. Weißt du, dass Jeanne schon im fünften Monat ist? Ich bin mal neugierig, wie sie jetzt als Schwangere aussieht. Sie ist doch so mager.«

»Hast du auch Edwige eingeladen?«

»Natürlich. Ich bin nicht nachtragend. Schließlich sind wir beide erwachsen genug, um diesen kleinen

Streit zu vergessen. Aber wie es scheint, ist Edwige da anderer Meinung.«

»Vielleicht hörst du demnächst von ihr … Dein Empfang findet doch erst in zwei Wochen statt. Da hat sie für eine Antwort noch etwas Zeit.«

»Ja. Sicherlich hast du Recht. Aber sollte ich bis Ende der Woche keine Antwort von ihr haben, gibt es kein Pardon. Dann betrachte ich Edwiges Schweigen als eine persönliche Beleidigung!«

fünfter monat

»Während dieser Periode Ihrer Schwangerschaft
fühlen Sie sich wirklich gut.
Sie leiden nicht mehr unter Übelkeit und sind
auch nicht mehr so müde wie während der ersten
Monate.
Sie sind aktiv und haben Lust, etwas zu unternehmen.
Dies ist die ideale Periode zum Reisen.«

einundzwanzig

Die Verwesung ging wegen der Kälte in dem Kellergewölbe relativ langsam vonstatten. Trotzdem entstand durch diesen biologischen Vorgang ein entsetzlicher Gestank, der von Tag zu Tag unerträglicher wurde.

Suzanna glaubte, allmählich den Verstand zu verlieren.

Jeanne hatte ihre Grausamkeit so weit getrieben, dass sie die junge Frau in der Nähe von Edwiges Leichnam an die Wand fesselte, damit ihre Gefangene niemals vergesse, dass sie am Tod ihrer einzigen Freundin die alleinige Schuld trage, wie sie behauptete.

Edwiges Tod hatte Jeannes Hass auf die Portugiesin noch vergrößert. Sie werde von nun an ohne Erbarmen sein, sagte sie ihrer Gefangenen. Was Suzanna natürlich nicht verstand. Die ersten Tage in Gegenwart der Toten waren für Suzanna derart furchtbar, dass sie ihre Peinigerin schreiend, schluchzend, flehend um Gnade bat. Doch Jeanne tat so, als wisse sie nicht, was Suzanna von ihr wollte.

»Tut mir Leid, mein Liebling, ich verstehe nicht, was du sagst«, antwortete sie mit einem Lächeln und machte die Tür des Verlieses hinter sich zu.

Der in die Wand eingelassene Eisenring, an den Jeanne ihre Gefangene gekettet hatte, musste früher einmal dazu gedient haben, die riesigen Weinfässer durch irgendeine Vorrichtung zu fixieren. Als Lager diente ihr eine durchgelegene Matratze sowie eine schmuddelige Decke und ein Betttuch.

Von Müdigkeit überwältigt, hatte sich Suzanna auf ihrem erbärmlichen Lager trotz ihres unendlichen Ekels und des Grauens zusammengerollt und war resigniert in Apathie gefallen.

Der Rhythmus ihrer Tage – oder vielmehr ewiger Nacht – wurde allein durch Jeannes Besuche bestimmt, die ihr mehr oder weniger pünktlich die Mahlzeiten brachte und einmal am Tag eine Schüssel mit Wasser und Seife sowie ein Handtuch.

Jeanne pflegte diese Dinge dann auf den Boden zu stellen und ohne ein Wort wieder zu verschwinden. Suzanna konnte sich kaum aufraffen, etwas zu essen und sich zu waschen. Ihre Notdurft verrichtete sie in einen Eimer, den Jeanne von Zeit zu Zeit leerte.

Paradoxerweise waren die Mahlzeiten genauso abwechslungsreich, gesund, schmackhaft und üppig wie früher. Wahrscheinlich wurde Suzanna nur wegen dieser Nahrung nicht ernsthaft krank. Aber sie verlor jedes Zeitgefühl und wusste nicht mehr, wann es Tag oder Nacht war.

Manchmal – und viel zu selten für Suzannas Geschmack – löste Jeanne die Fesseln ihrer Gefangenen, knebelte sie und ging mit ihr in dem parkähnlichen

Garten spazieren, der sich hinter dem Haus befand und inzwischen wegen der mangelnden Pflege derart verwildert war, dass niemand ihn einsehen konnte.

Diese kurzen Spaziergänge stellten für Suzanna höchstes Glück dar. Sie lösten ein ungeahntes Entzücken in ihr aus. Endlich einmal wieder frische Luft zu atmen, Vögel singen zu hören, blühende Blumen und das Grün der Bäume zu sehen, die warmen Strahlen der Sonne auf ihrer Haut zu spüren …

Doch wieder zurück in ihrem Verlies, empfand sie ihre Situation als noch unerträglicher – sie fiel in eine tiefe Depression, einen Zustand reinen Dahinvegetierens.

Bis zu jenem unvergesslichen Moment, als sie, von Albträumen geplagt und schweißgebadet, vor sich hindämmerte und plötzlich erwachte, weil sie eine Bewegung in ihrem Bauch spürte. Mit klopfendem Herzen richtete sie sich auf und wurde vollends wach. Da! Wieder! Ihr Baby! Ihr Baby bewegte sich und trat ihr in den Bauch. Und während diese Bewegungen immer heftiger wurden, fing Suzanna an zu lachen.

»Oh, mein Kleines! Welche Kraft du hast! Willst du etwa auch aus deinem Gefängnis raus?«, sagte sie und sah sich um. »Wie seltsam das doch ist … Wir sitzen beide im Dunkeln und warten darauf, befreit zu werden …«

In diesem Moment wurde Suzanna von jedem Todesgedanken verlassen und stattdessen von einem unbändigen Lebenswillen ergriffen.

Ihr Kind hatte ihr die Kraft zum Kämpfen zurückgegeben. Sie durfte sich nicht länger gehen lassen. Viel zu früh hatte sie die Waffen gestreckt, war schwach gewesen. Aber jetzt trug sie die Verantwortung für ein kleines Wesen, das nur eins wollte: leben.

Suzanna stand von ihrem Lager auf, riss ein Stück Stoff aus dem Laken und band es sich wie eine Maske vor Mund und Nase. Dann untersuchte sie ihr Verlies.

Schon seit langem hatten sich ihre Augen an das schwache Licht gewöhnt, sodass sie jetzt Dinge entdeckte, die ihr bei ihrer flüchtigen ersten Inspektion entgangen waren. Das Tonnengewölbe maß etwa fünf auf sieben Meter und war so niedrig, dass sie die Decke ohne Mühe mit ausgestrecktem Arm berühren konnte. Außer den paar Dingen, die Jeanne für Suzanna dagelassen hatte, und Edwiges Leichnam war der Keller leer.

Als Erstes überprüfte die junge Frau die Festigkeit des Rings, an dem sie angekettet war. Sie zerrte mit aller Kraft an ihren Handschellen. Bis ihr das Metall tief ins Fleisch schnitt. Ohne Erfolg.

Hätte sie doch nur eine Haarnadel oder einen Draht, dann hätte sie eine Chance, das Schloss zu öffnen ... Das hatte sie einmal in einem Film gesehen. Vielleicht fand sie ja etwas auf dem Lehmboden, das als Werkzeug dienen konnte. Als der Leichnam in ihr Blickfeld kam, wusste sie, dass sie keine andere Wahl hatte.

Sie brauchte ein paar Minuten, bis sie ihren ganzen Mut zusammengerafft hatte. Dann ging sie langsam zu den sterblichen Resten der Unbekannten. Mit schier unmenschlicher Anstrengung überwand sie ihren Ekel und griff nach der Handtasche der Toten, deren Jeanne sich merkwürdigerweise nicht entledigt hatte.

Dann eilte sie in die entgegengesetzte Ecke und leerte den Inhalt der Tasche auf den Boden. Ein wahrer Schatz lag vor der jungen Frau ausgebreitet da, den sie hastig überprüfte: ein Lippenstift, eine Brieftasche voller Banknoten, Kreditkarten und Visitenkarten, ein silbernes Zigarettenetui und ein ebensolches Feuerzeug, ein Taschenspiegel …

Mit einer nervösen Handbewegung wischte Suzanna alles beiseite, was sie nicht gebrauchen konnte, und nahm den Spiegel in die Hand. Nur undeutlich konnte sie sich darin erkennen. Ihre Haare waren noch immer gelb, aber wenigstens war das lächerliche Make-up weggewischt.

Den Spiegel wollte sie gleich unter ihrer Matratze verstecken, doch in ihrer Hast fiel er zu Boden und zerbrach. Eine Scherbe hatte die Form eines sehr langen schmalen und spitz zulaufenden Dreiecks – wie ein kleiner Dolch.

Suzanna betrachtete nachdenklich die Scherbe. Dann riss sie noch einen Fetzen von ihrem Bettlaken ab und umwickelte den unteren Teil damit. Jetzt hatte sie eine behelfsmäßige Waffe. Sie lächelte zufrieden und versteckte ihren Dolch unter der Matratze.

Unter Edwiges Besitztümern, die noch verstreut auf dem Boden lagen, fand sie ein kleines in Leder gebundenes Adressbuch … Suzanna kam eine Idee. Soweit sie es beurteilen konnte, musste die Tote vermögend gewesen sein. Und solche Leute trugen heutzutage immer ein Handy mit sich herum. Wenn sie also das Handy der Frau fand, konnte sie um Hilfe rufen. Sie wäre gerettet.

Noch einmal allen Ekel überwindend, ging Suzanna zu der Leiche und tastete mit zitternden Händen die Kleider der Toten ab. Da! Sie spürte in der Innentasche etwas Hartes und zog es mit spitzen Fingern hervor.

Es war ein Handy! Sie stieß einen Triumphschrei aus und betastete das kleine Telefon, außer sich vor Erregung. Dann rief sie sich zur Ordnung. Sie musste Ruhe bewahren und klar denken. Angestrengt versuchte sie, sich an eine Telefonnummer zu erinnern, ganz gleich welche, an jemanden, den sie anrufen und um Hilfe bitten könnte.

Aber wen? Sie kannte niemanden in Paris, und außerdem sprach sie nicht genügend Französisch, um ihre Situation zu erklären, denn sie wusste ja nicht einmal, wo sie sich befand.

Die Polizei? Ja, aber wie lautete die Nummer des Notrufs? Sie hatte keine Ahnung. Ihre Familie in Portugal! Sie wählte die Vorwahl für Portugal – und stockte. Hatte das Trauma ihrer Gefangenschaft sie die Nummer ihrer Eltern vergessen lassen? Sie versuchte, sich auf die Kombination auf der Tastatur zu konzentrieren, – und tatsächlich - mit einem Mal wählte sie die vertraute Nummernfolge, abermals die Vorwahl Portugals, zweimal die Null und schließlich dreihunderteinundfünfzig und die Nummer ihrer Eltern.

Ihr Herz klopfte wild und sie schwitzte, als sie das Handy an ihr Ohr hielt. Doch es blieb stumm. Sie hörte nichts. Kein Läuten. Stille. Nach ein paar Sekunden nahm Suzanna das Handy vom Ohr und starrte das Display an. Es war nicht erleuchtet. Wie dumm von ihr! Sie hatte vergessen, es einzuschalten. Deshalb hatte es auch die ganze Zeit über nie geläutet.

Mit einem nervösen Lachen drückte Suzanna auf die Einschalttaste. Sofort erstrahlte das Display in einem grünlichen Licht, und darauf war zu lesen: »BITTE PIN-NR. EINGEBEN.«

Die PIN-Nummer … Was war das, eine PIN-Nummer?

Lange blieb Suzanna mit dem Telefon in den Händen reglos stehen. Wie hypnotisiert starrte sie das kleine Ding an, aber ohne es zu sehen, als ob es überhaupt nicht existierte.

Und es existierte ja tatsächlich nicht.

zweiundzwanzig

Erst nach einer ganzen Weile erwachte Suzanna aus ihrer Erstarrung. Langsam überwand sie den Schock, den diese grenzenlose Enttäuschung in ihr ausgelöst hatte, und zwang sich, nachzudenken. Es musste doch sicher noch ein anderes Mittel geben, hier rauszukommen. Etwas ganz Naheliegendes, an das sie bisher nicht gedacht hatte.

Seit ein paar Tagen wusste Suzanna, dass es Jeanne einzig um das Kind ging und nur aus diesem Grund war sie noch am Leben. Sie hatte keine Ahnung, warum, aber sie wusste, solange das Kind in ihr wuchs, tötete Jeanne sie nicht.

Denn als Jeanne eines Tages ihre Gefangene besuchte, war sie ganz gegen ihre sonstige Gewohnheit zum Plaudern aufgelegt. Sie wirkte aufgeregt und strahlte übers ganze Gesicht. Offensichtlich hatte sie einen Einkaufsbummel gemacht, weil sie in der Hand eine große Tüte hatte, deren Inhalt sie jetzt auf Suzannas Matratze leerte.

Zu Suzannas großer Überraschung handelte es sich um eine komplette Babyausstattung – natürlich vom

Feinsten. Und Jeanne entfaltete vor den Augen der erstaunten jungen Frau jedes noch so winzige Kleidungsstück, während sie sich in begeisterten Kommentaren erging.

Warum macht sich diese Verrückte für das Kind einer Fremden so viel Mühe?, hatte sich Suzanna gefragt und diese Frau bei ihrem Tun beobachtet. Denn sie schien sich wirklich über diese Dinge zu freuen – eine wahrhaft mütterliche Freude zu empfinden. Und in diesem Moment wurde ihr klar, aus welchem Grund diese geistesgestörte Frau sie gefangen hielt. Bestätigt in dieser Gewissheit wurde Suzanna noch durch die Tatsache, dass Jeanne die Mahlzeiten mit großer Sorgfalt und immer nach den Bedürfnissen des Kindes in ihrem Bauch zubereitete.

Warum hatte sie das nicht früher begriffen? Jeanne war an Richards Kind interessiert – dass Suzanna die Mutter war, spielte keine Rolle. Nur der Vater war wichtig.

Und wer war diese Verrückte? Suzanna wusste es noch immer nicht. Vielleicht war sie Richards Schwester, die durch sein Kind ihren zu früh gestorbenen Bruder wieder zu finden suchte? Oder war diese Frau eine von Richards früheren Geliebten? Das konnte sich Suzanne nur schlecht vorstellen – so wie die Verrückte heute aussah. Trotzdem war sie nicht so naiv zu glauben, Richard hätte vor ihr keine Beziehungen zu Frauen gehabt.

Vielleicht war er sogar verheiratet gewesen … Und wo hatte er geschlafen, wenn er nicht in ihrer Wohnung in der Rue Tesson übernachtet hatte? Eine solche Frage hätte sie ihm nie gestellt, denn er war ein solch aufmerksamer und großzügiger Mann gewesen, dass sie das für unschicklich gehalten hätte.

Da Suzanna jetzt davon überzeugt war, dass Jeanne ihr das Kind wegnehmen wollte, schmiedete sie einen Plan. Sie glaubte, ein Mittel gefunden zu haben, wie sie ihrem Gefängnis entkommen könnte.

Als Jeanne ihr am nächsten Tag wie gewohnt das Essen brachte, das Tablett mit dem Plastikgeschirr wortlos abstellte und sich gerade zum Gehen wandte, fing Suzanna an, sie aufs Übelste laut zu beschimpfen.

Jeanne drehte sich an der Tür um, und ihr Herz wäre vor Schreck fast stehen geblieben: Suzanna saß aufrecht da, in ihrer freien Hand die dolchgleiche gezückte Spiegelscherbe. Mit einer schnellen Bewegung deutete sie auf ihren Bauch und beschimpfte ihre Gefängniswärterin mit hassverzerrtem Gesicht.

Obwohl Jeanne kein Wort verstand, begriff sie die Geste sofort. Suzanna wollte ihre Freiheit, sonst drohte sie, sich den Bauch aufzuschlitzen. Der Schock machte Jeanne sprachlos. Schon sah sie eine blutende, sterbende Suzanna vor sich. Und mit ihr das Kind – ebenfalls tot.

Das Kind! Ihr Kind!

Dieses kleine Miststück war bereit zu sterben, wenn sie ihr nicht sofort die Freiheit zurückgab! Angst breitete sich auf Jeannes Gesicht aus, und als Suzanna das erkannte, schwieg sie.

Einen langen Augenblick starrten sich die beiden Frauen hasserfüllt an. Da Jeanne nicht reagierte und Suzanna fürchtete, die Kontrolle über die Situation zu verlieren, fing sie wieder an zu schimpfen. Noch wüster als zuvor, mit keifender Stimme, während ihre Hand mit dem Dolch bereits den Stoff ihres Kleides aufschlitzte.

»Nein! Nein!«, keuchte Jeanne. »Tu das nicht!«

Doch Suzanna schrie noch heftiger und stieß zu. Ein immer größer werdender dunkelroter Fleck breitete sich auf ihrem Bauch aus.

Von Panik ergriffen, stürzte sich Jeanne auf ihre Gefangene. Sie wollte ihr die improvisierte Waffe entreißen, hielt aber mitten in der Bewegung inne.

Suzanna hatte noch einmal zugestoßen, und der plötzliche Schmerz verzerrte ihr bleiches Gesicht.

Ohnmächtig hob Jeanne die Hände und trat einen Schritt zurück. »Hör auf!«, schrie sie. »Rühr mein Baby nicht an!«

Suzanna bewegte ihre angekettete Hand. *»Libertemme. Imediatamente.«*

»Schon gut, ich befreie dich«, flüsterte Jeanne und ging langsam rückwärts auf die Tür zu. »Aber bleib ganz ruhig. Ich hole den Schlüssel.«

Damit Suzanna auch verstand, was Jeanne gesagt hatte, beschrieb sie mit den Händen eine Geste, als würde sie Handschellen mit einem Schlüssel aufschließen.

Suzanna nickte, und Jeanne schloss hastig die Tür hinter sich.

Als die junge Frau allein war, ließ sie ihre Waffe fallen und sank in sich zusammen. Kalter Schweiß bedeckte ihre Stirn, sie atmete mühsam. Dann zerriss sie ihr Kleid, um die Wunde zu inspizieren. Die Verletzung war nicht schwer und hatte dem Kind keinen Schaden zugefügt, aber sie blutete stark.

Suzanna stieß einen Seufzer der Erleichterung aus. Als sie die sich nähernden Schritte Jeannes hörte, richtete sie sich mühsam wieder auf und griff nach ihrer Waffe. Ihr wurde schwindelig, alles verschwamm vor ihren Augen, nur Jeannes Schritte hallten, seltsam langsam geworden, in ihrem Kopf wider. Am ganzen Körper von Schweiß bedeckt und trotzdem vor Kälte zitternd, starrte sie die Tür an. Warum kam Jeanne nicht zurück? Sie konnte ihre Augen nicht mehr offen halten …

Als sie sie wieder öffnete, stand Jeanne da. Lässig lehnte sie an der Wand und musterte ihre Gefangene provozierend. Und wieder deutete Suzanna mit der Spitze ihres Dolchs auf ihren Bauch, doch sie erntete nur höhnisches Lachen.

»Nur zu, meine Schöne! Schlitz dir den Bauch auf!«, spottete Jeanne. »Worauf wartest du noch? Fehlt dir der Mut? Ich warte …«

Suzannas Hand fing an zu zittern. Sie ahnte, dass sie mit ihrer Drohung nichts erreichen würde. Und als Jeanne mit leicht tänzelnden Schritten auf sie zuging, begriff Suzanna, dass sie das Spiel verloren hatte. Sie schloss die Augen, und dicke Tränen liefen ihr über die Wangen.

»Gib mir endlich dieses spitze Ding, du kleiner Dummkopf«, flötete Jeanne zuckersüß. »Du wirst dir damit noch wehtun.«

Suzanna schluchzte jetzt. Diese Revolte hatte sie ihre letzten Kräfte gekostet. Sie war erschöpft, zu Tode erschöpft. Alles war vorbei. Sie würde mutterseelenallein in diesem finsteren Loch neben einem stinkenden Leichnam sterben.

Ihre Hand umfasste entschlossener den Griff ihres improvisierten Dolches. Wozu sollte sie noch die ihr bleibenden Wochen dahinvegetieren? Sie wusste, dass Jeanne sie töten würde, sobald sie entbunden hatte. Und ihr Kind würde sie niemals sehen. Und dieses Kind würde niemals wissen, dass sie seine Mutter war, sondern sich immer für Jeannes Kind halten.

Dieser Gedanke war ihr unerträglich. Sie öffnete halb die Augen, konnte wegen der Tränen aber kaum etwas sehen und nahm ihre Peinigerin nur als Silhouette wahr. Da atmete sie tief ein und stieß die Spiegelscherbe tief in das weiche Fleisch ihres Bauchs.

Dann wurde es Nacht um sie.

dreiundzwanzig

Der kleine Laden lag in einer Sackgasse, einer schmalen mit Kopfstein gepflasterten Straße, die den Fußgängern vorbehalten war. Alles in diesem Sträßchen erinnerte an längst vergangene Zeiten, so auch die altmodische Türglocke, die ertönte, wenn ein Kunde dieses Geschäft betrat, das eher ein Kramladen war.

Jeanne überprüfte zum dritten Mal die verwitterte Inschrift HARLEKIN über dem Geschäft, ehe sie zögernd die drei Stufen ins Souterrain hinunterging.

Im Innern herrschte ein seltsames Chaos, wie auf einem Flohmarkt oder einem längst vergessenen Dachboden, auf dem die Bewohner des Hauses im Laufe der Jahrzehnte allen möglichen Krempel aufbewahren. Trotzdem hatte es den Anschein, als könnte ein Kunde in dem kleinen Laden alles finden, was er für eine Verkleidung brauchte.

Auf Regalen lagen Masken, Hüte, Schals, Perücken, falsche Nasen, Bärte und Schnurrbärte. Körbe enthielten alle möglichen Schminkutensilien, Schmuckstücke und Orden oder Auszeichnungen aller Art sowie Brillen. Die gegenüberliegende Wand schmückten Theater- und Kinoplakate aus einer längst vergangenen Epoche.

Jeanne ließ den Blick über die Plakate wandern, bis sie eins näher betrachtete, weil es gerahmt war und deshalb wohl besondere Aufmerksamkeit verdiente.

Beim ersten flüchtigen Anschauen fand sie die Farben darauf geschmacklos. Die obere Partie war orangefarben und die untere grün. In der Mitte war eine junge Frau mit einem Champagnerglas in der Hand abgebildet, die den Betrachter mit den Augen eines erschreckten Rehs ansah.

Oben standen – in roten, weiß umrandeten Buchstaben geschrieben – die Namen der Hauptdarsteller in einem Film von Alfred Hitchcock: *The Lady Vanishes – Eine Dame verschwindet*, aus dem Jahr 1938.

Ein kalter Schauer lief Jeanne über den Rücken, und sie drehte sich schnell um, als hätte der Blick Margaret Lockwoods plötzlich etwas Anklagendes.

»*Das ist nichts als ein Zufall, ein reiner Zufall*«, murmelte die ihr vertraute Stimme in Jeannes Ohr. Doch das Unbehagen, das sie seit dem Betreten dieses Ladens empfand, wurde noch größer.

Sie ging ein paar Schritte weiter den schmalen Gang entlang und kam in einen größeren Raum, in dem auf Ständern Kleidungsstücke aus allen möglichen Epochen und für alle möglichen Gelegenheiten hingen. Wie im Fundus eines Theaters gab es dort Anzüge, Kostüme, Ensembles, Abendkleider, alle möglichen Uniformen, Krinolinen, ja sogar Lumpen. Der Raum war so voll gestopft, dass viele Kostüme gestapelt auf dem Boden lagen.

Missmutig ließ Jeanne die Augen über das unübersichtliche Angebot wandern, denn inzwischen schien es ihr ausichtslos, das zu finden, wonach sie suchte. Nervös geworden, stand sie herum und wartete darauf, bedient zu werden.

Nach zwei oder drei Minuten war noch immer niemand erschienen, und sie wollte sich schon verärgert zum Gehen wenden, als sie in ihrem Rücken ein Geräusch hörte. Sie drehte sich um und sah einen etwa sechzigjährigen Mann hinter einem Vorhang hervortreten. Seine Haut war so schwarz wie Ebenholz. Beim Anblick dieses Mannes schrak Jeanne unwillkürlich zusammen.

»Ja? Was wünschen Sie?«, fragte der Mann unhöflich.

Zu ihrer großen Überraschung hatte er überhaupt keinen Akzent, er sprach ein gepflegtes Französisch. Was sie noch mehr ärgerte.

»Ich bin auf der Suche nach einem ganz besonderen Accessoire, habe aber kaum Hoffnung, es hier zu finden«, antwortete sie in arrogantem Ton, um die Überlegenheit ihrer sozialen Stellung zu demonstrieren.

»Um was für ein Accessoire handelt es sich?«, fragte der Mann, ohne auf die Verachtung in der Stimme seiner Kundin einzugehen.

Jeanne musterte den Mann, und als sie seinem Blick begegnete, musste sie erkennen, dass er ihr gewachsen war.

Sie räusperte sich verwirrt, ehe sie fortfuhr: »Es handelt sich um eine ganz spezielle Prothese … aus Gummi oder einem ähnlich elastischen Material … Kurzum, ich brauche einen falschen Bauch, um dicker zu erscheinen als in Wirklichkeit.«

Der Mann sah Jeanne an, als würde sie etwas Obszönes verlangen. Sein Blick flößte ihr immer mehr Unbehagen ein.

»Mir wurde gesagt, dass ich … dass ich dieses Ding hier finden könne«, sagte sie, um das peinliche Schweigen zu überbrücken.

»Dann wurden Sie richtig informiert.«

Mit diesen Worten drehte er sich um und verschwand hinter einer kleinen Tür, die Jeanne bisher nicht bemerkt hatte.

Sie wartete und wollte gerade wieder gehen, als der Schwarze mit einem Päckchen in der Hand wieder erschien.

»Ich glaube, das ist das Gewünschte«, sagte er, völlig gleichgültig.

Als Jeanne das Päckchen auspackte, sah sie sofort, dass sie gefunden hatte, wonach sie suchte.

Das »Accessoire« bestand aus einer ovalen, fleischfarbenen Tasche aus Latex, die mit einem Gurtband versehen war. Man band sich das Ding um die Taille und füllte es mit einem weichen Material – je nach gewünschter Größe –, um den Eindruck zu erwecken, man hätte einen dicken Bauch.

Jeanne war so glücklich über ihren falschen Bauch,

dass sie einen kleinen Freudenschrei ausstieß; ein unmögliches Verhalten, gemessen an ihrer vorherigen Arroganz.

Der Mann sah sie verwundert an, und als sie sich dessen bewusst wurde, kehrte sie zu ihrer früheren Attitüde zurück.

»Das ist genau das, was ich gesucht habe«, sagte sie kalt. »Wie viel bin ich Ihnen schuldig?«

Der Schwarze antwortete nicht, sondern betrachtete sie weiter, als wäre sie eine Außerirdische.

»Was starren Sie mich so an?«, sagte sie verächtlich. Sie wollte den Mann in seine Schranken weisen.

»Das macht fünfundzwanzig Euro, Madame«, antwortete der Schwarze, ohne seinen wissenden Blick von ihr abzuwenden.

Aus der Fassung gebracht, nahm Jeanne ihr Portemonnaie aus ihrer Handtasche und öffnete es nervös. Dann hielt sie dem Mann eine Fünfzig-Euro-Note hin. Ehe er das Geld nahm, ergriff er ihre Hand und zwang sie, ihn anzusehen.

Dies war ein Augenblick reiner Magie – eine Sekunde, in Ewigkeit erstarrt – ein Moment, den sie niemals vergessen würde.

Jeanne las Verständnis in den Augen dieses Mannes, und das erschütterte sie zutiefst. Den Bruchteil einer Sekunde hatte sie das dringende Bedürfnis zu reden, sich von dieser für sie zu schwer gewordenen Bürde zu befreien. – Das Bild Edwiges in ihrem Todeskampf tauchte vor ihrem geistigen Auge auf, ihr schmerzverzerrter Mund, der um Erbarmen flehte. Und aufs Neue spürte sie diese entsetzliche Einsamkeit, wie eine Zwangsjacke, die sie jeglichen Lebens beraubte.

Als der Mann den Druck seines Griffs verstärkte, war es Jeanne, als könnte sie in seinen Augen lesen, dass er um ihr Leiden und ihr Geheimnis wusste, und ihr anbot, sich ihm anzuvertrauen und diese schwere Last mit ihm zu teilen.

Fast hätte sie geweint.

Doch dann schloss sie schnell die Augen, um diesem Zauber nicht zu verfallen – oder sollte sie sich ihm hingeben, diesem köstlichen Gefühl, endlich jeder Verantwortung ledig zu sein? Nicht mehr vor einer grausamen Wirklichkeit fliehen zu müssen?

Jeanne war es so müde, immer eine Rolle spielen zu müssen, auf Kommando glücklich zu erscheinen und erleben zu müssen, dass jeder ihrer Sätze auf die Goldwaage gelegt oder mit einem spöttischen Lächeln quittiert wurde. Sie hasste den Klatsch und die üble Nachrede, die nichts als eine Quelle von Scham und Demütigungen waren.

Doch vor allem hatte sie eine unheimliche Angst, ein Niemand zu werden, praktisch nie existiert zu haben. Früher einmal war sie schön und begehrenswert gewesen. Sie hatte die Blicke aller Männer auf sich gezogen und die Eifersucht der meisten Frauen provoziert. Früher einmal, das war schon lange her, hatte sie ihren Körper geliebt, den perfekten Körper eines schönen jungen Mädchens, das von der Natur verwöhnt worden war.

Doch heute musste sie um ihr Glück kämpfen, ein Glück, das man ihr gestohlen hatte. Und nichts erinnerte sie noch an die begehrenswerte junge Frau.

Und dieser Bauch, den sie sich heimlich kaufte, dieses Baby, das sie vorgab zu erwarten, das alles kam ihr plötzlich absurd vor, verückt und ohne Sinn.

Wie gerne hätte sie zu der Unbeschwertheit ihrer Jugend zurückgefunden, ehe sie sich verkauft hatte. Warum nur waren ihr Geld und Luxus derart wichtig gewesen?

Jeanne fand keine Antworten auf die Fragen mehr, die sie noch vor ein paar Minuten hätte beantworten können. Und dennoch: Sie hatte gemordet, zwei Menschen aus dem einzigen Grund getötet, um weiter im Luxus zu leben und mehr zu scheinen als zu sein.

»*Jeanne, du richtest uns zu Grunde. Du stürzt uns ins Verderben. Wach auf!*«, flüsterte die kleine Stimme in ihr Ohr. »*Das Schlimmste hast du bereits hinter dir. Jetzt darfst du nicht aufgeben, du darfst dich nicht gehen lassen! Mach die Augen auf. Was siehst du? Einen alten schwarzen Mann, den du für seine Ware bezahlen musst. Nimm deinen Bauch und geh. Dein Baby wartet auf dich. Dein Sohn schlummert irgendwo im Bauch der Erde. In dieser Mutter Erde, die dich eines Tages für ewig in ihren Schoß aufnehmen wird. Geh jetzt und genieße die Früchte deiner Arbeit … Jeanne, mach die Augen auf, mach die Augen auf …*«

Die kleine Stimme hatte sie aus ihrer Erstarrung geweckt. Sie öffnete die Augen und merkte zu ihrem maßlosen Erstaunen, dass sie ganz nahe vor dem schwarzen Mann stand und ihr Kopf an seiner Brust ruhte. Ihre Körper berührten sich leicht, und sie konnte seinen Duft einatmen. Wie und ob sie sich ihm genähert hatte – Jeanne wusste es nicht. Er hielt noch immer ihr Handgelenk umfasst, ihr zerbrechliches Handgelenk, das völlig von seiner starken schönen schwarzen Hand bedeckt wurde.

Sie wich entsetzt zurück und befreite ihre Hand mit herrischer Geste aus seinem Griff, wobei sie die Banknote fallen ließ. Dann entriss sie ihm das Päckchen und floh aus dem Laden. An der Tür hörte sie den Mann rufen.

»Nein! Madame, warten Sie … Madame, Sie haben etwas vergessen … Warten Sie …«

Ohne einen Blick zurück hastete Jeanne die drei Stufen hoch und rannte über das Kopfsteinpflaster, als wäre der Teufel hinter ihr her.

Der Schwarze in seinem Laden vervollständigte seinen Satz indessen wie zu sich selbst: »… Sie haben Ihr Wechselgeld vergessen.«

Dann bückte er sich und hob kopfschüttelnd die Banknote auf.

vierundzwanzig

Erst nach mehreren Versuchen gelang es Jeanne, sich ihren falschen Bauch so umzuschnallen, dass sie mit dem Resultat zufrieden war. Denn es kam nicht nur darauf an, dass er perfekt aussah, sondern er musste auch bei einer Berührung sowohl gespannt als auch nachgiebig sein, ohne zu verrutschen.

Jetzt stand sie vor ihrem Ankleidespiegel im Schlafzimmer und lächelte zufrieden. Ihre neue Figur gefiel ihr außerordentlich gut. Mit einer fast artistischen Verrenkung gelang es ihr, den Reißverschluss auf dem Rücken ihres neuen Abendkleides hochzuziehen.

Noch eine ganze Weile stand sie vor dem Spiegel, drehte und wendete sich und konnte sich gar nicht genug bewundern. Die Täuschung war perfekt! Niemand käme auf den Gedanken, dass diese weiche Wölbung unter dem fließenden Stoff ihrer eleganten Robe nicht das Resultat einer Schwangerschaft, sondern elastischer Textilien war.

Dann korrigierte sie ihre Haltung und probte jenen für Schwangere typischen Watschelgang, den Rücken durchgedrückt und die Füße nach außen setzend – wie eine Ente. So defilierte sie wie ein Model auf dem Catwalk mehrmals in ihrem Zimmer hin und her …

Jeanne war glücklich. Denn jetzt war sie in die Haut einer jener Frauen geschlüpft, die sie immer beneidet hatte – sie hatte nun den Status einer Schwangeren und künftigen Mutter.

Noch einmal schenkte sie ihrem Spiegelbild ein Lächeln, blies eine vorwitzige Strähne ihres kurzen Ponys aus der Stirn und zog ihre Pumps an. Noch zwei, drei Tropfen Parfüm hinter die Ohrläppchen, und sie war fertig. Sie nahm ihre Handtasche und ging beschwingten Schritts aus ihrem Zimmer.

Vor dem Haus wartete bereits der Chauffeur mit der gemieteten Limousine. Als er sie kommen sah, stieg er beflissen aus und öffnete ihr die Tür des Fonds. Dann setzte er sich ans Steuer, startete den Motor, und der Wagen setzte sich mit einem leisen Schnurren in Bewegung. Über den Dächern von Paris ging eine blutrote Sonne unter und tauchte die Stadt in ein gespenstisches Licht.

Der Chauffeur hielt vor dem Domizil von Marie-Bérengère Beaucarmé, öffnete den Schlag und geleitete seine Kundin zum Eingang des luxuriösen Wohngebäudes. Der Portier drückte den obersten Knopf, und sie fuhr mit dem Lift ins Penthaus ihrer Bekannten. Dort wurde sie mit der von ihr erwarteten Aufmerksamkeit empfangen – mehr noch, ihr Erscheinen erregte Aufsehen.

Die Hausherrin eilte unverzüglich zu Jeannes Begrüßung herbei, hakte sie unter und geleitete sie durch ihre weiträumige Wohnung hinaus auf die in einen blühenden Garten umfunktionierte Terrasse, von der aus man einen atemberaubenden Blick auf Paris hatte.

»Jeanne! Sie sehen phantastsich aus! Diese neue Frisur! Man erkennt Sie ja kaum wieder! Sie sehen zehn Jahre jünger aus!«, log Marie-Bérengère schamlos und musterte ihren Gast mit vorgetäuschter Begeisterung. Dann erkundigte sie sich nach Jeannes Befinden und machte ihr milde Vorwürfe, weil sie so lange nichts habe von sich hören lassen …

»Wir alle haben uns wahnsinnige Sorgen Ihretwegen gemacht, liebste Jeanne! Seit Richards Tod schienen sie wie vom Erdboden verschwunden. Niemand wusste, wie es Ihnen geht, ob die Schwangerschaft Ihnen gut tut. Aber jetzt sehe ich ja mit eigenen Augen, dass Sie gesund sind. Und was macht das Kind? Nun, ihm wird's ebenso gehen wie seiner Mama. Wird es ein Junge oder ein Mädchen?«

»Natürlich ein Junge!«, antwortete Jeanne im Brustton der Überzeugung.

»Aber das ist ja phantastisch!«, jubelte Marie-Bérengère. »Das wird sicher ein kleiner Richard. Bestimmt wird er seinem Vater aufs Haar gleichen«, fügte sie hinzu und warf Jeanne einen verstohlenen Blick zu.

»Ich hoffe allerdings, dass er seiner Mutter nicht ähnlich sehen wird«, entgegnete Jeanne in demselben snobistischen Tonfall.

Sie merkte sofort, dass sie einen Schnitzer gemacht hatte, und fügte schnell lachend hinzu: »Das heißt, es wäre schön, wenn ich Richard in ihm wieder fände … Das würde meinen Schmerz um vieles lindern.«

»Meine arme Liebe! Wenn ich bedenke, was Sie haben durchmachen müssen. Kommen Sie, amüsieren Sie sich etwas: Alle unsere Freunde sind hier.«

Die beiden Frauen waren während ihrer Unterhaltung weiter geschlendert und kamen jetzt zu einem mit spanischen Fliesen ausgelegten Patio, an dessen Wänden sich blühende Pflanzen emporrankten. Auf der sich anschließenden, ebenfalls bewachsenen Terrasse standen schon gedeckte Tische vor der schmiedeeisernen Brüstung.

Ein Kellner bot Jeanne ein Glas Champagner an, ein zweiter reichte Petits Fours auf einem silbernen Tablett.

Als Jeanne die Terrasse betrat, richteten sich alle Augen auf sie und wanderten dann schnell nach unten, auf die Wölbung ihres Bauchs.

Während Jeanne plaudernd von einer Gruppe zur anderen ging, machte sie eine merkwürdige Feststellung: Einer Schwangeren sieht niemand mehr in die Augen. Nur der Bauch scheint die Leute zu interessieren. Was ihr eigentlich nicht missfiel. Also schob sie ihr Becken noch etwas mehr vor, um die Rundung ihres Bauchs besser zur Geltung zu bringen. So bewegte sie sich ungezwungen zwischen Marie-Bérengères Gästen, die sie fast alle ihrer Freundschaft versicherten und sich nach ihrem Befinden erkundigten …

Noch nie hatte Jeanne in dieser Gesellschaft so viel Wertschätzung und Respekt erfahren; denn früher hatte sie für diese Leute ja nur als Richards Frau existiert, während sie heute als Mensch wahrgenommen wurde. Sie war nicht mehr Madame Richard Tavier, sondern die Witwe Tavier!

Welch himmlische Erfahrung, auf einmal im Mittelpunkt des Interesses dieser reichen und snobistischen Bourgeoisie zu stehen …

Jeanne nahm mit dem strahlenden Lächeln der werdenden Mutter die Komplimente entgegen. Manchmal sprach sie von Richard und erzählte jedem, der es gern hören wollte, dass allein sein Kind ihr die Kraft und den Mut zum Weiterleben gebe.

Außerdem machte sie noch eine seltsame Erfahrung: Viele Menschen hatten das Bedürfnis, ihren Bauch zu berühren, oder auf andere Weise in körperlichen Kontakt mit ihr zu treten, so als brächte das Berühren einer Schwangeren Segen. Und diese Berührungen geschahen mit einer Vertraulichkeit, die sich die Leute sonst niemals erlaubt hätten.

Anfangs hatte Jeanne diese forcierte Nähe erschreckt, denn sie glaubte, wenn jemand ihren Bauch berührte, könnte er gleich ausrufen: »Aber das ist ja gar kein richtiger Bauch!«

Doch da niemand Verdacht zu schöpfen schien, gewann sie bald ihre Selbstsicherheit wieder.

So verging die Soiree für Jeanne zunächst auf sehr angenehme Weise. Sie genoss ihren Zustand – bis zu dem Moment, wo sie vor einer Person stand, deren Existenz sie am liebsten aus ihrem Gedächtnis gestrichen hätte.

Aber der Mann verbeugte sich vor ihr und begrüßte sie höflich.

»Maître Lombaris!«, rief Jeanne und hätte sich fast an einem Petits Fours verschluckt. »Welche Überraschung! Ich hatte nicht erwartet, Sie hier anzutreffen.«

»Meine liebe Madame Tavier«, antwortete der Notar in leicht hochmütigem Tonfall. »Was meine Person betrifft, so bin ich besonders erfreut, Sie zu sehen«, fuhr er geschraubt fort. »Aber wie mir scheint, hören Sie das Klingeln des Telefons nicht mehr, und Ihre Post scheinen Sie ebenfalls nicht zu öffnen.«

»Meine Post?«, fragte Jeanne aufrichtig überrascht. »Ich … das verstehe ich nicht.«

»Seit mehr als einem Monat versuche ich nun, mit Ihnen in Kontakt zu treten. Ich muss Sie über gewisse Dinge unterrichten, die das Testament Ihres verstorbenen Gatten betreffen …«

Sofort griff ein dumpfes Angstgefühl Besitz von Jeanne. Nie hatte sie daran gedacht, ihren Briefkasten zu leeren, denn seit Jahrzehnten hatten sich Dienstboten um derlei Dinge gekümmert und ihr jeden Morgen zum Frühstück die Post auf den Tisch gelegt. Seit Richards Tod war ihr nicht einmal in den Sinn gekommen, dass Post an sie gerichtet sein könnte.

Schnell sah sie sich jetzt um, um herauszufinden, ob jemand in Hörweite war und Interesse für ihr Gespräch mit dem Notar zeigte. Das schien glücklicherweise nicht der Fall zu sein.

»Ich hatte die letzte Zeit entsetzlich viel zu tun«, flüsterte sie, als gestehe sie ein Verbrechen. »Doch in den nächsten Tagen bin ich etwas freier. Dann könnten wir uns sehen.«

»Das ist nicht nötig, meine Teure. Was ich Ihnen mitzuteilen habe, ist eher inoffizieller Natur. Vielleicht haben Sie heute Abend ein paar Minuten übrig, die Sie mir widmen können?«

»Das heißt …«, fing Jeanne an und biss sich auf die Unterlippe, denn sie hatte überhaupt keine Lust, sich mit dem Erbe der Taviers zu befassen, vor allem nicht hier. »Ich würde es vorziehen, Sie in Ihrem Büro aufzusuchen … Könnten wir nicht einen Termin vereinbaren?«

»Wie Sie wünschen, meine Teure«, sagte Maître Lombaris entgegenkommend. »Vielleicht nächsten Dienstag, gegen vierzehn Uhr, in meiner Kanzlei?«

»Ja, Dienstag. Ich glaube, dass …«, sagte Jeanne, völlig aus dem Konzept gebracht. »Ich glaube, dass ich diesen Termin noch frei habe. Kann ich Sie morgen früh anrufen, um ihn zu bestätigen?«

»Darum wollte ich Sie gerade bitten«, sagte der Notar und verbeugte sich abermals. »Ich wünsche Ihnen noch einen schönen Abend, teure Freundin.« Dann stolzierte er sehr aufrecht mit steifen Schritten davon, die Hände auf dem Rücken verschränkt.

Jeanne sah ihm nach. Kalter Schweiß bedeckte ihren

Körper. Was bedeutete das? Allein der Ton, in dem er mit ihr geredet hatte … Sie glaubte unter seinem leicht ironischen Ton gewisse unausgesprochene Andeutungen herausgehört zu haben und schalt sich insgeheim: Den Termin in seiner Kanzlei musste sie unbedingt absagen und ihn zu einem Besuch in ihr Haus überreden. Dann hatte sie mehr Handlungsfreiheit, sollte sich der Wind gedreht haben.

Sie war überzeugt, dass der Notar mit ihr über ihre Schwangerschaft sprechen wollte. Vielleicht war ein Beweis erforderlich dafür, dass dieses Kind von Richard Tavier gezeugt worden war? Das Komische an dieser Geschichte war, dass normalerweise die Mutterschaft einer Frau nie in Zweifel gezogen wurde, meist ging es um die Vaterschaft. Und in ihrem Fall war der Beweis der Vaterschaft kein Problem, aber das Gegenteil hätte sie in eine sehr peinliche Situation gebracht.

Doch paradoxerweise schien niemand an ihrer Schwangerschaft zu zweifeln. Diskret korrigierte sie den Sitz ihres falschen Bauchs, der zu verrutschen drohte. Dann setzte sie sich an einen der Tische und trommelte nervös mit den Fingern.

Etwas später setzte sich Coralie Duchesne auf den Stuhl ihr gegenüber und fragte, ob sie auch nicht störe. Jeanne schüttelte nur den Kopf, aber sie dachte: Du dämliche Kuh, warum fragst du mich, ob du dich setzen darfst, wenn du bereits sitzt? Doch sie schenkte ihrem Gegenüber ein strahlendes falsches Lächeln.

»Haben Sie kürzlich Edwige gesprochen, Jeanne?«,

fragte Coralie. »Marie-Bérengère hat sie eingeladen, aber keine Antwort bekommen. Ich finde Edwiges Verhalten außerordentlich merkwürdig.«

Jeanne versteifte sich. Heute Abend schienen sich alle in den Kopf gesetzt zu haben, sie zu Tode zu erschrecken!

»Nein. Ich weiß nicht, was sie so treibt«, antwortete Jeanne mit gespieltem Desinteresse. »Ich habe sie schon seit Wochen nicht mehr gesehen.«

»Haben Sie sich etwa mit ihr gestritten? Früher einmal waren Sie beide doch unzertrennlich.«

»Früher einmal, ja ... Die Zeiten ändern sich, so ist das eben.«

Mit diesen Worten stand Jeanne auf und fügte betrübt hinzu: »Verzeihen Sie mir, Coralie. Aber ich bin heute Abend sehr müde. Ich glaube, ich gehe jetzt lieber.«

Ohne auf eine Antwort zu warten, drehte Jeanne sich um und verschwand in der Menge der Gäste. Als sie außer Sichtweite war, stand auch Coralie auf und machte sich auf die Suche nach der Gastgeberin. Sie fand sie in einer Ecke, wo sie sich im Kreis ihrer Freundinnen in Szene setzte.

Coralie winkte Marie-Bérengère zu sich und flüsterte ihr dann ins Ohr: »Ich habe gerade mit Jeanne gesprochen. Sie verheimlicht uns etwas. Da bin ich mir ganz sicher. Als ich sie fragte, ob sie etwas von Edwige gehört habe, hat sie sofort die Flucht ergriffen.«

»Das bestätigt meinen Verdacht«, entgegnete Marie-Bérengère triumphierend, als wäre sie Miss Marple persönlich. »Ich frage mich, was für ein Komplott diese beiden Scharteken zusammen schmieden, denn ich bin überzeugt, dass Edwige weiß, dass Jeannes Kind nicht von Richard ist. Vielleicht haben die beiden auch eine Beziehung, die weit über eine Freundschaft zwischen Frauen hinausgeht …«

»Nein!«, rief Coralie und riss die Augen auf. »Glaubst du wirklich, dass … Wie überaus originell! Jeanne und Edwige!«

»Nun ja, es ist immerhin möglich«, fuhr Marie-Bérengère mit verschwörerischer Stimme fort. »Weißt du noch, wie vehement Edwige Jeanne verteidigt hat? Als hätte ich ihre Tugendhaftigkeit bezweifelt. Und außerdem kann ich mir nur schwer vorstellen, dass Edwige und Robert wie Mann und Frau zusammenleben. Das alles kommt mir eher wie eine Inszenierung vor, um in unseren Kreisen nicht das Gesicht zu verlieren … Und es würde mich nicht wundern, wenn auch Robert vom anderen Ufer wäre!«

»Was! Robert auch!«, rief Coralie begeistert, mit immer größer werdenden Augen. »Aber diese Leute sind ja überall!«

»Wusstest du das nicht?«, sagte Marie-Bérengère laut. Sie hatte ihren konspirativen Flüsterton aufgegeben und sprach jetzt wieder mit dem ihr sonst eigenen hochmütigen Akzent. »Das alles ist eine Frage der Beobachtung, meine Liebe. Jedenfalls hat uns die gute

Edwige lange an der Nase herumgeführt. Dazu werde ich sie beglückwünschen, wenn ich sie das nächste Mal sehe. Und ich bin heute schon auf ihr Gesicht gespannt, wenn ich ihr sage, dass ich sie durchschaut habe.«

fünfundzwanzig

Als Suzanna aufwachte, hatte sie jegliches Zeit- und Raumgefühl verloren. Ihr Kopf war schwer, ihr Körper taub. Sie stieß ein schwaches Wimmern aus und wollte sich aufrichten, aber sie konnte kaum den Kopf heben.

Wie ein Schatten tauchte eine menschliche Gestalt in ihrem Blickfeld auf. Sie kniff die Augen zusammen. Die verschwommenen Umrisse wurden präziser: Die Unbekannte war eine ganz in Weiß gekleidete Krankenschwester mit einem Häubchen auf dem Kopf. Sie war eine hübsche Frau, mit großen braunen Augen, einem runden Gesicht und einem fein geschnittenen Mund. Sie lächelte freundlich und sprach besänftigend auf Suzanna ein, doch in einer Sprache, die sie nicht verstand.

In diesem Moment erinnerte sich Suzanna wieder an Jeanne, das Verlies, in dem sie dahinvegetiert hatte, und ihren Selbstmordversuch.

Als sie sich leicht bewegte, durchfuhr ein stechender Schmerz ihren rechten Arm. Sie achtete nicht weiter darauf, sondern ließ ihren Blick durch den Raum schweifen. Auch hier war die Decke niedrig, aber das Zimmer war sauber und möbliert – wenn auch spärlich –, und eine Lampe spendete angenehmes Licht. Ein Fenster konnte sie nicht entdecken, deshalb schloss Suzanna, dass sie sich wieder in einem Keller befand.

Aber durch welches Wunder hatte sie den Selbstmordversuch im Beisein ihrer Gefängniswärterin überlebt? Und wo war diese Verrückte jetzt? Sie musste diese Krankenschwester fragen, die sich um sie kümmerte.

Doch als sie sich nun mit präzisen Gesten an Suzannas rechtem Arm zu schaffen machte, wollte die Kranke sie nicht dabei stören. Augenscheinlich war sie jetzt erst einmal außer Gefahr, denn jemand anderer als die Verrückte pflegte sie. Der Rest war unwichtig. Deshalb verschob Suzanna die Frage auf später und fiel wieder in einen leichten Schlaf.

Sie träumte. Sie träumte von der Sonne Portugals und vom Strand in Carcavelos, wo sie ihre Ferien mit ihren Freunden und Guida verbracht hatte. Wieder fuhr sie mit dem Mofa, die Haare vom Wind verweht, die Küstenstraße entlang. Herrliche Erinnerungen an eine Zeit, die sie damals hatte hinter sich lassen wollen, um, wie sie glaubte, einer strahlenden Zukunft entgegenzugehen.

Da man ihr immer gesagt hatte, dass sie schön sei – schön wie die Sünde –, war sie zu der unerschütterlichen Überzeugung gelangt, zu den Auserwählten zu zählen, zu den Menschen, die es im Leben zu etwas bringen würden.

Und als Richard in ihr Leben getreten war, hatte Suzanna ohne Zögern ihre Chance ergriffen und war mit ihm ohne einen Blick zurück nach Paris gegangen. Hätte sie mehr erhoffen können?

Am Abend vor ihrer Abreise hatte sich ihre ältere Schwester zu ihr ins Bett gelegt. Die beiden waren sehr verschieden. Anna war groß und dünn, weder hübsch noch hässlich, aber klug und vernünftig. Sie akzeptierte die Realität ihres Lebens, worein Suzanna sich nie hatte fügen wollen. Ihre einzige Erwartung hatte darin bestanden, einen guten Mann zu heiraten und Kinder zu bekommen.

»Was machst du dir denn für Hoffnungen in Frankreich?«, hatte sie ihre Schwester gefragt.

»Alles erhoffe ich mir!«, hatte Suzanna aufgeregt geantwortet. »Alles, was es hier nicht gibt und was die Welt an Schönem zu bieten hat. Weißt du Anna, was mir passiert ist, das ist wie im Märchen. Davon habe ich schon als ganz kleines Mädchen geträumt. Hier wegzugehen, reisen, Paris entdecken, mit dem geliebten Mann leben und glücklich sein … Eigentlich hätte ich nicht geglaubt, dass mir das widerfahren würde. Und das zudem noch so schnell und mühelos. Es ist, als wäre mir das Glück in den Schoß gefallen.«

»Freu dich nicht zu früh, kleine Schwester. Wie willst du wissen, ob du da wirklich dein Glück findest? Du kennst den Mann, dem du folgst, nicht einmal. Ach, Suzanna! Ich habe Angst um dich. Und Paris gilt als gefährliche Stadt.«

»Mach dir um mich keine Sorgen, liebe Anna«, hatte Suzanna lachend geantwortet. »Morgen wird der schönste Tag meines Lebens sein. Hast du nie insgeheim gedacht, dass Gott uns allen eines Tages die Möglichkeit gibt, unser Leben zu ändern? Unsere Chance zu ergreifen? Und meine ist jetzt gekommen. Wenn ich morgen nicht weggehe, werde ich es mein ganzes Leben bereuen und unglücklich sein.«

»Ich habe Mama heute Abend weinen sehen. Hast du denn gar kein Mitleid mit ihr?«

»Wenn sie mich glücklich weiß, wird sie nicht mehr weinen. Ich schreibe euch so oft wie möglich.«

»Wir wissen ja nicht einmal, wie wir mit dir Kontakt aufnehmen können!«

»Sobald ich eine Wohnung habe, gebe ich euch meine Telefonnummer. Aber das dauert sicher eine Weile, denn am Anfang werde ich bestimmt viel zu tun haben.«

»Lass uns nicht zu lange ohne Nachricht.«

»Das verspreche ich dir, Anna.«

Wie eine Szene aus einem anderen Leben erschien Suzanna jene Unterhaltung mit ihrer Schwester vor ein paar Monaten, Lichtjahre entfernt. Der Gedanke an Anna brach ihr fast das Herz, und sie fragte sich, ob ihre Familie nach ihr suchen ließ. Doch wie sollten sie überhaupt auf die Idee kommen, dass sie gefangen gehalten wurde? Sie hatte niemanden außer Richard in Paris gekannt, also war wohl auch niemand wegen ihres Verschwindens beunruhigt gewesen.

Suzanna seufzte. Dieser Albtraum war jetzt zu Ende. Bald würde sie in ihre Heimat zurückkehren und versuchen, diese entsetzlichen Erlebnisse zu vergessen. Und ihre Eltern würden derart glücklich über ihre Heimkehr sein, dass sie ihr diesen Anflug von Größenwahn verzeihen würden. Und sie würde sich um ihr Baby kümmern …

Ihr Baby! Hatte ihr Kind den Suizidversuch überlebt?

Suzanna öffnete schnell die Augen und sah zufrieden, dass sich ihr Bauch unter der Bettdecke wölbte. Sie war so erleichtert, dass sie leise lachte und versuchte, sich etwas aufzurichten.

Sofort eilte die Krankenschwester zu ihr und stützte sie, wobei sie beruhigend in einer fremden Sprache auf ihre Patientin einredete. Zunächst fand Suzanna das verwirrend, doch dann störte sie sich nicht weiter daran: Ob Französisch oder ein anderes Idiom, was machte das schon für einen Unterschied?

Wieder ließ sie den Blick durch ihr Krankenzimmer wandern und wurde dieses Mal von einem leichten Unbehagen ergriffen. Was war das für ein seltsames Hospital, das über Zimmer im Keller verfügte? Und das Mobilar war auch ungewöhnlich. Ihrem Bett gegenüber stand ein Feldbett und in einer Ecke auf einem Tischchen ein Gaskocher, wie man ihn beim Camping benutzt.

Suzannas Unbehagen wuchs. Mit Handzeichen versuchte sie der Krankenschwester klar zu machen, dass sie telefonieren wollte. Doch die junge Frau schüttelte nur den Kopf. Warum durfte sie nicht telefonieren? Eine schreckliche Ahnung beschlich sie. War sie wirklich gerettet? Oder war dieser Raum vielleicht einer der vielen Kellerräume, an denen die Verrückte sie vorbeigeführt hatte, als sie sie in das Verlies sperrte? Und warum war diese Krankenschwester Ausländerin?

Suzanna wurde immer unruhiger, und mit wachsender Angst fing ihr Herz heftig an zu schlagen. Ihren linken Arm konnte sie frei bewegen, aber mit dem rechten hatte sie Schwierigkeiten, und er schmerzte. Sie hob den Kopf, sah ihre Schulter, die Krümmung des Ellbogens, die sich spitz unter dem Laken abzeichnete, und dann etwas Unförmiges, Längliches.

Unwillkürlich schrie sie auf. Die Krankenschwester zuckte zusammen und eilte an das Bett ihrer Patientin.

»*Meu braço! Ô que fizeram do meu braço?*«, wiederholte Suzanna immer wieder schluchzend und warf sich im Bett hin und her.

Die Schwester versuchte vergeblich, Suzanna zu beruhigen. Schließlich drückte sie auf den Klingelknopf, der über dem Bett hing.

Kurz darauf erschien Jeanne im Zimmer, das Gesicht zu einer Maske erstarrt, die Augen eisige Kälte ausstrahlend.

Als Suzanna ihre Peinigerin erblickte, erstarrte sie und hielt den Atem an. Das Blut gefror ihr in den Adern, als stünde der Leibhaftige vor ihr.

Doch als die Schwester sich zu ihrer Arbeitgeberin umdrehte, um sie um Hilfe zu bitten, lächelte Jeanne entgegenkommend.

»*Ô que fizeram do me braço?*«, klagte Suzanna noch einmal.

»Meine arme Kleine!«, säuselte Jeanne. »Das Aufwachen tut immer weh, nicht wahr?«

Sie lachte, wie um dem Ganzen nicht so viel Bedeutung beizumessen.

»Das hast du dir selbst zuzuschreiben, meine Schöne. Wie konntest du nur meinem Baby etwas Böses antun wollen? Aber Edwige hat mich auf eine glänzende Idee gebracht. Natürlich ohne es zu wissen«, fügte sie, fast bedauernd hinzu. »Denn da, wo sie jetzt ist, ist sie wohl kaum noch in der Lage, zu welchen Themen auch immer ihre Meinung abzugeben.«

Jeanne sprach in ruhigen und besänftigenden Tönen, damit die Krankenschwester, die offensichtlich des Französischen nicht mächtig war, glaubte, sie wolle Suzanna trösten.

»Edwige war vom Kino geradezu besessen, wusstest du das? Manchmal schaute sie sich an einem Tag zwei oder drei Filme an. Und wenn ein Film sie besonders beeindruckte, erzählte sie mir in ephischer Breite davon. Und da fiel mir dieser Film ein. Es war die Geschichte eines Mannes, dem ein Bein amputiert wurde, damit er nicht mehr hinter den Weibern herrennen konnte, oder so was Ähnliches. Raffiniert, nicht? Und irgendwie symbolisch«, begeisterte sich Jeanne. »Jedenfalls eine radikale Lösung. Ich muss zugeben, mir fehlte der Mut, zu einer derart drastischen Methode zu greifen. Aber etwas Entsprechendes musste es sein. Als mir mitgeteilt wurde, dass du außer Lebensgefahr seist und das Kind ebenfalls, habe ich über eine Möglichkeit nachgedacht, wie ich dich daran hindern könnte, noch einmal eine solche Unsinnstat zu begehen. Und die perfekte Lösung meines Problems gefunden.

Nach deinem Selbstmordversuch musste ich dich ins Krankenhaus bringen lassen. Natürlich nicht in ein öffentliches, o nein! Doch glücklicherweise kenne ich eine Privatklinik, in der die Patienten mit absoluter Diskretion rechnen können. Ich habe dich dort als meine Nichte ausgegeben, natürlich unter einem falschen Namen.

Anfangs warst du nicht in der Lage, mir zu widersprechen. Und du hast sehr lange gebraucht, bis du aus der Narkose wieder aufgewacht bist. Glücklicherweise war deine Verletzung nur oberflächlich, und der Fetus ist unverletzt geblieben. Ehe du wieder zu dir gekommen bist, habe ich dich mit Erlaubnis des Arztes hierher bringen lassen. Das geschah nur unter der Bedingung, eine Krankenschwester einzustellen. Du siehst, ich scheue keine Kosten, wenn es um dein Wohl geht, denn den Chefchirurgen musste ich ebenfalls weit über das übliche Privathonorar hinaus … Aber dafür war der gute Mann sehr verständnisvoll und er wird sich hüten, auch nur ein Sterbenswörtchen fallen zu lassen …

Als du zurückkamst, habe ich dich in diesen Raum gebracht, den ich während deiner Abwesenheit renovieren ließ. Leider hatte ich weder Zeit noch die Mittel, eine Toilette einbauen zu lassen. Deswegen musst du dich mit einem Nachttopf begnügen. Aber wir haben fließend Wasser. Das muss genügen. Aber wie heißt's so schön bei uns: Der Krieg schlägt Wunden. Aber das Allerbeste kommt noch, meine Liebe. Sieh mal!«

Jeanne ging zur Tür, oder jedenfalls auf die Öffnung zu, die auf den Hauptgang des Kellergewölbes führte. Denn die Öffnung besaß keine Ausschrägung und erst recht keine Tür. Es sah eher so aus, als hätte man ein Rechteck direkt in die Wand hineingeschnitten.

Jeanne hob die rechte Hand, und die Wand glitt geräuschlos bis zum gegenüberliegenden Mauerwerk. Das Zimmer war hermetisch abgeschlossen, und einen anderen Ausgang gab es nicht.

»Ich das nicht phantastisch?«, rief Jeanne begeistert. »Sollte jemand auf dem Gang im Keller sein, hat er keine Ahnung, dass sich ein Raum von dieser Größe hinter diesen Mauern verbirgt. Dieses Versteck verdanken wir Richards Großvater und seinem Patriotismus. Es lebe Frankreich! Zwar war der Mechanismus etwas verrostet, aber die Arbeiter, die den Raum renovierten, haben auch das repariert. Jetzt kann uns niemand mehr überraschen. Ist das nicht eine gute Nachricht?«

Jeanne strahlte geradezu vor Glück, so als hätte sie Suzanna eben eine blendende Zukunft eröffnet. Beschwingt ging sie jetzt zum Bett ihrer Gefangenen und sprach in demselben freundschaftlichen Ton weiter.

»Dann habe ich Irina als deine Pflegerin engagiert. Irina ist wunderbar, außerdem ist es von großem Vorteil, dass sie weder Französisch noch Portugiesisch spricht. Sie ist Rumänin. Und natürlich lebt sie illegal hier, was die Dinge sehr viel einfacher macht. Ich habe ihr zu verstehen gegeben, dass du deinem Leben ein Ende machen wolltest und jederzeit bereit seist, den Versuch zu wiederholen. Dass du somit auch eine Gefahr für das Leben deines Kindes bist. Und sie ein Auge auf dich haben müsse. Dann habe ich ihr gesagt, dass du ebenfalls Ausländerin und illegal hier bist und ich dich verstecke, damit du dein Kind in Frankreich bekommen kannst.

Anfangs hat sie sich nur tagsüber um dich gekümmert und ist abends nach Hause gegangen. Also war es ganz einfach für mich, frühmorgens mit der Operation ›Unterarm‹ zu beginnen. Das heißt, ich habe diese Geschichte natürlich als einen neuen Suizidversuch dargestellt. Das verstehst du doch? Du warst noch immer nicht wach, und eine kleine zusätzliche Narkose – natürlich eine unschädliche Dosis für das Baby – hat dich in einen Tiefschlaf versetzt. Du hast gar nichts gespürt, oder?

Irina hat dich gefunden und geglaubt, du hättest versucht, dir die Vene zu öffnen, wobei du gestürzt bist und dir die Hand gebrochen hast. Ich habe Irina klar gemacht, dass ich dich auf keinen Fall in die Klinik zurückbringe, weil die Ärzte gedroht haben, das Kind abzutreiben, solltest du noch einen Selbstmordversuch unternehmen. Das ist natürlich völliger Blödsinn, aber Irina hat es mir geglaubt.

Und sie hat sehr schnell begriffen, dass es in ihrem Interesse liegt, keine Fragen zu stellen. Dann hat sie mir zu verstehen gegeben, dass sie die Wunde nähen und den Arm eingipsen muss. Es war wirklich ein böser Schnitt, aber ich bin für derlei Dinge nicht sonderlich begabt. Und der Knochen lag blank, ich muss wohl zu heftig auf dein Handgelenk eingeschlagen haben. Überall war Blut. Eine richtige Sauerei.

Jedenfalls blieb uns nicht mehr viel Zeit. Wir mussten handeln, und Irina hat sich als sehr kompetent erwiesen. Wenn du hättest sehen können, wie gut sie mit Nadel und Faden umgehen kann! Bewundernswert! Eine wahre Perle …«

Wie das Kaninchen die Schlange, hatte Suzanna sie voller Entsetzen während ihrer langen Tirade angestarrt.

Da Irina glaubte, ihre Arbeitgeberin spreche der Patientin Mut zu, wischte sie ihr jetzt mit fast zärtlichen Bewegungen die nasse Stirn ab und redete beruhigend in ihrer Muttersprache auf Suzanna ein.

»Eine Schwangerschaft deformiert nun mal den Körper einer jeden Frau«, sagte Jeanne, fast gerührt und seufzte. »Aber mach dir nichts draus. Der Gips kommt bald wieder ab, und es bleiben nur ein paar Narben zurück. Bist du denn nicht froh, dass wir dir das Leben gerettet haben?«

sechsundzwanzig

»Bitte, geben Sie mir Maître Lombaris.«

»Wer möchte ihn sprechen?«, fragte die arrogant klingende Stimme der Angestellten.

»Jeanne Tavier«, antwortete Jeanne ebenso arrogant.

»Und um was handelt es sich?«

»Etwas Persönliches.«

Das hatte gesessen!

»Einen Moment, bitte.«

Zu den Klängen von Vivaldis *Vier Jahreszeiten* äffte Jeanne die Tussi nach, mit der sie gerade am Telefon gesprochen hatte, und zwinkerte sich komplizenhaft im Spiegel zu.

»Madame Tavier? Wie geht es Ihnen?«, tönte die Stimme des Notars in ihr Ohr. »Mein Gott! Ich bin zutiefst erschüttert. Erst vorhin habe ich davon erfahren. Wissen Sie schon etwas Neues?«

Jeanne hatte keine Ahnung, wovon der Mann sprach, und fragte schließlich: »Wovon reden Sie eigentlich?«

»Sie … Sie wissen es noch nicht?«

»Ich weiß nicht, wovon Sie sprechen.«

»Ihre Freundin … Ihre Freundin Edwige … Sie ist

verschwunden … Und die Kidnapper haben sich noch immer nicht gemeldet.«

»Kidnapper?«

Jeannes Herzschlag setzte kurz aus. Dann riss sie sich zusammen und versuchte, so zu reagieren, wie es von ihr erwartet wurde.

»Mein Gott! Das ist ja entsetzlich!«, rief sie verstört. »Das wusste ich nicht. Aber wieso …«

»Marie-Bérengère Beaucarmé hat mich gerade angerufen. Die Polizei hat sie befragt, weil sie eine der letzten Personen zu sein scheint, die Edwige gesehen haben. Und ihr Mann ist einer der Hauptverdächtigen, weil er das Verschwinden seiner Frau nicht angezeigt hat. Was für eine Geschichte!«

»Aber das ist ja furchtbar, was Sie mir da erzählen … Der arme Robert!«, rief Jeanne und hoffte, dass ihre Schmierenkomödie überzeugend klang.

»Das können Sie wohl sagen! Und das Motiv für die Entführung ist sonnenklar. Denn wie jeder weiß, ist Edwige sehr vermögend. Roberts Einkünfte als Politiker sind dagegen nur Peanuts. Der arme Mann ist momentan in einer äußerst misslichen Lage. Aber warum hat er ihr Verschwinden auch nicht angezeigt?«

»Vielleicht hat er gar nicht gemerkt, dass sie nicht nach Hause gekommen ist?«, sagte Jeanne nachdenklich. »Es ist ja ein offenes Geheimnis, dass die beiden eher eine Ehe aus der Distanz führten.«

»Und Edwiges Mädchen? Und die Haushälterin?

Wie es heißt, glaubte das Personal, Madame sei auf Reisen gegangen. Offensichtlich kann man heutzutage einfach verschwinden, ohne dass sich jemand darüber Gedanken macht.«

»Wie Recht Sie doch haben …«

Dann herrschte Schweigen. Vergeblich versuchte Jeanne, Ordnung in ihre Gedanken zu bringen, zu viele Hindernisse tauchten gleichzeitig auf. Sie hatte noch nicht einmal das »Problem Lombaris« gelöst, da mischte sich die Polizei in Dinge ein, die sie nichts angingen. Und Edwiges Leichnam verweste noch immer in einem der Keller ihres Hauses … Höchste Zeit, ihn verschwinden zu lassen!

Die Stimme des Notars unterbrach ihre sich überstürzenden Gedanken: »Aber deswegen haben Sie mich nicht angerufen, nicht wahr? Geht es um unser kleines Rendez-vous?«

»Ja, natürlich … Nun …«, stotterte Jeanne, weil sie nicht wusste, wie sie ihre Bitte dem Notar vortragen sollte, ohne Argwohn zu erwecken. »Und wenn Sie nun zu mir nach Hause kämen?«

»Aber …«, stammelte Lombaris, völlig überrascht. »Das heißt, ich habe ein paar wichtige Termine in meiner Kanzlei.«

»Haben Sie mir nicht gesagt, es handele sich um eine inoffizielle Unterredung?«, säuselte Jeanne und versuchte, die Situation wieder unter Kontrolle zu bringen.

»Hmm … Ja, das stimmt …«

»Kommen Sie doch Dienstagabend. Dann können wir alles in Ruhe besprechen und auch über die arme Edwige reden.«

»Ja … Warum nicht?«

»Ich erwarte Sie also gegen zwanzig Uhr. Passt Ihnen das, lieber Mâitre?«

»Das ist perfekt, meine Liebe.«

»Also dann … bis Dienstag.«

Jeanne legte schnell auf. Ihr war eiskalt, und ihr Herz klopfte zum Zerspringen. Eine Weile atmete sie tief und kontrolliert aus, um sich zu entspannen.

Dann konzentrierte sie sich auf das neue Problem, für das sie unbedingt eine Lösung finden musste. Vergeblich lauschte sie nach der tröstlichen Stimme in ihrem Kopf. Ihre Freundin blieb stumm.

»Immer bin ich allein, wenn es brenzlig wird«, jammerte sie mit weinerlicher Stimme. »Wo bist du, verflucht noch mal? Ich brauche dich!«

Mit nervösen Schritten ging sie aus dem Salon in Richtung Kellertür. Als sie die Halle durchquerte, läutete es. Vor Schreck blieb sie wie angenagelt stehen und drehte sich – das Gesicht vor Entsetzen verzerrt – zur Haustür um.

Ein zweites Klingeln hätte fast einen Herzanfall bei ihr ausgelöst.

Mit trockenem Mund schlich sie zur Tür und presste zitternd ihr Ohr dagegen. Die darauf folgende Stille war noch entsetzlicher.

Da wurde dreimal heftig an die Tür geklopft. Jeanne zuckte vor Schreck derart zusammen, dass sie beinahe hingefallen wäre.

»Madame Tavier! Hier ist die Polizei! Wir möchten Ihnen gerne ein paar Fragen stellen.«

sechster monat

»Sie tragen Ihren runden Bauch voller Stolz
vor sich her, müssen sich aber eingestehen,
dass sein Gewicht jetzt deutlich spürbar wird.
Um Ihr Gleichgewicht wieder herzustellen,
formen Sie instinktiv Ihre Wirbelsäule zu einem
Hohlkreuz und lassen die Schultern hängen.
Eine schlechte Haltung!
Und auch Ihr Gang leidet darunter, denn
Sie watscheln wie eine Ente.
Dem sollten Sie schnell abhelfen!
Zum einen sollten Sie etwas für Ihr Wohlbefinden tun,
indem Sie Rückenschmerzen durch geeignete Übungen
vorbeugen, zum anderen kommt es auch Ihrer Schönheit zugute.

siebenundzwanzig

Es war still in dem unterirdischen Krankenzimmer, bis auf das rhythmische Klappern des Löffels im Teller, als Jeanne Suzanna mit Suppe fütterte.

Apathisch ließ die Gefangene die Prozedur über sich ergehen, ohne Widerwillen, aber auch ohne Vergnügen schluckte sie die heiße Suppe.

Manchmal sah Jeanne der jungen Frau in die Augen. Aber der Blick Suzannas war ins Leere gerichtet. Längst hatte sie das Stadium abgrundtiefer Verzweiflung hinter sich gelassen; sie starrte nur noch emotionslos in das Nichts ihrer Zukunft.

Da Suzanna nicht reagierte, wandte sich Jeanne wieder in Gedanken ihren Problemen zu, die sie noch nicht gelöst hatte. Und im Geist zählte sie akribisch alle Fehler auf, die sie – sei es aus Nachlässigkeit oder Dummheit – gemacht hatte.

Zum Beispiel hatte sie vergessen, sich um Edwiges Auto zu kümmern. Sie hätte es wegfahren und weit entfernt von ihrem Haus parken müssen. Dann fiel ihr wieder dieser Inspektor Delpierre ein, der nach ihrer Freundin suchte und gewiss alles tun würde, sie wieder zu finden, weil Edwiges Verschwinden viel Aufsehen erregt hatte und eine Lösung dieses Falls dem Beamten eine Menge Ruhm einbringen würde.

Glücklicherweise hatte er zwischen Edwiges Verschwinden – deren Leiche man noch nicht gefunden hatte – und dem Verschwinden einer jungen Portugiesin, die niemand kannte, die aber Richards gesamtes Vermögen geerbt hatte, keine Verbindung hergestellt.

Dummerweise hatte Mâitre Lombaris auf einer Wohltätigkeitsveranstaltung – und obwohl er damit Jeannes Meinung nach gegen sein Berufsethos, wenn nicht gegen seine Schweigepflicht verstieß – die Anwesenden von der Rolle der jungen Frau in Kenntnis gesetzt. Was natürlich die unterschiedlichsten Reaktionen ausgelöst hatte. Einige Leute bedauerten Jeanne und hielten Richard für einen widerlichen Mann. Doch die meisten waren der Meinung, dass Jeanne Recht geschehe. Blieb ihr nicht das legitime Erbe ihres Kindes, mehrere hunderttausend Euro – von dem sie bis an das Ende ihrer Tage glücklich leben konnte?

Also klammerte sich Jeanne verzweifelt an die Geburt des Kindes und hoffte inbrünstig, es möge männlichen Geschlechts sein. Denn sie brauchte dieses Geld …

»Madame Tavier? Inspektor Delpierre! Ich muss mit Ihnen reden, denn ich möchte Ihnen gern ein paar Fragen stellen.«

Diese Sätze hallten noch in Jeannes Kopf wider. Vor Angst wie erstarrt, hatte sie hinter der Tür gestanden und geglaubt, dass ihr Spiel aus sei und man ihr dieses Kind nehmen würde, für das sie doch so sehr gekämpft hatte.

»Was wollen Sie von mir?«, hatte sie mit tonloser Stimme geantwortet.

»Machen Sie die Tür auf, Madame Tavier.«

Und während sie Suzanne automatisch weiter fütterte, sah sie noch immer die Bilder des Besuchs von Inspektor Delpierre und seinem Kollegen wie in einem Film an sich vorüberziehen.

Und sie bedauerte, auf diesen Besuch so wenig gefasst gewesen zu sein und entsprechend ängstlich reagiert zu haben.

»Einen Moment bitte, ich muss mir nur schnell etwas anziehen.«

Jeanne war die Treppe hochgelaufen, hatte sich ihre Kleider vom Leib gerissen, schnell ihren falschen Bauch umgeschnallt und war in ihren Morgenmantel geschlüpft. Als sie schließlich die Haustür geöffnet hatte, standen zwei sichtlich verärgerte Männer vor ihr.

»Ich bin Insepktor Delpierre«, hatte der erste kühl gesagt und Jeanne seinen Ausweis unter die Nase gehalten. »Und das ist mein Mitarbeiter, Inspektor Dubroux. Dürfen wir reinkommen?«

Die Frage hatte eher wie ein Befehl geklungen. Eingeschüchtert war Jeanne beiseite getreten.

Die massige Gestalt Delpierres schien den ganzen Raum auszufüllen. Er hatte einen zerknitterten Trenchcoat an und die Hände in den Taschen vergraben. Auch sein Gesicht war massig, von vielen Falten durchzogen, ein Mann, dem das Leben nichts geschenkt hatte. Aber sein Blick war wach und durchdringend, dazu angetan sein Gegenüber aus der Ruhe zu bringen. Er sah aus wie fünfzig, obwohl er erst vor kurzem zweiundvierzig Jahre alt geworden war. Und da er sich ein paar Wochen zuvor hatte scheiden lassen, war er jetzt vollends mit seinem Beruf verheiratet und betrachtete es als seine selbstverständliche Aufgabe, auch noch den letzten seiner Fälle zu lösen.

Als Jeanne die Tür hinter den beiden Männern schloss, drehte sich der Inspektor nach ihr um und musterte die Wölbung ihres Bauchs. Es irritierte ihn, dass sie schwanger war, doch er mäßigte sofort seinen Ton.

»Es tut mir sehr Leid, Sie stören zu müssen, Madame Tavier. Hätten Sie wohl etwas Zeit für uns? Es dauert nicht lange.«

»Folgen Sie mir«, sagte Jeanne mit einem angedeuteten Lächeln und trockenem Mund.

Sie ging in den Salon voran. Während der paar Schritte versuchte Jeanne, ihre aufsteigende Panik zu bekämpfen. Sie hatte das Gefühl, rot wie eine Tomate zu sein und dass sich ihre Schuld wie in einem Buch von ihrem Gesicht ablesen ließe.

»Beruhige dich, Jeanne«, hörte sie da die Stimme ihrer Freundin. *»Die beiden wollen dir nur ein paar Fragen stellen. Aus welchem Grund sollten sie dich verdächtigen? Es gibt keinen. Atme langsam und konzentriere dich. Edwige ist verschwunden. Du weißt*

nicht, wo sie ist. Und du kennst diese Suzanna nicht, der Richard alles vererbt hat. Du hast sie nie gesehen. Du bist von Richard schwanger. Das Baby wird in dreieinhalb Monaten geboren. Das letzte Mal hast du Edwige gesehen, als du ihr von deiner Schwangerschaft erzählt hast. Sie war dagegen, und ihr habt deswegen gestritten; ihre Reaktion hat dich sehr enttäuscht. Und du bist über ihr Verschwinden entsetzt und hoffst, dass sie wohlbehalten nach Hause zurückkehrt. Suzannas Nationalität ist dir unbekannt. Edwige ist deine beste Freundin. Den Tod deines Mannes hast du noch immer nicht überwunden. Aber deine Schwangerschaft …«

Die Rückkehr der kleinen flüsternden Stimme hatte ein Gefühl der Erleichterung, aber auch der Angst in Jeanne ausgelöst. Denn das Timbre hatte sich verändert. Sie klang nicht mehr so freundschaftlich wie früher, was Jeanne eine gewisse Selbstsicherheit gegeben hatte. Heute klang sie, als hätte ihre Besitzerin getrunken, und das verlieh ihren Worten einen höhnischen Unterton.

»Sie wissen sicher, warum wir gekommen sind, Madame Tavier?«

»Pardon?«

Die beiden Polizisten sahen sich an; Jeanne interpretierte diesen Blick als Zeichen, dass die Männer glaubten, eine heiße Spur zu haben, und sie errötete noch heftiger.

Ihr Gesicht fing an zu glühen, sie fürchtete, einer Ohnmacht nahe zu sein.

Inspektor Delpierre merkte, dass es ihr nicht gut ging, und bat sie, sich zu setzen.

»Madame Tavier, wir halten Sie nicht lange auf. Wahrscheinlich brauchen Sie in Ihrem Zustand jetzt viel Ruhe. Wir sind gekommen, weil wir Erkundigungen über Madame Edwige Beaulieu einziehen. Sicherlich wissen Sie von Ihrem Verschwinden. Wann haben Sie Madame Beaulieu das letzte Mal gesehen?«

»Nur durch deine Schwangerschaft und die Verantwortung für das ungeborene Kind kannst du dich noch aufrecht halten. Physisch bist du vollkommen erschöpft. Edwige war deine beste Freundin … Nein! Du darfst nicht in der Vergangenheit reden! Edwige ist deine beste Freundin. Ihr Verschwinden macht dir sehr zu schaffen. Du bist betrübt darüber. Und Richards Tod ebenso. Denk dran! Du darfst nie in der Vergangenheit sprechen. Richard ist die Treppe hinuntergestürzt und war tot. Edwige ist verschwunden. Du weißt nicht, wo sie ist …«

Jeanne fixierte den Inspektor mit starrem Blick. Sie schien seine Frage nicht mitbekommen zu haben.

Lange herrschte ein peinliches Schweigen, bis sich der Inspektor schließlich räusperte. »Fühlen Sie sich nicht wohl, Madame Tavier?«

»Rede nicht in der Vergangenheit, das ist sehr wichtig! Tu so, als würde Edwige noch leben. Begreifst du das? Sprich in der Gegenwart …«

»Nur durch meine Schwangerschaft und die Verantwortung für das ungeborene Kind kann ich mich noch aufrecht halten. In physischer Hinsicht bin ich völlig erschöpft«, antwortete Jeanne als hätte sie eine Lektion auswendig gelernt.

»Natürlich verstehen wir das, Madame Tavier«, sagte Inspektor Delpierre und warf seinem Kollegen wieder einen seltsamen Blick zu. »Wir möchten nur gern wissen, wann genau Sie Madame Beaulieu zum letzten Mal gesehen haben.«

»Das letzte Mal habe ich Edwige gesehen, als ich ihr von meiner Schwangerschaft erzählt habe. Sie war dagegen, und wir haben deswegen gestritten; ihre Reaktion hat mich sehr enttäuscht. Aber ich bin über ihr Verschwinden entsetzt und hoffe, dass sie wohlbehalten nach Hause zurückkehrt«, antwortete Jeanne mit ausdrucksloser Stimme, wie ein Automat.

Aus Angst, einen fatalen Fehler zu machen, wiederholte Jeanne wortgetreu, was die Stimme ihr diktiert hatte.

»Das hoffen wir ebenfalls, und wir tun unser Bestes, sie zu finden«, entgegnete Inspektor Delpierre und verlor langsam die Geduld. »Aber wann war das genau? Wir brauchen ein Datum, ein möglichst genaues Datum.«

Wieder herrschte Schweigen.

Jeanne suchte nach einer passenden Antwort unter den Sätzen, die sie in ihrem Kopf wie ein kontinuierliches Flüstern hörte.

»Edwige ist meine beste Freundin. Ich bin sehr betrübt über ihr Verschwinden. Auch Richards Tod macht mir noch immer sehr zu schaffen. Richard starb, als er die Treppe hinunterstürzte.«

Inspektor Delpierre verlor endgültig die Geduld. Personen, die er befragte, pflegte er nicht mit Samthandschuhen anzufassen, auch augenscheinlich Unschuldige nicht. Und da Jeanne ein Mitglied der »feinen Gesellschaft« und zudem noch schwanger war, hatte er sie bisher seinem Verständnis nach äußerst zuvorkommend behandelt, was seine Verärgerung aber steigerte, weil er das Gefühl hatte, seine Zeit zu verschwenden. Und Delpierre fand, dass er in seinem Beruf sowieso zu viel Zeit verschwendete. Er war ein Mann, der immer direkt auf sein Ziel zusteuerte, der Floskeln hasste und nicht verstand, dass die anderen Leute nicht wie er dachten.

»Madame Tavier, begreifen Sie eigentlich meine Frage?«, fragte er verärgert.

Sein Kollege Dubroux war ein kleiner gedrungener Mann von südländischem Aussehen, mit klugen freundlichen Augen. Jetzt legte er besänftigend eine Hand auf den Arm seines Kollegen und schüttelte kaum merklich den Kopf, als wollte er sagen: »Lass mich mal machen.«

»Madame Tavier«, sagte Inspektor Dubroux betont ruhig. »Wir verstehen Ihre Trauer und auch Ihre Verwirrung über das Verschwinden Ihrer Freundin. Wir hätten nur gern eine Auskunft: Erinnern Sie sich an den Tag, an dem Sie Ihre Freundin zum letzten Mal gesehen haben? Auch das ungefähre Datum würde uns schon weiterhelfen.«

»Wer ... Wer sind Sie?«, sagte Jeanne und sah den Inspektor an, als würde sie ihn zum ersten Mal erblicken.

»Ich bin Inspektor Dubroux, der Kollege von Inspektor Delpierres«, antwortete er, jedes Wort betonend. »Wir sind hier, weil wir Ihnen eine oder zwei Fragen über Ihre Freundin Edwige Beaulieu stellen möchten. Ich hoffe doch, dass wir Ihnen deshalb nicht zu viele Ungelegenheiten machen.«

»Edwige? Edwige ist verschwunden?«

»Ja. Genau aus diesem Grund haben wir Sie aufgesucht. Erinnern Sie sich an den Tag, an dem Sie sie zum letzten Mal gesehen haben?«

»Mach so weiter, Jeanne, meine Schöne! Die beiden sind mit ihrem Latein am Ende. Edwige ist verschwunden. Das ist für dich ein sehr großer Verlust, denn Edwige war deine beste Freundin. Sprich nie in der Vergangenheit, sondern immer in der Gegenwart. Und der Gesang des Vogels in der Morgendämmerung erinnert dich an die Seufzer einer Jungfrau nach ihrer ersten Liebesnacht. Suzanna wartet unten im Keller auf dich. Aber du kennst sie nicht. Sie ist verletzt, ihr Arm liegt in Gips … Richard hat mit Suzanna geschlafen … Und aus seinem Sperma entsteht das Kind, das dich zu einer reichen Frau macht. Denn du wirst reich sein, meine sanfte und zärtliche Jeanne! Richard ist gestorben, weil er die Treppe hinuntergestürzt ist. Das Rot der Kirsche ist für dich das Rot der Angst. Oder singt die Liebe ein so ernstes Lied, dass man es kaum hört? Du hast Richard lange beweint. Aber heute hilft dir sein Kind, wieder erhobenen Hauptes den anderen begegnen zu können …«

»Ich … Ich kann mich nicht erinnern«, stammelte Jeanne und schüttelte den Kopf, um diese unerträgliche Stimme endlich zum Schweigen zu bringen – diese Stimme, die jetzt nur noch Unsinn redete.

»War es vor einer Woche? Oder einem Monat? Gestern?«

»Ich kann mich nicht erinnern.«

Jeanne kratzte mit dem Löffel den Teller aus und schob den Rest Karottensuppe Suzanna in den Mund. Die Suppe hatte sie auf dem kleinen Camping-Kocher gewärmt.

Als sie wieder in die Gegenwart zurückkehrte und ihre Gefangene ansah, durchbohrte die junge Frau sie mit eiskaltem Blick, einem Blick, unter dem Jeanne erzitterte.

»Was starrst du mich so an?«, schimpfte sie.

Suzanna zuckte nicht mit der Wimper.

»Weißt du denn nicht, dass ich ohnehin genug Schwierigkeiten habe?«

Doch Suzanna starrte ihre Wärterin weiter an, mit dunklen brennenden Augen. Schließlich wandte sich Jeanne schulterzuckend von ihrer Gefangenen ab.

Krampfhaft versuchte sie sich zu erinnern, was die Polizisten sie noch gefragt hatten. Aber das ganze Geschehen blieb konfus. Sie konnte es nicht mehr in die richtige Reihenfolge einordnen und wusste nur so viel, dass die beiden gingen und sie baten, weiterhin zur Verfügung der Polizei zu stehen.

Daran erinnerte sie sich genau. Aber als sie dann wieder kamen, war das am selben oder am nächsten Tag gewesen? Ihr schien, dass mehrere Tage zwischen den Besuchen vergangen sein mussten, denn sie war sich fast sicher, dass sie Zeit gehabt hatte, Edwiges Körper zu beseitigen.

Sie sah sich, wie sie den Leichnam – oder vielmehr das, was davon noch übrig war – in Teile zerlegte und sie dann, eins nach dem anderen im Brennofen der Zentralheizung verbrannte.

Die Idee mit dem Ofen war nicht ihre gewesen, Irina hatte sie gehabt. Nein, nicht um Edwige verschwinden zu lassen; Irina wusste nicht einmal, dass ganz in der Nähe des unterirdischen Krankenzimmers in einem der Keller eine stark verweste Tote lag. Doch als sie das blutige Verbandsmaterial und andere verräterische Abfälle beseitigen musste, hatte sie Jeanne durch Zeichensprache zu verstehen gegeben, es wäre am besten, diese Dinge zu verbrennen.

Also hat Jeanne die Krankenschwester in den Heizungskeller geführt, und Irina hatte die Heizung in Gang gesetzt, denn Jeanne wäre dazu nicht fähig gewesen.

Als Jeanne das Problem »Edwige« gelöst hatte, glaubte sie, etwas aufatmen zu können. Jedenfalls konnte nun niemand mehr nachweisen, dass sie ihre Freundin getötet hatte.

Brauchte die Justiz für eine Mordanklage nicht auch den Körper der ermordeten Person? Und der Körper, der existierte nicht mehr. Alles hatte dieser Ofen verschlungen, die gierigen Flammen hatten alles verzehrt und nur ein Häufchen Asche übrig gelassen.

Aber der Wind drehte sich, Jeanne spürte das. Die

Ereignisse überschlugen sich, alles geschah viel zu schnell, in einem Rhythmus, dem sie nicht mehr folgen konnte. Sie verlor die Kontrolle.

Als die beiden Inspektoren sie das zweite Mal aufgesucht hatten, war Delpierre die ungewöhnliche Hitze im Haus aufgefallen, und das mitten im August. Deshalb war Jeanne sich jetzt sicher, dass es zwischen dem ersten und dem zweiten Besuch der Polizisten gewesen sein musste, als sie Edwiges Überreste verschwinden ließ.

Und dieses Mal fragten sie sie auch, warum Edwiges Wagen in der Nähe ihres Hauses abgestellt worden sei.

»Edwiges Wagen?«, hatte Jeanne gefragt und wäre fast ohnmächtig geworden.

Warum hatte sie nicht an Edwiges Auto gedacht? Wie hatte sie das nur vergessen können?

Noch nie zuvor hatte sie getötet – außer Richard natürlich, aber damals hatte sie ihre Tat nicht vertuschen müssen. Also besaß sie auf diesem Gebiet überhaupt keine Erfahrung und war deshalb nicht in der Lage, alle nötigen Vorkehrungen zur Täuschung der Polizei zu treffen.

Deshalb empfand sie das Spiel zwischen sich und der Polizei als ungleich, denn sie schätzte Delpierre als einen erfahrenen Kriminalbeamten ein. Hatte sie gegen einen solchen Gegner überhaupt eine Chance? Zudem stellte ihr sein Kollege Dubroux alle möglichen psychologischen Fallen, obwohl er auf den ersten Blick so harmlos wirkte.

Was hatte sie auf diese Frage nach Edwiges Auto geantwortet? Es wollte ihr einfach nicht einfallen. Sie wusste nur noch, dass die Polizisten auf ihre Antwort merkwürdige Gesichter gemacht hatten.

Hatte ihr die kleine höhnische Stimme etwas Falsches eingeflüstert? Sie wusste es nicht. Aber sie wusste, dass sie etwas verkehrt gemacht hatte.

Und als Delpierre sie bat, sich einmal die anderen Räume des großen Hauses anschauen zu dürfen, hatte sie am ganzen Körper gezittert. Was dann geschah, hatte sie ebenfalls vergessen. Sie sah sich nur kraftlos auf dem kalten Marmorboden in der Halle liegen und verzweifelt versuchen, wieder aufzustehen.

Dann beugte sich Dubroux über sie und wollte ihre Bluse aufknöpfen, worauf Jeanne zu schreien anfing und brüllte, er möge sie in Ruhe lassen. Denn sie fürchtete, die Polizisten könnten ihren falschen Bauch entdecken – was eine Katastrophe bedeutet hätte.

Und wieder schrieben die Polizisten Jeannes Schwächeanfall ihrem Zustand zu. Allein ihrem runden Bauch hatte sie es zu verdanken gehabt, dass die Polizisten sie nicht weiter bedrängt hatten – weil Männer im Allgemeinen vor Schwangeren einen heillosen Respekt haben.

Inspektor Delpierre hatte nur mit Murren von einer weiteren Befragung abgesehen, er wollte keinen Ärger haben, wie es oft geschah, wenn sich Polizisten mit den »feinen« Leuten anlegten.

Nachdem er Jeanne wieder aufgeholfen hatte, wiederholte er dennoch seine Bitte. Und zu seinem großen Erstaunen erlaubte Jeanne ihm, sich ihr Haus anzusehen.

Als die Polizisten zum dritten Mal kamen, hatte sich Jeanne bereits mit Suzanna im Keller verbarrikadiert und Vorsorge getroffen, die Belagerung – wie sie es empfand – mehrere Wochen auszuhalten.

achtundzwanzig

Suzanna versuchte, eine bequemere Lage in ihrem Bett einzunehmen, denn Jeanne hatte sich eine neue Methode ausgedacht – auf die sie sehr stolz war –, ihre Gefangene zu fesseln. Weil sie den eingegipsten Arm nicht mit einer Handschelle versehen konnte und sie ihr außerdem ein Minimum an Bewegungsfreiheit lassen wollte, hatte sie um Suzannas Oberkörper eine Kette geschlungen und diese mit einem Vorhängeschloss an einem Ring in der Wand befestigt.

Also konnte Suzanna nicht mehr aufstehen; vor allem aber war sie nicht mehr in der Lage, sich oder das Leben ihres ungeborenen Kindes zu gefährden.

Das Zusammenleben der beiden Frauen wurde mit jedem Tag schwieriger. Denn Suzanna redete nicht. Oder kaum. Manchmal murmelte sie ein paar Sätze in ihrer Muttersprache. Dann ruhte ihre Hand auf ihrem Bauch oder streichelte ihn zärtlich. Und ihr Bauch fing an sich zu bewegen. Eines Tages war eine Ausbuchtung auf der linken Seite zu sehen, die sich dann nach rechts verschob.

Als Jeanne dieses Phänomen zum ersten Mal sah,

war sie derart gerührt, dass sie neben das Bett trat und zusah, wie die junge Frau mit ihrem Kind sprach. Nach einer Weile konnte sie nicht anders, sie legte ebenfalls ihre Hand auf Suzannas Bauch, was die junge Frau ohne sichtbare Reaktion duldete. Aber die Bewegungen des Kindes hörten sofort auf. Verärgert wandte sich Jeanne daraufhin ab, rückte ihren falschen Bauch zurecht und fing ebenfalls an ihn zu streicheln, wie sie es bei Suzanna gesehen hatte.

Seit jenem Tag trug sie ihre Prothese Tag und Nacht, bis sie durch das ständige Tragen immer unförmiger wurde und Jeanne ein merkwürdiges Aussehen verlieh. Das schien sie jedoch nicht zu merken. Sie benahm sich, als würde auch sie bald ein Kind gebären, und ahmte jede Geste der werdenden Mutter nach.

Doch die meiste Zeit lag Suzanna apathisch in ihrem Bett, den Blick ins Leere gerichtet.

Seit Irinas Tod musste sich Jeanne allein um die Bedürfnisse ihrer Gefangenen kümmern, was ihr Angesichts des Elends Suzannas immer schwerer fiel, obwohl sie allein die Schuld an dieser Misere hatte.

Jeanne setzte sich lieber in eine Ecke und schloss die Augen, so als könnte sie damit die Realität ausschließen. Doch wenn sie das tat, sah sie im Geist die Ereignisse der letzten Tage wie in einem Film an sich vorbeiziehen, die dazu geführt hatten, dass sie nun mit Suzanna in diesem geheimen, unterirdischen Raum leben musste.

Am Dienstag zwei Wochen zuvor hatte sich Jeanne gebührend auf das große Ereignis vorbereitet.

Das Esszimmer erstrahlte im Glanz vieler Kerzen, deren warmes Licht eine Sphäre der Intimität schaffte. In einem renommierten Feinkostgeschäft hatte sie ein erlesenes Menü bestellt, das von einem Angestellten gerade geliefert worden war.

Jeanne hatte den Tisch mit äußerster Sorgfalt gedeckt: Sèvresporzellan, Kristallgläser und massiv silbernes Besteck glänzten auf dem blütenweißen Tischtuch aus schwerem Damast mit passenden Servietten dazu.

Als Vorspeise hatte sie Gänseleberpastete auf Toast sowie eine Platte mit Austern vorgesehen; als Hauptgang Tournedos Rossini in einem Bett feinster Gemüse; und zum Abschluss natürlich eine Käseplatte sowie verschiedene erlesene Früchte.

Um diesem Diner eine besondere Note zu verleihen, hatte sie sich entschlossen, nur Champagner zu servieren. Eine Flasche stand bereits entkorkt in dem Eiskübel auf dem Tisch. Um den Kaffee und den Digestif würde sie sich selbst kümmern – sollte sie denn soweit kommen.

Als Lombaris an der Haustür klingelte, warf Jeanne einen letzten Blick in den Spiegel. Ihr falscher Bauch war fest um ihre Taille unter ihrem neuen, speziell für diesen Anlass maßgeschneiderten Kostüm gegürtet. Der graue Flanell fiel in weichen Falten bis kurz über ihre Knie.

Jeanne fand sich äußerst attraktiv, ja sexy. Die bevorstehende Geburt des Kindes erfüllte sie mit einer Freude, die ihr Gesicht zum Strahlen brachte. Sie glaubte sich unwiderstehlich und zweifelte nicht eine Sekunde daran, dass der Notar ihren Reizen erliegen würde. Und sie hoffte, sich seiner so schnell wie möglich entledigen zu können.

Ehe sie die Tür öffnete, atmete sie noch einmal tief ein und betete stumm, dass der Abend nach Plan verlaufen möge.

»Madame Tavier! Sie sehen phantastisch aus! Wahrhaftig, die Schwangerschaft steht Ihnen«, sagte Lombaris mit falscher Begeisterung in der Stimme. Ein Unterton, der Jeanne nicht entging.

»Sagen Sie doch bitte Jeanne zu mir«, entgegnete sie mit ebenso gekünstelter, betont sinnlich-tiefer Stimme.

Diners im Tête-à-tête mit einer Frau schienen nicht zu Édouard Lombaris' Gepflogenheiten zu gehören, denn er stimmte nervös lachend Jeannes Vorschlag zu.

»Treten Sie doch näher, lieber Freund«, forderte die Hausherrin ihren Gast auf und warf ihm einen verführerischen Blick zu. »Ich freue mich, dass Sie gekommen sind. Aber legen Sie doch ab. Machen Sie es sich bequem«, sagte sie; und die Zweideutigkeit ihrer Aufforderung entging dem Notar nicht.

Errötend zog er sein Jackett aus, und da er nicht wusste, wohin damit, sah er Jeanne fragend an.

»Ich habe das Hauspersonal entlassen müssen«, erklärte sie ihm bedauernd. »Sie wissen ja, dass es mir meine finanziellen Mittel nicht erlauben, meinen früheren Lebensstil aufrecht zu erhalten. Momentan lebe ich von meinen kümmerlichen Ersparnissen. Aber wenn alles klappt, dürfte ich in Kürze über mehr Geld verfügen, nicht wahr?«, sagte sie mit einem bezaubernden Lächeln und deutete auf ihren Bauch.

»Das hoffe ich von ganzem Herzen«, antwortete der Notar.

Lombaris reichte ihr sein Sakko. Und als sie nach dem Kleidungsstück griff, berührten sich ihre Hände. Jeanne merkte sofort, wie der Mann bei dieser Berührung zusammenzuckte, aber sie sah auch die Verwirrung in seinen Augen hinter den runden Brillengläsern. Sie hatte sogar Mitleid mit diesem unscheinbaren Mann, der die Existenz seines männlichen Organs vergessen zu haben schien. Aber sie wusste auch, dass das immense Vermögen des Vaters ihres Mannes – das sie erben würde, falls sie einem Knaben das Leben schenkte –, der einzige Grund war, warum Lombaris ihre Einladung akzeptiert hatte.

Der Abend gestaltete sich schwieriger, als Jeanne angenommen hatte, aber im Hinblick auf ihr großes Ziel scheute sie keine Mühe, es zu erreichen.

Mit einer eleganten Drehung, die vorteilhaft ihre schlanken Beine zur Geltung brachte, hängte sie Lombaris' Sakko an die Gardrobe in der Halle und ging – sich graziös in den Hüften wiegend – in den Salon. Der Notar folgte ihr.

Nach einem Aperitif bat sie ihn zu Tisch.

Jeanne wusste, dass sie alle Register ziehen musste, um diesen so unattraktiven Mann zu verführen, was ihr schwerer als geplant fiel, denn bisher hatte ihr Gast auf ihre Annäherungsversuche nicht reagiert.

So saßen sie sich nun gegenüber an der festlich gedeckten Tafel, und neben Jeannes Gedeck lag das Messer bereit. Einem aufmerksamen Beobachter wäre aufgefallen, dass neben Lombaris' Teller kein solches Messer – lang, scharf und spitz – wie das ihre lag.

»Welche Ungerechtigkeit!«, klagte sie, nachdem ihr Gast die Champagnergläser gefüllt und sie angestoßen hatten. »Zwanzig lange Jahre war ich mit Richard verheiratet. Und währenddessen habe ich nie aufgehört, ihn nach Kräften zu unterstützen und ihm zu helfen. Und dann ändert er aus einer Laune heraus sein Testament! Ich bin sicher, hätte er länger gelebt, dann hätte er seinen Irrtum eingesehen und ihn korrigiert.«

»Wie schön, dass Sie dieses Thema anschneiden, Madame Tavier …«

»Jeanne!«, korrigierte sie ihn mit dunkler, sinnlicher Stimme.

»Hm … Jeanne …«, murmelte Lombaris, nahm seine Brille ab und putzte sie sorgfältig mit seiner Damastserviette.

»Die junge Frau, die Ihr verstorbener Mann als Erbin bestimmt hat, ist unauffindbar.«

»Ach ja?«, rief Jeanne und tat überrascht. »Das ist mir neu.«

»Ich habe nach ihr suchen lassen, jedoch ohne Resultat, wie ich gestehen muss. Seit mehreren Monaten hat sie ihre Wohnung nicht mehr betreten, und bei einer Durchsuchung derselben mit polizeilicher Erlaubnis wurden weder ihr Pass noch andere Dokumente gefunden. Also habe ich beim Vormundschaftsgericht den Antrag gestellt, die Abwesenheit der Erbin festzustellen.«

Lombaris setzte seine Brille wieder auf, legte die Serviette auf den Tisch und starrte seinen Teller mit der Gänseleberpastete an.

»Und?«, fragte Jeanne, nur mühsam ihre Ungeduld verbergend.

»Gemäß der testamentarischen Verfügung und gemäß des Code civil«, rezitierte der Notar in geschäftsmäßigem Ton, »wird das Vormundschaftsgericht jetzt einen Vermögensverwalter bestimmen, der bis zum Wiederauftauchen der Erbin, Suzanna Da Costa, das Erbe Ihres Mannes verwaltet.«

»Und wenn diese Frau verschwunden bleibt?«, fragte Jeanne nervös.

»Dann kann man nach zehn Jahren die vermisste Person für tot erklären lassen. Geschieht dies nicht, wird der oder die Vermisste automatisch nach zwanzig Jahren für tot erklärt.«

»Und was wird aus der Erbschaft?«

»Ist die Todeserklärung ausgesprochen«, fuhr der Notar in demselben monotonen Ton fort, »treten die gesetzlichen Bestimmungen ein, die gültig sind, wenn der Erblasser kein Testament hinterlassen hat. Es erben die direkten Nachkommen oder Verwandten des Verstorbenen.«

»Zehn Jahre!«, murmelte Jeanne bestürzt.

Lombaris hob den Kopf und sah seine Gastgeberin verstohlen an.

»Sie wissen … Wissen Sie etwas über diese Suzanna?«, fragte er argwöhnisch.

»Woher soll ich denn etwas über diese Person wissen?«, antwortete Jeanne empört. »Glauben Sie etwa, Richard hätte mir erzählt, wie es seiner kleinen Nutte geht, nachdem er sie gevögelt hatte?«

Wieder errötete Lombaris, nicht nur, weil ihm diese vulgäre Sprache peinlich war, sondern auch, weil sie gewisse Phantasien in ihm auslöste.

»Entschuldigen Sie«, korrigierte sich Jeanne schnell und täuschte Bedauern und Scham vor. »Mir fällt es immer noch schwer, das Inakzeptable zu akzeptieren.«

»Das … Das verstehe ich vollkommen, Mad … Hm … Jeanne. Erst neulich habe ich darüber mit Marie-Bérengère gesprochen und …«

»Worüber haben Sie mit Marie-Bérengère gesprochen?«, unterbrach sie ihn, in plötzlich eisigem Ton.

»Nun … Über Ihre Mittellosigkeit … Über Richards Testament … Über Ihre Fassungslosigkeit … Allerdings muss ich sagen, dass ich Ihre Haltung diesbezüglich bewundere.«

»Und wann haben Sie mit ihr darüber gesprochen?«, fragte Jeanne, und das Blut rauschte in ihren Ohren.

»Letzte Woche, glaube ich. Ach, und sie war Ihretwegen untröstlich!«

In Jeannes Kopf fing sich alles an zu drehen. Ganz Paris wusste also über sie Bescheid! Nur zu gut konnte sie sich vorstellen, wie sich ihre lieben »Freundinnen« die Mäuler zerrissen und voller Genuss auf diesem Thema herumritten: Jeanne von Richard enterbt! Wie aufregend das sein musste!

Nur mühsam gelang es ihr, nicht die Beherrschung zu verlieren. Am liebsten hätte sie den Notar aufs Übelste beschimpft oder wäre in Tränen ausgebrochen. Sie brannte darauf, ihm die Augen auszukratzen, ihm den Schädel zu spalten – aber dann beruhigte sie sich langsam, raffte ihre letzten Kräfte zusammen und lächelte bitter.

»Ich hatte angenommen, dass Sie in Ihrem Metier der Schweigepflicht unterworfen sind.«

»Ja … Ja, das ist richtig … Aber ich war überzeugt, dass Sie sich bereits Ihren Freundinnen anvertraut hatten und dass ich deshalb …«

»Ach, lassen wir das, mein lieber Édouard … Schließlich ist das Ganze überhaupt nicht wichtig. Es ist die Vergangenheit und außerdem ist es eine Tatsache, nicht wahr?«, sagte Jeanne leichthin, griff nach ihrem Glas und hob es. »Trinken wir lieber auf die Gegenwart und vor allem … auf die Zukunft!«

Über die Reaktion seiner Gastgeberin mehr als erleichtert, griff Lombaris – etwas zu hastig – ebenfalls nach seinem Glas und warf es um. Ein großer feuchter

Fleck breitete sich auf dem makellosen Tischtuch aus. Mit fahriger Gesten betupfte er ungeschickt die nasse Stelle mit seiner Serviette.

»Du meine Güte! Ach, ist mir das peinlich. Entschuldigen Sie … Ich …«

Was für ein Idiot!, dachte Jeanne. Aber sie stand auf, um dem armen Mann zu helfen.

»Lassen Sie das! Das ist doch nicht schlimm, Édouard. Sehen Sie, ein Vorteil des Champagners ist, dass er keine Flecken macht.«

Sie stellte sich neben den Notar und betupfte ebenfalls das Tischtuch, wobei beide plötzlich zu lachen anfingen und ihre Bemühungen einstellten.

Als sich Jeanne dann zu Lombaris umdrehte, streifte sie ihn mit ihrem Bauch. Verlegenheit vortäuschend, entschuldigte sie sich, worauf Lombaris antwortete, es sei nichts passiert.

Darauf breitete sich ein bedeutungsschweres Schweigen zwischen ihnen aus.

»Möchten Sie das Baby einmal fühlen?«, fragte Jeanne nach einer Weile.

»Hm … Nun ja …«, stammelte Lombaris und lachte verlegen. »Ich … Ich habe nicht gewagt, Sie zu bitten …«

»Geben Sie mir Ihre Hand«, flüsterte sie.

Und mit ihrer Linken nahm sie Lombaris' Hand und legte sie auf ihren Bauch. Der arme Mann schloss die Augen und hielt den Atem an, während Jeanne sich auf den Tisch setzte. Langsam bewegte sie ihren Oberkörper nach hinten und tastete mit der Rechten nach ihrem Messer.

Lombaris streichelte sanft Jeannes Bauch.

»Wie seltsam ... Da drin lebt ein kleiner Mensch ... Mein Gott, Jeanne, noch nie habe ich etwas Derartiges empfunden. Ich ...«

Als Jeanne den Notar anschaute, sah sie überrascht, dass hinter den Brillengläsern Tränen in seinen Augen glitzerten.

»Entschuldigen Sie ... Ich weiß nicht, was mit mir los ist ... Ich ...«

Wirklich, er ist ein kompletter Idiot!, dachte Jeanne verächtlich und lächelte verführerisch.

»Das ist doch ganz normal«, flüsterte sie, während ihre Hand das Messer ergriff.

Mit einer lasziven Bewegung beugte sich Jeanne vor, während Lombaris' Hand noch immer auf ihrem Bauch lag. Sie schloss die Augen. Ihr Atem wurde schneller, und ihre Brust hob und senkte sich im Rhythmus ihres beschleunigten Atems.

Wieder lenkte sie mit der Linken die streichelnde Hand des Notars, die Rechte hielt das Messer hinter ihrem Rücken verborgen.

Jetzt war Lombaris wehrlos, versunken in sein Tun. Und als er nun den unteren Teil ihres Bauchs berührte, stöhnte Jeanne leise. Doch sie beherrschte ihre wachsende Lust, beherrschte diese aus ihrem Schoß aufsteigende Hitze, öffnete die Augen und forderte den Mann mit halb verschleiertem Blick auf, weiter zu gehen.

»Jeanne, ich …«, stammelte der Arme, entsetzlich verlegen.

Sie ließ das Messer los und und legte es in Reichweite auf den Tisch.

»Psst«, murmelte sie und löste geschickt den Knoten von Lombaris' Fliege. »Wir sind Freunde … Sagen Sie nichts, mein lieber Édouard. Kommen Sie, machen Sie es sich bequem …«

Doch der arme Mann blieb wie erstarrt sitzen, große Schweißtropfen bildeten sich auf seiner Stirn.

»Was … Was machen Sie da, Jeanne?«, stammelte er, entsetzt über die seltsame Wendung, die dieser Abend genommen hatte.

»Aber, aber …«, säuselte sie. »Wir sind doch erwachsene Menschen, nicht wahr? Und ich weiß, dass Sie schon lange Lust dazu haben. Ist das nicht so, mein lieber Édouard?«

»Nein! Hm … Ja! Aber jetzt geht alles so schnell, so … Und …«

»Und es ist angenehm«, unterbrach sie ihn mit glänzenden Augen.

»Ja, natürlich, aber …«

»Nichts aber. Lassen Sie es einfach mit sich geschehen.«

Sie ließ die aufgezogene Fliegenschleife zu Boden gleiten und knöpfte mit langsamen Bewegungen sein Hemd auf. Lombaris stand mit hängenden Armen vor ihr, schüchtern wie ein kleiner Junge und zutiefst über das intime Gebaren seiner Gastgeberin verwirrt.

»Entspannen Sie sich, liebster Édouard«, murmelte Jeanne, die Stimme ein erotisches Flüstern.

Sie ließ ihre Hände unter sein Unterhemd gleiten und streichelte seinen nackten haarlosen Oberkörper, was Lombaris noch mehr verwirrte.

»Aber Ihr Kind, Jeanne … Es ist da …. Es fühlt uns. Ich kann doch nicht …«

»Seien Sie doch nicht dumm, Éouard!«, explodierte sie plötzlich. »Sie müssen auch etwas dazu tun! Ich kann nicht alles alleine machen.«

»Ja, ja … Natürlich. Verzeihen Sie.«

Lombaris streckte die Hand nach Jeannes Busen aus und knetete ihn ungeschickt, während Jeanne wieder in die Rolle der Verführerin schlüpfte und seine Gürtelschnalle öffnete.

»Ihr steifes Benehmen mir gegenüber wäre sehr schmeichelhaft, beträfe es nur eine Stelle Ihres Körpers«, flüsterte sie ihm kichernd ins Ohr.

Jetzt schloss Lombaris die Augen. Nicht, weil er von Begierde überwältigt wurde, sondern weil er nicht mehr wusste, wie er mit dieser peinlichen Situation fertig werden sollte. Zwar reagierte sein Körper auf angenehmste Weise, aber sein Verstand versuchte noch immer, die Oberhand zu gewinnen. Oh, er hätte schon Lust, sich diesen längst vergessen geglaubten Empfindungen kopflos hinzugeben! Ein Schauder überlief ihn. Seine Knie wurden weich, er schwankte …

Bald verlor er jede Kontrolle über sich und stürzte sich auf Jeanne. Doch der falsche Bauch bremste seinen

Elan abrupt. Entsetzt bei dem Gedanken, er könne das Baby verletzt haben, trat Lombaris einen Schritt zurück.

»Verzeihen Sie, Jeanne. Ich … Oh, mein Gott! Ich hoffe..«

Jeanne stieß einen Seufzer aus und verdrehte die Augen. Dann zog sie Lombaris einfach an sich.

Ein ebenso wilder wie ungeschickter Akt begann, von Stöhnen und Schreien begleitet.

Während Jeanne immer größer werdende Ekstase vortäuschte, griff sie nach dem bereit liegenden Messer, das sie drohend über ihrem Kopf schwang. Der arme Lombaris war zu sehr beschäftigt, um gewahr zu werden, was seine Gastgeberin im Schilde führte.

Der Gedanke an das Töten erregte sie weit mehr als die Bemühungen ihres Liebhabers, fast hätte sie aus lauter Lust zu früh zugestoßen. Doch sie hatte vor, den günstigsten Moment abzuwarten, diesen Augenblick, in dem jeder Mann absolut wehrlos ist.

Lombaris stieß jetzt immer schneller zu, ungeschickt, hastig, keuchend und in Schweiß gebadet und dann … dann konnte er sich nicht länger zurückhalten und ergoss sich in sie. In diesem Moment stieß Jeanne einen rauen Schrei aus. Keinen Lustschrei, einen Kriegsschrei! Sie schloss die Augen und bohrte die Klinge mit aller Kraft in ihr wehrloses Opfer.

Den Blick ins Leere gerichtet, sah Jeanne zum wievielten Male diese Szene vor sich – diesen einzigartigen

Moment, wo sie Gelegenheit gehabt hatte, Lombaris zu eliminieren.

Wie hatte das nur schief gehen können?

Noch immer hörte sie Édouards Schrei, diesen Schrei, den sie für eine Manifestation seines Orgasmus hielt.

Mit geschlossenen Augen hatte sie auf der Tischkante gesessen und darauf gewartet, dass er sein Leben aushauchte. Doch dann hatte sie ein heftiger Stoß auf den Rücken katapultiert. Als sie überrascht die Augen öffnete, sah sie Lombaris vor sich stehen: schreiend und mit dem Messer in der Schulter!

Sie war sich ihrer zu sicher gewesen und hatte viel zu hoch gezielt …

»Sie sind ja komplett verrückt!«, brüllte Lombaris und wand sich vor Schmerzen.

»Flittchen! Hure! Läufige Hündin!«, schrie er weiter und hielt sich die verletzte Schulter, wobei er mit heruntergelassenen Hosen versuchte, rückwärts zur Tür zu gehen.

Als Jeanne sah, dass er fliehen wollte, warf sie sich auf ihn, und Lombaris fiel rücklings zu Boden. Jeanne packte das Messer und zog es mit einer brutalen Bewegung aus seiner Schulter. Lombaris stieß einen schrillen Schrei aus und wollte aufstehen, während Jeanne versuchte, ihm das Messer jetzt in die Brust zu stoßen. Der arme Mann verteidigte sich mit Händen und Füßen, blindlings um sich schlagend.

Als seine Schläge auch ihr Gesicht trafen und er anfing, sie zu kratzen, schrie sie ebenfalls. Instinktiv wich sie zurück, um Lombaris' Attacken auszuweichen.

Diesen Augenblick nutzte er, schon war er auf den Beinen, raffte seine Hose hoch und rannte durch die Halle und zur Haustür.

Aber Jeanne war ihm bereits auf den Fersen, sie schrie wie eine Furie und schwang ihr Messer. Auf keinen Fall durfte sie ihn jetzt entkommen lassen, sonst wäre alles verloren.

Sie hatte das Gefühl, sich wie in Zeitlupe zu bewegen, als sie sah, wie Lombaris die Hand auf die Klinke legte, sie niederdrückte und die Tür weit aufriss.

Mit letzter Anstrengung versuchte sie, ihn mit ein paar Sätzen zu erreichen, aber sie war nicht schnell genug. Ihr umgeschnallter Bauch behinderte sie, sie war außer Atem, ihre Beine gehorchten ihr nicht mehr. Vornüber gebeugt versuchte sie, wieder zu Atem zu kommen. Ihr Mund war trocken, sie schluckte und machte schwankend noch ein paar Schritte. Die Haustür stand weit offen.

Und Lombaris war verschwunden.

neunundzwanzig

Als Jeanne endlich wieder aus ihren Gedanken auftauchte, merkte sie, dass ihre Wangen tränennass waren. Mit dem Ärmel ihres Kleids wischte sie automatisch über ihr Gesicht, dann sah sie mit geröteten Augen ihre Gefangene an.

Suzanna fixierte ihre sadistische Gefängniswärterin noch immer mit hasserfülltem Blick.

»Das nützt dir überhaupt nichts, wenn du mich so anstarrst«, fauchte sie schulterzuckend. »Damit erreichst du gar nichts.«

Und wieder fing sie an zu grübeln.

Das Gelingen ihres Plans war in greifbare Nähe gerückt … Denn wenn Lombaris nicht mehr existiert, so hatte sie gedacht, würde sich niemand mehr um das Verschwinden dieser dämlichen Portugiesin kümmern und sie hätte eine Chance, rechtmäßig Richards Erbe anzutreten.

Sie hätte nur noch behaupten müssen, dass Richard sein Testament in einem Zustand geistiger Verwirrung aufgesetzt habe; niemand wäre in der Lage gewesen, das Gegenteil zu beweisen. Und sie hatte eine Menge

Bekannte, die alle bezeugen konnten, dass sie eine vorbildliche Ehe geführt hatten – auch wenn das Ganze in Wirklichkeit nichts als ein absurdes Theater war. Und Richard wäre in seine eigene Falle gegangen. Alles wäre perfekt gewesen. Perfekt …

Aber sie hatte alles verpatzt. Lombaris war geflohen und zum nächsten Polizeirevier gelaufen und hatte Alarm geschlagen.

Von dem Kampf erschöpft und wackelig auf den Beinen, hatte Jeanne sofort reagieren müssen, wollte sie nicht die nächsten Monate – und wahrscheinlich viele Jahre – im Gefängnis sitzen.

Panik hatte sie überwältigt, eine derartig unkontrollierbare Panik, dass sie sich heulend und schreiend die Haare raufte, bis sie schließlich diesen hysterischen Anfall überwand und langsam wieder klar denken konnte.

Sie musste sich beeilen. Aber wohin sollte sie fliehen? Wo sich verstecken? Und Suzanna?

Jeanne hatte keine Freundinnen. Die Einzige, die sie jemals gehabt hatte, war von ihr getötet worden. Sie konnte niemandem vertrauen und durfte nur auf sich selbst zählen. Die Zeit drängte. In ein paar Minuten würde die Polizei vor ihrer Tür stehen, und sie würde keinen Schritt mehr nach draußen machen können, ohne Gefahr zu laufen, festgenommen zu werden.

Als Erstes schloss sie die Haustür und verriegelte sie. Dann lief sie in die Küche, nahm die Holzkiste, in der der Partyservice das Menü geliefert hatte, und stopfte dort alles wahllos hinein, was sie fand. Sie füllte Kartons, Schachteln und Tragetüten mit Vorräten. Raffte hastig Flaschen mit Wasser, Wein, Limonade, Dosen aller Art, Brot, kurzum alles Ess- und Trinkbare zusammen und rannte mit der ersten Kiste in den Keller.

Völlig aufgelöst platzte sie ins Krankenzimmer und befahl Irina, sie zu begleiten. Auch wenn die junge Krankenschwester die Sprache nicht verstand, so begriff sie doch, was Jeanne von ihr wollte, und folgte ihrer Arbeitgeberin verstört. Im Parterre angekommen, bedeutete Jeanne ihr, die Vorräte so schnell wie möglich in den Keller zu schaffen.

Irina tat wie ihr geheißen, ohne Fragen zu stellen, obwohl sie ahnte, dass sich etwas Katastrophales ereignet haben musste.

Währenddessen rannte Jeanne die Treppe hoch in ihr Zimmer, schnappte sich einen Koffer, warf Wäsche, Kleider und ein paar Toilettenartikel sowie ihre Papiere hinein. Mit dem Koffer und zwei Decken eilte sie in den Keller.

Wieder im Krankenzimmer schloss sie so hastig die Tür zu dem Geheimkeller, als wäre eine Meute Bluthunde hinter ihr her.

Suzanna und Irina starrten sie neugierig an. Sie konnten Jeannes seltsames Benehmen nicht verstehen. Außerdem sah sie trotz ihres eleganten Kostüms grotesk aus, denn ihr falscher Bauch war verrutscht und erweckte den Eindruck, sie leide an einer Seite an einer unförmigen Geschwulst.

Bei diesen Anblick legte Suzanna instinktiv die gesunde Hand auf ihren Bauch.

Ohne sich um die erschrockenen Blicke der beiden Frauen zu kümmern, lehnte sich Jeanne gegen die Wand und atmete keuchend, bis ihre Atmung langsam wieder normal wurde. Kaum hatte sich Jeanne gefasst, ging Irina auf sie zu und redete in ihrer Muttersprache auf sie ein. Jeanne die nichts von dem verstand, was die Krankenschwester zu ihr sagte, befahl ihr kurz angebunden, den Mund zu halten.

Als Irina sich einfach umdrehte und versuchte, die Geheimtür zu öffnen, war Jeanne mit einem Satz bei ihr, packte ihren Arm und machte Anstalten, sie von der Tür wegzuzerren.

Aber Irina kämpfte wütend und wehrte sich nach Kräften. Jeanne jedoch verlor die Geduld, noch eine Niederlage konnte sie sich nicht leisten. Mit brutalem Griff umklammerte sie Irinas Hals und drohte, die junge Frau zu erwürgen, sollte sie nicht sofort gehorchen.

Zu Tode erschrocken, gab Irina nach und ging zu Suzanna, während Jeanne den Mechanismus zum Öffnen der Tür arretierte. Suzanna hatte den Streit beobachtet und ahnte nichts Gutes. Die beiden jungen Frauen sahen sich an und schienen sich auch ohne Worte zu verstehen.

»Na, was ist, meine Schönen? Was plant ihr hinter meinem Rücken? Eine kleine Rebellion? Glaubt ihr wirklich, dass ihr mich fertigmachen könnt? Na, macht schon! Tut euch keinen Zwang an. Ich warte.

Und ich erledige euch beide, wenn ihr auch nur ver …«

Jeanne schwieg abrupt. Von oben war ein dumpfes Geräusch zu hören, und Jeanne starrte die Decke an. Die beiden jungen Frauen taten dasselbe und begriffen sofort, dass jemand versuchte, die Haustür mit Gewalt zu öffnen.

Ein Hoffnungsfunke glomm in Suzannas Augen auf, und sie fing aus Leibeskräften an zu schreien.

Jeanne, die müde war und auf dem Gesicht sich Erschöpfung abzeichnete, lief sofort an Suzannas Bett und hielt der Schwangeren den Mund zu. Suzanna wehrte sich heftig dagegen, und es gelang Jeanne nur halbwegs, sie zum Schweigen zu bringen. Immer wieder stieß die junge Frau schrille, durchdringende Schreie aus. Unerträgliche Schreie.

Jeanne herrschte Irina an, ihr zu helfen. Als die Krankenschwester zögerte, schrie Jeanne, mit den Nerven am Ende: »Du blöde Kuh! Die Polizei ist da oben! Willst du wirklich nach Rumänien zurück?«

Beim Wort Polizei begriff Irina. Sie ging zu Suzanna und drehte ihr den gesunden Arm mit einem schmerzhaften Griff auf den Rücken. Auf diese Weise fixiert, presste Jeanne ihr fest die Hand auf den Mund.

Die nun herrschende Stille, die nur vom Keuchen der beiden Frauen unterbrochen wurde, hatte etwas Irreales. Alle drei starrten wie gebannt zur Decke, wie in Erwartung einer plötzlich hereinbrechenden Katastrophe.

Suzanna war am Rande der Panik: Sie konnte nur mühsam atmen und sich nicht bewegen, da Irina sie festhielt. Verzweifelt suchte sie den Augenkontakt mit der Krankenschwester und sah sie flehend an.

Die beiden jungen Frauen tauschten einen langen Blick und schienen aus dem gemeinsamen Entsetzen und ihrer Angst Kraft zu schöpfen. Eine Kraft, die aus der Erkenntnis kam, nicht mehr allein zu sein. In dem Moment gab Suzanna allen Widerstand auf.

Als Irina das spürte, schämte sie sich, die Schwangere festgehalten zu haben. Tränen traten ihr in die Augen, Tränen der Wut und der Angst zugleich.

Und Tränen über ihr Elend … Was tat sie da?

Sie hatte ihr Zuhause verlassen, ihre Familie, ihre Heimat. Ihren Verlobten. In der Hoffnung auf ein besseres Leben, eine bessere Zukunft. Man hatte ihr erzählt, dass die Menschen in diesem Land glücklich seien. Glücklich? Wie diese junge Frau, die versucht hatte, sich umzubringen, obwohl sie ein Kind erwartete?

Oder wie diese reiche Frau, die in einer Villa lebte und total verrückt war? Glücklich, in diesem Keller dahinvegetierend, ohne Sonne und Licht? Ohne Freiheit?

Selbst im größten Elend war sie frei gewesen, dahin zu gehen, wo sie wollte.

Also, warum tat sie das hier?

Irina ließ Suzanna los. Die junge Portugiesin warf ihr einen dankbaren Blick zu, änderte ihre Position aber nicht, um die Krankenschwester nicht zu verraten.

Noch einmal sahen sie sich lange an, unsicher, was

sie jetzt tun sollten ... Dann lief Irina unerwartet zur Wand und suchte fiebehaft nach dem Mechanismus, der die Tür öffnete. Blindlings tastete sie die Mauer ab.

Jeanne beobachtete sie eine Weile stumm. Dann nahm sie die Hand von Suzannas Mund, drehte sich um und ging auf die Krankenschwester zu.

Mit einem Mal fing Suzanna an zu schreien, und dann schrie auch Irina aus Leibeskräften ...

»Diese dämliche Kuh wird uns noch die Bullen auf den Hals hetzen! Ich weiß, wie schwer das für dich ist, meine arme kleine Jeanne, aber du hast keine andere Wahl. Selbst wenn du sie verschonen wolltest, sie würde jetzt nicht mehr bei dir bleiben wollen. Bring sie zum Schweigen, Jeanne. Bring sie zum Schweigen ...«

Irina hämmerte jetzt an die Wand und schrie, schrie, schrie ... Sie war derart in Panik geraten, dass sie Jeanne hinter sich nicht bemerkte.

Statt weiterhin um Hilfe zu schreien, rief Suzanna der Rumänin jetzt zu, sie solle aufpassen, Jeanne sei gefährlich, sie habe bereits einen Mord begangen ... Aber ihr Geschrei ging in Irinas Schreien unter ...

Keine Worte, nichts vermochte Irina noch zu erreichen – außer sich vor Angst und von dem einzigen Drang zu fliehen beseelt. Und Suzanna sah das Entsetzliche kommen, unfähig, helfen zu können.

Jeanne stürzte sich auf ihr Opfer und schleuderte es gegen die Mauer. Irina fiel wehrlos in sich zusammen. Dann packte Jeanne sie am Genick und schlug Irinas Kopf gegen die Wand, immer und immer wieder ...

»Ach, du willst hier raus? Dann mach doch die Tür

auf! Such den Knopf!«, stieß sie zwischen zwei Schlägen hervor.

Inzwischen hatte sich Suzanna, geschwächt vom monatelangen Liegen, aus ihrem Bett gequält und war taumelnd ein paar Schritte auf die beiden Frauen zugegangen, weil sie Irina helfen wollte.

Als sie hinter Jeanne stand, raffte sie ihre letzten Kräfte zusammen, packte sie mit ihrer gesunden linken Hand bei den Haaren und riss daran. Jeanne schrie auf, drehte sich um und ließ von Irina ab. Die Krankenschwester sackte auf dem Boden zusammen. Als Jeanne Suzanna ansah, wurden ihre Augen schmal. Mit hassverzerrtem Gesicht hob sie die Hand und wollte zuschlagen …

Doch mitten in der Bewegung hielt sie inne. Plötzlich herrschte eine tödliche Stille. Beide Frauen hielten den Atem an und lauschten. Instinktiv trat Suzanna den Rückzug an.

Gedämpfte Stimmen waren jetzt zu hören; sie klangen ganz nah, so als wären sie nur ein paar Meter entfernt.

Mit letzter Kraft drehte sich Suzanna um und ging wieder auf die Wand zu. Und sie schrie wieder. Schrie, so laut sie konnte – bis sie brutal nach hinten gerissen wurde. Sie taumelte und glaubte ihre letzte Stunde gekommen …

Doch als sie fiel, fiel sie weich, denn Jeanne federte ihren Sturz mit dem eigenen Körper ab. Aber gleichzeitig presste sie ihrer Gefangenen die Hand auf den

Mund und hielt sie mit dem anderen Arm um Suzannas Hals geschlungen fest.

Im Zimmer war es still.

Doch jetzt konnten die beiden Frauen deutlich Männerstimmen hören. Und diese Stimmen brachten Suzanna zur Verzweiflung. Wieder versuchte sie, einen Schrei auszustoßen, aber Jeanne verstärkte ihren Druck derart, dass Suzanna zu ersticken drohte.

Die Stimmen entfernten sich, wurden schwächer, bis sie schließlich nicht mehr zu hören waren.

Suzanna schloss die Augen.

Als es im Haus wieder still wurde, ließ Jeanne Suzanna los und stand auf. Dann ging sie zu Irinas bewegungslosem Körper und stieß ihn mit dem Fuß mehrmals an.

Die Krankenschwester rührte sich nicht mehr. Jeanne kicherte und zuckte mit den Schultern.

»Pah! Ein Esser weniger.«

siebter monat

»Es ist unerlässlich, dass Sie jetzt an einem Geburtsvorbereitungskurs teilnehmen, auch wenn Sie unter Epiduralamnästesie gebären wollen.
Diese Kurse werden von Hebammen geleitet und von der Krankenkasse bezahlt.
Sie beginnen etwa im siebten Schwangerschaftsmonat, und die werdenden Väter sind ebenfalls herzlich eingeladen, daran teilzunehmen.«

dreißig

Inspektor Delpierre stand, die Hände in den Taschen, in der Halle der Villa Tavier und ging in Gedanken noch einmal alle Fakten dieses Falls sowie mögliche Hypothesen durch.

Wo konnte sich diese Verrückte nach dem Mordversuch verstecken?

Denn inzwischen war Delpierre überzeugt, dass Jeanne Tavier nicht nur den Notar hatte umbringen wollen, sondern dass noch ein oder zwei weitere Morde auf ihr Konto gingen. Hier im Haus oder auf dem Grundstück hoffte er, die sterblichen Überreste Edwige Beaulieus oder wenigstens Indizien zu finden, die Jeanne als Täterin überführten. Und auch das Verschwinden einer gewissen Suzanna Da Costa, der Alleinerbin Richard Taviers, machte nach der Aussage Édouard Lombaris' jetzt Sinn.

Delpierre hatte wenig Hoffnung, dass die junge Portugiesin noch lebte. Also blieb nur noch die Suche nach der Täterin, dann war der Fall geklärt. Aber Jeanne Tavier schien sich in Luft aufgelöst zu haben. Eine Woche war seit dem Mordversuch an dem Notar vergangen und seitdem hatte sie niemand mehr gesehen noch mit ihr gesprochen.

Die Durchsuchung der Villa hatte bisher nichts ergeben, also musste der große, parkähnliche Garten durchkämmt werden, bei dessen Ausmaßen und der üppigen Vegetation eine schwierige Aufgabe.

Während Delpierre die Hausdurchsuchung zum Abschluss brachte, kümmerte sich Inspektor Dubroux mit seinen Leuten um den Park. Sollten die Männer auch dort nichts finden, mussten sie den Teich entweder abpumpen oder einen Taucher anfordern, eine Perspektive, die den beiden Inspektoren überhaupt nicht gefiel.

In Gedanken verloren, rekapitulierte Delpierre noch einmal alle bisher gesammelten Informationen.

»Bitte, nehmen Sie Platz«, sagte Delpierre.

Ein kleines, selbstzufriedenes Lächeln umspielte seinen Mund, als er die deutlich zum Ausdruck gebrachte Empörung im Benehmen seiner Gesprächspartnerin registrierte.

»Es dauert nicht lange«, sagte er mit gespieltem Entgegenkommen.

»Das hoffe ich.«

»Bitte, sagen Sie mir Ihren Namen, das Alter und den Beruf.«

»Marie-Bérengère Beaucarmé.«

Delpierre wartete, aber die Dame schwieg.

»Alter?«

»Ich wüsste nicht, warum mein Alter Sie etwas anginge, Inspektor«, entgegnete sie wütend.

»Beantworten Sie meine Frage«, sagte Delpierre kurz angebunden.

»Fünfundvierzig«, log Marie-Bérengère.

»Beruf?«

»Ohne Beruf.«

Eine Weile herrschte bedrückendes Schweigen im Büro, währenddessen der Inspektor vorgab, in den vor ihm liegenden Protokollen zu lesen. Als er das Gefühl hatte, die Dame lange genug gereizt zu haben, hob er abrupt den Kopf.

»Wann haben Sie Edwige Beaulieu zum letzten Mal gesehen?«

»Ich habe mit Edwiges Verschwinden nichts zu tun, und ich weiß nicht, was ich hier soll.«

»Wann haben Sie Edwige Beaulieu zum letzten Mal gesehen?«, wiederholte Delpierre ungerührt.

»Wenn Sie versuchen, mich aufs Kreuz zu legen, haben Sie sich geschnitten, Monsieur.«

»Madame Beaucarmé«, entgegnete der Inspektor kalt. »Ich versuche nicht, Sie aufs Kreuz zu legen. Zwei Frauen sind verschwunden und mit großer Wahrscheinlichkeit nicht mehr am Leben. Und eine Dritte wird polizeilich gesucht. Sie hatten Kontakt zu zwei der Gesuchten. Je schneller Sie also meine Fragen beantworten, Madame, umso eher können Sie gehen.«

»Ja, ich kannte Edwige«, Marie-Bérengère warf Delpierre einen vernichtenden Blick zu, »aber wer kannte Edwige nicht. Ich weiß nicht, warum ich …«

»Weil ich erfahren habe, dass Sie eine der Personen sind, die sie noch kurz vor ihrem Verschwinden gesehen haben.«

Marie-Bérengère stieß einen gelangweilten Seufzer aus und sagte: »Das war während unserer wöchentlichen Teerunde, wo wir über dieses und jenes reden. Damals hatte Edwige uns eingeladen. Das ist alles.«

»Und wann war das?«

»Wenn ich mich recht erinnere, am Tag vor ihrem Verschwinden.«

»Und worüber haben Sie gesprochen?«

Marie-Bérengère zögerte. »Das ist schon ein paar Wochen her …«

»Sie werden sich doch wohl daran erinnern können?«, sagte Delpierre in ermutigendem Ton.

»Na ja … Ich glaube, wir haben über Jeanne gesprochen.«

»Und was wurde über Madame Tavier geredet?«

»Nun … Einige der Damen hatten Zweifel bezüglich der Vaterschaft ihres Kindes. Das heißt, ob es wirklich das Kind ihres verstorbenen Mannes sei.«

Wieder auf vertrautem Terrain, schwatzte Marie-Bérengère nun munter weiter. »Finden Sie es nicht auch seltsam, dass die beiden in ihrer zwanzig Jahre dauernden Ehe keine Kinder bekamen und die Witwe nach dem Tod ihres Mannes schwanger wird? Für mich ist die Sache klar: Jeanne hatte einen Geliebten, der sie schwängerte. Und da sie mit Edwige eine widernatürliche Beziehung unterhielt, warf Edwige Jeanne vor, sie betrogen zu haben, und deswegen haben die beiden sich gestritten. Also hat sich Edwige an Jeanne rächen wollen und ist verreist. Nur weiß niemand, wohin sie gefahren ist, noch wie lange sie auf Reisen ist. Zweifellos lässt sie es sich …«

»Moment mal!«, unterbrach Delpierre Marie-Bérengèr deren Ausführungen ihm immer wunderlicher erschienen. »Wollen Sie damit sagen, dass Madame Tavier ein Verhältnis mit Madame Beaulieu hatte?«

»Verhältnis ist noch viel zu schwach ausgedrückt, Inspektor.«

»Aber beide Frauen sind doch verheiratet, nicht wahr?«

»Edwige hat ihren Ehemann nie geliebt. Und was Jeanne betrifft … Nun, es stimmt, die beiden standen sich eine Zeit lang sehr nahe. Aber wie erklären Sie sich, dass ihr Mann sie enterbt hat? Und als wir während unserer Teestunde das Thema ihrer Schwangerschaft diskutierten, hat Edwige Jeanne vehement verteidigt. Mit Leidenschaft sogar. Da bin ich hellhörig geworden. Für mich ist die Sache ganz klar: Richard hat sich nicht mehr für Jeanne interessiert und sich in ein junges Ding verliebt.

Und Jeanne fand Trost in Edwiges Armen. Und als ich die Hypothese aufstellte, dass Jeanne einen Geliebten hatte, der sie schwängerte, fühlte sich Edwige betrogen. Dass Jeanne sie mit Richard betrog, das musste sie akzeptieren, aber nicht mit einem anderen Mann! Also ist sie zu ihr gegangen und hat sie mit ihrem Verrat konfrontiert. Dann ist sie verreist, einmal, um ihre Wunden zu lecken, und zum anderen, um Jeanne Angst einzujagen. Der Himmel weiß, wo sie sich jetzt aufhält oder was aus ihr geworden ist!«

Marie Bérengère schwieg, zufrieden über ihre Enthüllungen.

Delpierre musterte sie eine Weile nachdenklich, aber auch zweifelnd. Dann schüttelte er den Kopf und stand auf. »Das ist alles, Madame Beaucarmé. Vielen Dank für Ihre Hilfe.«

Überrascht stand Marie-Bérengère ebenfalls auf. »Aber das ist doch selbstverständlich, Inspektor«, sagte sie und lächelte strahlend. »Sollten Sie mich brauchen …«

Delpierre tauchte aus seinen Gedanken wieder auf und hörte aus dem Garten die Stimmen der Polizisten und das Bellen der Hunde, die er zum Aufspüren eventueller Leichen angefordert hatte. Offensichtlich hatten die Männer bisher nichts gefunden.

Auch die gründliche Durchsuchung des Hauses hatte keine Hinweise ergeben. Delpierre hatte sich nur über die Lieblosigkeit und Unpersönlichkeit, mit der diese Ville eingerichtet war, gewundert. Fast alle Schubladen waren leer gewesen und die Möbel schienen direkt aus einem – wenn auch exquisiten – Kaufhaus zu stammen. Es gab hier nichts Persönliches, keine Fotos, keine Briefe, keine Spuren, die auf das Leben der Taviers hingewiesen hätten.

Nur Jeannes Schlafzimmer ließ vermuten, dass die Bewohnerin in großer Eile aufgebrochen war, weil sie es in völliger Unordnung hinterlassen hatte. Auch fehlten die Papiere und Kreditkarten. Daraus hatte Delpierre geschlossen, dass Jeanne geflüchtet war, und sie sofort zur Fahndung ausschreiben lassen. Alle Bahnhöfe, Flughäfen und Häfen waren benachrichtigt worden. Sollte Jeanne eine ihrer Kreditkarten benutzen, käme man ihr sofort auf die Spur. Doch seit einer Woche kam er mit seinen Ermittlungen nicht voran.

Delpierre ging ins Esszimmer. Nichts war auf dem gedeckten Tisch seit jenem verhängnisvollen Abend verändert worden.

»Wir betupften das Tischtuch mit unseren Servietten, weil ich mein Champagnerglas umgeworfen hatte. Da hat sie sich wie eine Furie auf mich gestürzt und mir das Messer in die Schulter gerammt …«, hörte der Inspektor den Notar sagen.

Bei seiner Aussage saß Lombaris auf seinem Bett im Krankenzimmer, während ein Arzt seine Wunde versorgte. Der Mann war völlig aufgelöst, sein Gesicht schweißbedeckt, und er zitterte am ganzen Körper, als er zum x-ten Mal erzählte, wie Jeanne ihn angegriffen hatte.

»Was hat Madame Tavier denn zu einer solchen Irrsinnstat provoziert?«, hatte Delpierre gefragt.

»Nichts! Gar nichts!«

»Warum wollte Madame Tavier Sie umbringen?«

»Wegen des Erbes, dessen bin ich mir völlig sicher. Allein ich wusste, dass ihr Mann sie enterbt hatte. Und als ihr Mann sein Testament aufsetzte, war er im Vollbesitz seiner geistigen Kräfte. Sie hat mich eingeladen, weil sie mich eliminieren wollte!«, fuhr Lombaris entsetzt fort, da ihm das Ungheuerliche der Tat erst jetzt bewusst wurde. »Und als sie erfuhr, dass ich mit einer ihrer Freundinnen darüber gesprochen hatte, ist sie völlig ausgerastet.«

»Mit wem haben Sie darüber gesprochen? Wie heißt diese Freundin?«

»Das spielt doch keine Rolle!«, empörte sich Lombaris, am Rand der Hysterie. »Ich wiederhole: Madame hat versucht, mich zu töten, und wahrscheinlich ist sie noch zu Hause. Worauf warten Sie noch? Nehmen Sie sie fest!«

»Beantworten Sie meine Frage bitte.«

»Die Freundin heißt Marie-Bérengère Beaucarmé. Ich war in dem Glauben, dass Madame Tavier sich ihr anvertraut hatte und dass ich aus diesem Grund kein Geheimnis verrate. Doch die Reaktion Madame Beaucarmés hat mir das Gegenteil bewiesen. Deshalb bat ich sie, mit niemandem darüber zu sprechen.«

»Aber warum hat Madame Tavier Sie umbringen wollen, wenn Sie doch wusste, dass Sie nicht der Einzige waren, der von ihrem finanziellen Ruin Kenntnis hatte?«

»Sie ist verrückt! Das habe ich Ihnen bereits gesagt«,

antwortete der Notar, fast schluchzend. »Bereits als sie zur Testamentseröffnung in meine Kanzlei kam, fiel mir auf, dass … dass sie sich sehr seltsam benahm.«

»Inwiefern? Was meinen Sie mit ›seltsam‹?«

»Na, seltsam eben! Sie war der Meinung, ihr Mann habe ihr einen Streich gespielt … Als ob man die Tatsache, von einem Tag auf den anderen mittellos dazustehen, als Streich bezeichnen könnte … Was soll ich Ihnen dazu sagen?«, regte sich Lombaris auf. »Diese Frau ist verrückt, total verrückt! Sie wollte mich umbringen! Ich verstehe einfach nicht, warum Sie weiter in mich dringen.« Dann fing der Notar nervös zu weinen an.

Delpierre warf ihm einen verächtlichen Blick zu. Solche Typen konnte er nicht leiden. Weicheier! Er wandte sich an Dubroux, der neben ihm stand: »Komm, wir fahren zu Madame Tavier, um die Geschichte zu überprüfen.«

Doch als die beiden die Villa betraten, hatte sich Jeanne bereits in Luft aufgelöst. Und seitdem war sie verschwunden.

Die Ermittlungen hatten ergeben, dass die Miete für Suzannas Apartment seit über drei Monaten nicht mehr bezahlt und es daher an andere Leute vermietet worden war.

Auch die Durchsuchung ihrer spärlichen Besitztümer in einem Möbellager brachte keine neuen Erkenntnisse. Deshalb schaltete Delpierre Interpol ein, um die Eltern der jungen Portugiesin ausfindig zu machen. Von ihnen könnten sie wenigstens ein Foto der Vermissten bekommen.

Kurz bevor er sich an diesem Tag zu der Villa aufgemacht hatte, war ein Fax eingetroffen, dass er das Gewünschte bald bekommen würde.

»Es wurde auch höchste Zeit«, hatte er vor sich hin gemurmelt. »Wie soll ich eine Person finden, deren Aussehen ich nicht einmal kenne?«

Der Inspektor ging in den ersten Stock. In allen Zimmern herrschte ein heilloses Durcheinander, das Resultat seiner oft zu eifrigen Mitarbeiter. Die Männer waren gründlich gewesen. Nachdem er jeweils einen flüchtigen Blick in jeden Raum geworfen hatte, begab er sich in Jeannes Schlafzimmer.

Hier war die Unordnung noch größer als in den anderen Räumen. Das Bett war nicht gemacht, die Schubladen waren herausgezogen und lagen umgedreht am Boden, dazwischen verstreut ihr Inhalt. Nachdem er sich eine Weile umgeschaut hatte, ging er zum Bett und setzte sich.

»Das bringt doch nichts«, murmelte er vor sich hin. »Hier verschwende ich nur meine Zeit …«

Auf dem Nachttisch lagen verschiedene Toilettenartikel, und dazwischen ragte ein kleines rechteckiges Stück Karton hervor. Zerstreut griff er danach und drehte es in den Händen – es war die Pik-Dame aus einem Kartenspiel. Merkwürdig, dachte er und klopfte gedankenverloren mit dem Finger darauf. Dann schnippte er sie gleichgültig auf den Nachttisch und stand schwerfällig auf.

Wieder unten in der Halle stieß er einen halb ärgerlichen, halb enttäuschten Seufzer aus. Hier gab es nichts mehr zu tun. Dann marschierte er zu der großen Flügeltür, die auf die Terrasse über dem hinter der Villa gelegenen Park führte.

Der Fall ging ihm langsam auf die Nerven, denn er wusste, dass Jeanne Edwige Beaulieu und wahrscheinlich auch Suzanna Da Costa ermordet hatte. Aber er hatte keine Beweise, sondern verließ sich nur auf seinen Instinkt.

Vor der Tür blieb er kurz stehen und schlug seinen Mantelkragen hoch, denn er fror. Es herrschte eine eisige Kälte in diesem Haus. Die Temperatur war viel niedriger als draußen, denn der Oktober war sehr mild in diesem Jahr.

Delpierre öffnete die Flügeltür und fühlte sich sofort wohler. Er ging einmal auf der Terrasse auf und ab, ehe er den Garten betrat, um seinen Kollegen Dubroux zu suchen, weil ihm plötzlich eine vage Idee kam. Ein Zweifel … Diese Gefühl von Kälte … Er blieb stehen, schloss die Augen, um sich besser konzentrieren zu können … Kälte … Hitze …

»Verdammt!«, fluchte er laut und eilte hastig ins Haus zurück. Die Heizung!

Er lief durch die Halle zur Kellertür, öffnete sie und stieg die Treppe hinab in den Heizungskeller. Er legte die Hand auf den Heizofen. Er war kalt. Aber als er ihn öffnete, stellte er höchst zufrieden fest, dass sich Asche darin befand.

»Natürlich!«, murmelte er leise. »Warum bin ich nicht schon früher darauf gekommen?«

Mit einem triumphierenden Lächeln eilte er wieder auf die Terrasse, um Dubroux an seinem Geistesblitz teilhaben zu lassen.

Da sah er schon seinen Kollegen winkend auf sich zulaufen. Doch Delpierre setzte sich ebenfalls in Bewegung, und als sie einander nahe genug gekommen waren, rief Delpierre: »Ihr könnt mit der Suche aufhören! Ich weiß, wo Edwige Beaulieu ist. Und sehr wahrscheinlich auch Suzanna Da Costa.«

»Suzanna Da Costa?«, fragte Dubroux erstaunt. »Das ist unmöglich! Wir haben gerade ihre Leiche im Unterholz gefunden.«

einunddreißig

Delpierre war verunsichert.

Hatte er sich geirrt? War die Asche in dem Heizofen nicht das, was von Edwige Beaulieu und Suzanna Da Costa übrig geblieben war? Und wenn seine Leute Suzannas Leiche gefunden hatten, wo war dann Edwiges Leiche geblieben?

Dubroux führte seinen Kollegen zur Fundstelle. Die Leiche war schon stark verwest, aber man konnte noch deutlich erkennen, dass die Tote halblanges, blondes Haar gehabt hatte.

»Habt ihr die Gerichtsmedizin verständigt?«, fragte Delpierre.

»Der Doktor kommt in einer Viertelstunde.«

»Gut.«

Dann betrachtete Delpierre die Tote und den Boden näher.

»Was meinst du, Dubroux, wie lange ist diese junge Frau schon tot?«

»Wenigstens eine Woche oder noch länger.«

»Hmm… das sieht man ja. Aber wie viele Tage genau?«

»Wie soll ich das wissen?«, antwortete Dubroux seufzend. »Der Gerichtsarzt wird dir mehr sagen können.«

Delpierre antwortete nicht. Er setzte seine Untersuchung in der näheren Umgebung des Leichnams fort, während zwei Polizisten den Fundort mit einem Band absperrten.

Dann stellte er sich vor die Tote und fragte: »Findest du, dass diese Frau wie eine Portugiesin aussieht?«

»Wer soll sie denn sonst sein?«, fragte Dubroux erstaunt.

»Benachrichtige Suzannas Eltern. Ich möchte, dass sie die Tote so schnell wie möglich identifizieren.«

Doch am Abend hatten Delpierres Ermittlungen noch nicht die erhofften Fortschritte gemacht. Inzwischen hatte er ein Foto von Suzanna erhalten und wusste, dass die im Park aufgefundene Leiche nicht Suzanna war. Möglicherweise war die in der Heizung verbliebene Asche also durchaus die von Edwige Beaulieu und der jungen Portugiesin.

Also: Wer war die unbekannte, nackte Tote? Und wie viele Leichen würden sie noch finden?

Als der Inspektor an diesem Abend nach Hause ging, war er missmutig. Noch immer hatte er keine Beweise, nichts als Vermutungen und Indizien. Müde ließ er sich in seinen alten Ledersessel fallen und grübelte. Er nahm das Foto von Suzanna und starrte es an: Was für eine schöne junge Frau! Sicher war sie Richard Taviers Geliebte gewesen. Jeanne Tavier hatte gegen so viel Schönheit keine Chance mehr gehabt. Hatte sie vielleicht deshalb auch ihren Mann getötet?

Diese Theorie kam Delpierre immer plausibler vor. Er zählte die von Jeanne begangenen Morde zusammen, oder vielmehr die Morde, deren er sie verdächtigte: Richard, Edwige, Suzanna, die Unbekannte im Park … Und ein Mordversuch …

Wieder betrachtete er Suzannas Foto. Armes Mädchen, dachte er traurig.

Es gab doch so viele Männer auf der Welt, warum hatte sie sich ausgerechnet in Richard Tavier verlieben müssen? Weil er reich war? Die ganze Geschichte war geradezu klassisch in ihrer Banalität.

»Aber meine Frau wäre auf dich nicht eifersüchtig gewesen, Suzanna«, murmelte er, nicht ohne Selbstironie, vor sich hin. »Im Gegenteil, sie hätte gesagt: ›Behalt ihn nur, ich schenk ihn dir!‹ Aber in mich hättest du dich auch nicht verliebt«, schloss er, leise lachend.

zweiunddreißig

Suzanna lag mit halb geschlossenen Augen auf ihrem Bett und döste vor sich hin. Sie ruhte und versuchte, möglichst viel Kraft zu sammeln. Was konnte sie anderes tun? Denn auf fremde Hilfe konnte sie nicht mehr zählen, das war ihr bewusst geworden. Wollte sie überleben, war sie auf sich allein gestellt.

Und sie wusste, dass sie Jeanne töten musste.

Dieser Wunsch, leben zu wollen, wurde immer stärker in ihr; vor allem dann, wenn sich das Kind in ihrem Leib regte, denn dieses Kind war der Trumpf des Lebens über den Tod. Und deshalb musste sie zu Kräften kommen, sich schonen. Damit sie für diesen letzten Kampf gerüstet war.

Seit drei Wochen tat Suzanna nichts anderes, als zu essen, zu trinken und zu schlafen – und das Misstrauen ihrer den Tod bringenden Gefängniswärterin einzuschläfern. Also hatte sie beschlossen, keinen Fluchtversuch mehr zu unternehmen. Sie blieb friedlich – was Jeanne gefiel. Die aber dachte nur an das Wohlergehen des Kindes und nicht an das der werdenden Mutter.

Da Suzanna jetzt so umgänglich geworden war, fing Jeanne an, sie wieder zu füttern. Eine Zeit lang hatte sie sich ihrer Gefangenen nur genähert, wenn es unbedingt nötig war.

Die hygienischen Bedingungen in dem Kellerraum waren rudimentär, gerade noch erträglich. Es gab einen Wasserhahn und in der Mitte des Kellers eine Art Gully, den man abdecken konnte und den die beiden Frauen notgedrungen als Toilette benutzten. Waschen konnten sie sich nur mit kaltem Wasser, doch Suzanna achtete darauf, ein Minimum an körperlicher Hygiene zu bewahren, auch wenn sie noch immer mit der Kette um ihren Brustkorb an die Wand gekettet war, was sie sehr in ihrer Bewegungsfreiheit behinderte. Auch deshalb versuchte sie, die meiste Zeit ruhig liegen zu bleiben und sich so wenig wie möglich zu rühren. Täglich machte sie jedoch Übungen, um ihre Beinmuskulatur zu kräftigen, ebenso wie die ihres gesunden Arms. Denn sie wollte so fit wie möglich sein, wenn die Zeit gekommen war …

Und so wurde Suzanna mit jedem Tag kräftiger und ausdauernder, denn sie schöpfte aus einer inneren Kraft, die sie für immer verloren geglaubt hatte: dem Glauben an das Leben, den ihr das in ihr lebende Kind zurückgegeben hatte.

Die Zeit verging unendlich langsam.

Wenn Suzanna wach war, beobachtete sie heimlich Jeanne, jede ihrer Gesten und Gewohnheiten. Oft pflegte ihre Wärterin lange still zu sitzen, die Augen weit geöffnet, auf einen imaginären Punkt starrend, bewegte sie dann ihre Lippen, als spräche sie mit jemandem. Vielleicht einem Geist? Oder jemandem, der nur in ihrem Kopf existierte?

Was für eine seltsame Frau!, dachte Suzanna mitleidlos. Aber sie sah, dass Jeanne litt, dass sie ein zutiefst gequälter und zerstörter Mensch sein musste.

Als junge Frau muss sie schön gewesen sein, überlegte Suzanna. Warum nur ist aus ihr ein solch ausgemergeltes und verwirrtes Wesen geworden, eine Verrückte? Jeanne sah zum Erbarmen aus, wie ein Mensch, der den Verstand verloren hat. Sie schminkte sich nicht mehr und ihre Haut war fahl und faltig, ihr Haar fettig und strähnig; und sie war fast zum Skelett abgemagert. Ihre früher so elegante Garderobe war fleckig und zerschlissen.

Und dann war da noch dieser Bauch, diese groteske Prothese, die sie nie mehr abnahm und die sie streichelte und mit der sie lange sprach. Jeanne hatte außerdem die Gewohnheit angenommen, sich wie eine Schwangere zu bewegen. Aber stattdessen wirkte sie wie eine Marionette, die schlecht geführt wird und deren Bewegungen nicht koordiniert sind.

Sie schnallte ihren falschen Bauch nur ab, um ihn zu reinigen. Währenddessen sprach sie unaufhörlich mit ihm, redete sanft und beruhigend auf ihn ein. Und wenn sie ihn sich dann wieder umband, breitete sich auf ihrem Gesicht ein glückliches Lächeln aus.

Manchmal geriet Suzanna in Panik. Wie sollte sie sich ihrer Gefängniswärterin entledigen? Wann war der Moment gekommen? Und die wichtigste Frage: Trug Jeanne den Schlüssel für das Vorhängeschloss, das sie an die Wand kettete, noch bei sich? Was nützte es ihr, Jeanne zu töten, wenn sie sich hinterher nicht von dieser Fessel befreien konnte?

Immer und immer wieder stellte sie sich diese Fragen, ohne jedoch eine Antwort zu finden. Das Problem war unlösbar.

Angenommen, sie tötete Jeanne vor der Geburt ihres Kindes, dann musste sie allein gebären, mit allen Risiken, die eine Geburt barg.

Andererseits: Wenn sie erst einmal niedergekommen war, würde Jeanne nichts mehr zurückhalten, ihrerseits Suzanna umzubringen. Die Gedanken überschlugen sich in ihrem Kopf; sie wurde von derart großen Ängsten ergriffen, dass sie am ganzen Leib zu zittern anfing.

Nur eins stand fest: Sie musste Jeanne töten. Aber sie wusste nicht, wie. Und wann? Kurz vor der Geburt. Aber sie wusste nicht, wann sie gebären würde. Sie wusste nicht einmal mehr, im wievielten Monat sie schwanger war. Längst hatte sie jedes Zeitgefühl verlassen.

Doch alle diese unbeantwortbaren Fragen führen zu nichts, sagte sie sich schließlich. Ich muss die Ruhe bewahren, gelassen bleiben. Wenn ich mich aufrege, schade ich auch meinem Kind. Und an meinem Zustand ändere ich ohnehin nichts.

Sie konzentrierte sich also auf das Wesentliche: Ich werde ein Kind bekommen. Und wegen dieses Kindes muss ich leben!

Jeanne hingegen litt nicht unter dem Eingesperrtsein. Für sie war dieser Keller ein vollkommener Zufluchtsort. Hier fühlte sie sich wohl, denn hier hatte sie Ruhe gefunden, eine Ruhe, die sie während der vergangenen Wochen nicht gekannt hatte.

Niemand konnte ihr hier Fragen stellen, völlig idiotische Fragen, auf die sie keine Antworten wusste. Oder sie mit Problemen konfrontieren, die sie nicht zu lösen vermochte.

Hier war es ruhig und friedlich.

Wenn sie morgens erwachte, wusste sie genau, wie sich ihr Tagesablauf gestalten würde. Sie traf alle Entscheidungen und musste nicht fürchten, dass sich jemand ihren Plänen widersetzte. Alles war einfach, und sie konnte endlich sie selbst sein und zufrieden und glücklich auf die Geburt ihres Kindes warten.

Aber ihre Nahrungsvorräte gingen langsam zu Ende. Ein großes Problem, wie Jeanne ärgerlich feststellte. Denn es bedeutete, dass sie ihren Bau verlassen und sich den Gefahren draußen in der Welt aussetzen musste. Dabei hatte sie sich geschworen, nicht mehr ihren Keller zu verlassen, seit sie Irinas Leiche mitten in der Nacht durch den Park geschleift und im Unterholz versteckt hatte.

Doch die Lebensmittel schwanden zusehends dahin.

Schon seit Tagen schob sie diese dringende Aufgabe vor sich her. Aber jetzt musste sie handeln.

Also knebelte sie Suzanna eines Morgens mit einem Stofffetzen, damit sie während ihrer Abwesenheit nicht um Hilfe rufen konnte, fesselte ihr gesundes Handgelenk ans Bettgestell, damit sie den Knebel nicht lösen konnte, und zählte das Geld in ihrer Börse. Erleichtert stellte sie fest, dass sie genug hatte, um alles Nötige zu kaufen.

Sie betätigte den Mechanismus der Geheimtür, trat in den Gang hinaus und verschloss die Tür wieder. Vorsichtig ging sie die Kellertreppe hoch und lauschte. Niemand war im Haus. Offensichtlich suchte der Inspektor hier nicht mehr nach ihr.

Nachträglich beglückwünschte sich Jeanne, ihren Koffer an jenem Abend gepackt zu haben, so als würde sie verreisen. Wer hätte schon vermutet, dass sie ruhig in ihrem Haus abwartete, bis Gras über die Geschichte gewachsen war? Sicher ließ der superschlaue Inspektor jetzt überall in Frankreich nach ihr suchen. Jeanne lachte höhnisch.

Rasch durchquerte sie die Halle und schloss die Haustür auf. Als sie sie öffnen wollte, spürte sie einen Widerstand. Ein Siegel klebte am Rahmen der Tür, das sie fast zerrissen hätte. Sie fluchte leise und schloss die Tür schnell wieder. Dann lief sie zu einem der großen Sprossenfenster, die auf die Straße hinausgingen. Nachdem sie die Alarmanlage ausgeschaltet hatte, öffnete sie das Fenster und schaute nach draußen. Niemand war auf der Straße zu sehen. Sie kletterte auf den Sims, sprang zu Boden und zog das Fenster wieder hinter sich zu.

Doch wo sollte sie hingehen? In welchem Geschäft sollte sie einkaufen? In einem Supermarkt, wo das Risiko erkannt zu werden, gering war? Oder in einem der kleinen Geschäfte in der Nähe, wo sich der Ladenbesitzer an sie erinnern konnte? Es gab in ihrem Viertel nur wenige Läden, und sie wusste nicht einmal, ob ein Supermarkt in der Nähe existierte, denn um die Dinge des täglichen Lebens hatte sie sich nie gekümmert. Nachdem sie auf gut Glück durch ein paar Straßen geirrt war, sah sie einen Mann, der seinen Hund spazieren führte.

Sie zögerte kurz und sprach ihn dann an. »Pardon, Monsieur, könnten Sie mir bitte sagen, wo ich in der Nähe ein Lebensmittelgeschäft finden kann?«

Der Mann musterte sie verächtlich von Kopf bis Fuß, ging dann weiter und murmelte: »Wenn das nicht eine Schande ist ...«

Jeanne wunderte sich, wagte es aber nicht, ihre Bitte zu wiederholen, weil sie keine Aufmerksamkeit erregen wollte. Also setzte sie ihren Weg auf der fast leeren Straße in dem vornehmen Viertel fort. Nach etwa einer halben Stunde Umherirrens gelangte sie auf eine belebtere Straße.

Dort begegnete sie einer jungen Mutter, die ihre kleine Tochter in einem Kinderwagen vor sich herschob. Als die Frau Jeanne erblickte, beschleunigte sie den Schritt und Jeanne hörte das Kind seine Mutter fragen: »Ist diese Frau krank, Mama?«

»Ja, mein Liebling«, antwortete die Mutter. »Und wenn du dein Gemüse nicht isst, wirst du auch einmal so aussehen, wenn du groß bist.«

Jeanne sah die beiden um eine Ecke verschwinden. Wie benommen war sie auf dem Bürgersteig stehen geblieben.

Den verstohlenen Blick, mit dem die junge Frau sie gemustert hatte, kannte sie nur zu gut: ein Blick, der eine Mischung aus Ekel, Verachtung und etwas Mitleid ausdrückte. Sie war auf eine Art an ihr vorbeigegangen war, so als ob sie – Jeanne – nicht existiere, als ob sie die Augen der anderen Menschen durch ihr Elend beleidigte. Ihr Elend? Sie lebte doch nicht im Elend! Im Gegenteil. Sie war reich, sehr reich. Warum also benahmen sich diese Passanten, als würden sie einer Bettlerin begegnen?

»Wenn das nicht eine Schande ist ...« Der Satz des Mannes mit dem Hund klang ihr noch in den Ohren. Von welcher Schande redete er?

Jeanne ging weiter. Sie suchte nach einem Schaufenster, in dem sie ihr Spiegelbild sehen konnte. Nach ein paar Schritten blieb sie vor einer Galerie stehen, in der die Bilder junger Künstler ausgestellt waren. Sie stellte sich vor das Schaufenster an eine Stelle, hinter der ein Gemälde in dunklen Farbtönen präsentiert wurde.

Als sie sich sah, war sie zutiefst bestürzt. Ihr ehemals

elegantes Kostüm glich einem Fetzen, es war voller Flecken, der Rocksaum lose, und an der Jacke fehlte ein Knopf. Ein Ärmel war zerrissen, und ihr falscher Bauch hing wie ein deformierter Beutel unter ihrem Rock.

Aber das Entsetzlichste war ihr Gesicht – ein bleiches, ausgezehrtes Gesicht mit übergroßen von bläulichen Schatten umgebenen Augen und wirren, strähnigen Haaren. Die Frau, die ihr entgegenblickte, kam ihr wie ein Gespenst aus ihrer eigenen Vergangenheit vor. Sie erkannte diese Spukgestalt sofort: Vor über zwanzig Jahren hatte sie dieses Phantom in ihrem tiefsten Inneren begraben; versucht, es zu vergessen. Indem sie ein Leben in Luxus geführt hatte – zu einem zu hohen Preis, dessen drohendem Ende sie mit Mord begegnet war. Glück in Form von Kreditkarten; tote Liebe und einsame Nächte.

Doch der Anblick jetzt hatte Jeanne mitten ins Herz getroffen. Das konnte nicht sein! Diese Frau war schon seit vielen Jahren tot!

Ihre Lippen fingen an zu zittern. Sie streckte die Hand wie flehend aus, und ihr Spiegelbild schien sie einzuladen, näher zu kommen.

»Mama … Mama … Mama …«

Ihr wurde schwindelig vor Scham, Angst und Reue. Ein trockenes Schluchzen kam aus ihrer Kehle. Sie schloss die Augen, um die in ihr aufsteigenden Bilder zu verdrängen: schmerzliche Erinnerungen an eine unerträgliche Kindheit und Jugend, die sie so schnell wie möglich hatte hinter sich lassen wollen.

Aber die Bilder verschwanden nicht, die Bildfolge verlangsamte sich, bis sich schließlich ein Bild in den Vordergrund drängte mit einem kleinen Mädchen mit blondem Haar, das auf einer Matratze auf dem Boden eines finsteren und schmutzigen Zimmers saß und weinte.

Es war Nacht, eine mondlose Nacht und dunkel. Das Kind zitterte vor Kälte und weinte; es war allein. Niemand konnte sein Weinen hören, niemand würde kommen und es trösten. Trotzdem rief es nach seiner Mutter. Wie die Nacht zuvor, und die Nacht davor, wie jede Nacht.

Das kleine Mädchen hatte schlecht geträumt, es war aufgewacht, weil ein Albtraum es quälte. Aber die Einsamkeit quälte es noch mehr. Also rief es, weil es Trost brauchte: »Mama … Mama … Mama …«

»Mama!«

Jeanne riss die Augen auf, erschrocken über den eigenen Schrei. Das Spiegelbild war verschwunden, vor sich sah sie auf einer Staffelei ein Gemälde in dunklen Farben. Sie trat näher und sah eine Marionette mit kunstvoll geschnitztem, zur Seite geneigtem Kopf und großen Augen, die völlig entspannt auf einem Stuhl saß. Der Blick der Puppe war ins Leere gerichtet; ihre Augen drückten nichts aus, betrachteten nichts – sie waren tot. Die Fäden ihrer beweglichen Glieder lagen in einem wirren Knäuel mit dem Führungskreuz am Boden.

Und aus ihrem Mund floss ein dünnes Rinnsal Blut.

Jeanne las wie in Trance die Signatur der Künstlerin am rechten unteren Bildrand: Élise Toussaint. Der Name sagte ihr nichts, aber sie las ihn immer wieder und murmelte ihn leise vor sich hin, wie um in die Wirklichkeit zurückzukehren, die ihr jetzt immer mehr entglitt. »Élise Toussaint, Élise Toussaint, Élise Toussaint«, murmelte sie vor sich hin, und es klang wie eine Beschwörungsformel gegen diesen aus der Hölle ihrer Jugend zurückgekehrten Geist, dessen Anblick sie nicht ertragen konnte.

»Élise Toussaint, Élise Toussaint«, flüsterte sie weiter den Namen dieser ihr unbekannten Malerin, die aber ein wirklich existierender Mensch war, ein Mensch aus Fleisch und Blut, der aß und sprach und schlief und malte …

Als sie die Spukgestalt aus ihrem Kopf verjagt hatte, wischte sie sich mit dem Ärmel ihrer Jacke den Schweiß von der Stirn. Dann wandte sie sich zögernd ab und ging langsam davon, bis sie, einem plötzlichen Impuls folgend, losrannte.

dreiunddreißig

Suzanna lag gefesselt und geknebelt, hungrig und durstig – seit wie vielen Stunden? – in ihrem Bett. Sie fürchtete das Schlimmste, denn wenn Jeanne nicht zurückkäme, müsste sie sterben. Horrorvisionen stürmten auf sie ein: Jeanne, von der Polizei festgenommen und nicht willens zu verraten, wo sich ihre Gefangene befand.

Das Kind strampelte wieder in ihrem Bauch und sie fürchtete, dass die ersten Wehen einsetzen könnten. Wie soll sie ohne Hilfe gebären? Und das Kind? Es würde nicht überleben.

»Warte noch etwas, Kleines! Bleib noch eine Weile da drin! In meinem Bauch fehlt es dir an nichts. Das Leben draußen ist viel gefährlicher. Ich flehe dich an, warte noch! Bleib da drin!«

Das ständig brennende Licht schmerzte in Suzannas Augen. Ihr Mund war so trocken, dass sie kaum noch schlucken konnte. Ihre Lippen waren rissig. Die um ihren Brustkorb geschlungene Kette bohrte sich in ihr Fleisch, die Handfessel scheuerte. Sie konnte kaum noch liegen; alles tat ihr weh. Ihre Beine und Füße waren vom Wasser geschwollen, und sie konnte sie kaum noch spüren.

Suzanna schloss die Augen und dämmerte vor sich hin.

Stunden vergingen. Als sie die Augen wieder öffnete, sah sie, dass sich ihr kugelrunder Bauch wie wild bewegte, und sie spürte ein schmerzhaftes Zusammenziehen im Innern.

»Nein! Nicht jetzt! Bleib drin! Ich kann dir jetzt nicht helfen!«

Dann wurde es wieder ruhig in ihrem Bauch.

Suzanna seufzte und schlief ein.

Es roch nach Tunfisch. Suzanna machte die Augen auf und sah Jeanne vor sich, das Gesicht in Tränen aufgelöst. Der Knebel war nicht mehr da. Jeanne hielt eine geöffnete Konservendose in der Hand und fütterte Suzanna mit der anderen. Suzanna lächelte schwach, aber dankbar. Gierig schluckte sie den Tunfisch hinunter.

Noch immer weinte Jeanne, sie konnte gar nicht aufhören. Und da streckte Suzanna ihre gesunde, jetzt befreite Hand nach Jeannes Gesicht aus und wischte ihr die Tränen ab. So viel Zärtlichkeit konnte Jeanne kaum ertragen, sie weinte noch heftiger, aber sie fütterte die Gefangene schluchzend weiter und gab ihr zu trinken.

Der falsche Bauch war verschwunden.

Als sich Suzanna besser fühlte, ließ sie ihren Blick durch den Raum wandern und sah in der Ecke, neben

Jeannes Feldbett, eine Menge Konservendosen liegen. Einen ganzen Haufen. Mehr als hundert Dosen. Fragend richtete sie den Blick auf Jeanne, und diese senkte voller Scham den Kopf.

»Mehr konnte ich nicht herschaffen.«

Doch dann richtete sie sich auf, und in ihren Augen glomm ein seltsames Feuer, und ihr Gesicht leuchtete, als sie sagte: »Jetzt lasse ich dich nie wieder allein. Das verspreche ich dir. Von nun an sind wir unzertrennlich. Und ich werde mich um dich kümmern. Du wirst schon sehen!«

Sie schenkte Suzanna ein trauriges Lächeln und fing wieder an zu weinen.

»Entschuldige, dass ich dich so lange allein gelassen habe. Aber … ich … ich habe mich verirrt. Ich wusste nicht mehr, wo ich war. Und ich hatte solche Angst, dass mich die Polizei aufgreift!

Und dann war da diese Frau, die mich gequält hat, diese Frau, die ich so hasse … Diese Schlampe! Sie ist von den Toten wieder auferstanden, weil sie mich quälen will. Sie verfolgt mich! Denn sie will mich mitnehmen«, sagte Jeanne mit brechender Stimme. »Aber sie kriegt mich nicht«, fuhr Jeanne ernst fort. »Sie kriegt mich nie. Ich bleibe bei dir. Immer. Jetzt kann uns nichts mehr trennen. Wir sind bis in den Tod miteinander vereint. Mein Kind wird deins sein, und ich erlaube dir, dich darum zu kümmern.«

Suzanna sah Jeanne an. Ohne Jeannes Worte zu verstehen, begriff sie intuitiv, dass etwas in Jeanne zerbrochen war. Dass etwas sie geschwächt hatte. Wieder streckte sie die Hand aus und streichelte Jeannes Wange.

Jeanne schloss die Augen. »Ach, Suzanna!«, flüsterte sie. »Du bist die Mutter, nach der ich mich gesehnt habe. Du bist das Kind, das ich ersehnt habe. Wenn du nicht da bist, fühle ich mich so einsam.«

Sie schwieg eine Weile und fuhr dann voller Hoffnung und mit strahlenden Augen fort: »Wenn mein Kind geboren ist, werden wir eine richtige Familie sein. Wir gehen weit, weit weg von hier und fangen noch einmal von vorne an. Mit Richards Geld wird es uns an nichts fehlen. Du wirst schon sehen, Suzanna, das Leben wird schön. Und wir werden glücklich, glücklich ...«

Jeanne schwieg und lächelte Suzanna an. Intuitiv erwiderte Suzanna ihr Lächeln. Dann griff sie nach der Kette und bedeutete Jeanne, dass sie gerne frei wäre.

»O nein! Noch nicht, mein Schatz«, antwortete Jeanne sanft. »Nicht gleich. Erst musst du mich kennen lernen. Erst musst du mich lieben, meine Schöne. Erst dann befreie ich dich. Aber zuerst brauche ich deine Liebe.«

achter monat

»Ruhen Sie sich jetzt so viel wie möglich aus.
Ihr Mutterschaftsurlaub ermöglicht es Ihnen.
Und vermeiden Sie alle anstrengenden Tätigkeiten,
die eine vorzeitige Geburt auslösen könnten.
Wenn die Natur die Dauer einer Schwangerschaft
auf neun Monate festgelegt hat, braucht Ihr Baby
neun Monate, um alle seine Organe komplett
auszubilden.
Je später es geboren wird, umso größere Chancen
hat es, gesund zur Welt zu kommen.«

vierunddreißig

Es geschah eines Morgens.

Nachts hatten bei Suzanna die Wehen eingesetzt, und sie wusste, dass die nächsten Stunden über ihr Leben entscheiden würden. Jeanne schlief noch auf dem Feldbett, auf dem Irina ihre letzten Nächte verbracht hatte. Sie schnarchte leise und bewegte sich unruhig im Schlaf, ein Zeichen, dass sie von Träumen heimgesucht wurde.

Suzanna beobachtete ihren Bauch, auf dem sich das Strampeln des Kindes deutlich abzeichnete. Wieder überkam sie eine Welle des Schmerzes, unkontrollierbar und fast unerträglich. Es war so weit.

Gern hätte sie diesen Zeitpunkt noch etwas hinausgezögert – diesen Moment, wo sie das Unausweichliche tun musste – aber sie hatte keine Wahl, denn es ging um das Leben ihres Kindes.

Seltsamerweise schien Jeanne nach ihrem Kauf der Lebensmittel Frieden mit der jungen Frau geschlossen zu haben, denn es herrschte Waffenstillstand – bis zum fatalen Ende ihres Zusammenlebens.

Zwar waren die letzten zwei Wochen ebenso monoton und unerträglich langsam wie zuvor verlaufen, aber Jeanne hatte ihre Gefangene bestens versorgt – mit dem, was sie im Supermarkt unter den scheelen Blicken der Kunden und Angestellten zusammengerafft hatte.

Und erst, als die Verkäuferin gesehen hatte, dass die Geldbörse dieser wie eine Stadtstreicherin aussehenden Kundin voller Banknoten steckte und sie die Waren in ihrem vollen Einkaufswagen bezahlen konnte, hatte sie – wenn auch zögernd – dieser bizarren Person erlaubt, ihre Einkäufe in dem Wagen fortzubringen.

Glücklicherweise hatte ein Taxifahrer das Geschehen beobachtet und sich in der Hoffnung auf ein dickes Trinkgeld erboten, Jeanne samt ihren Einkäufen nach Hause zu fahren. Da war es schon Abend und dunkel, sonst wäre es ihr nie möglich gewesen, die Dosen in ihr Versteck zu schleppen. Der Taxifahrer hatte das alles zwar merkwürdig gefunden, sich aber nicht weiter darum gekümmert, weil er königlich entlohnt worden war.

Und seit jenem Tag war Jeanne wie verwandelt; sanft, lächelnd, aufmerksam. Sie wechselte sogar die Wäsche und Bettwäsche. Sie wusch Suzanna, wärmte Speisen auf dem Campingkocher, streichelte ihre Wange, sprach mit ihr – und erwartete ebensolche Gesten der Zuneigung.

Die Veränderung in Jeannes Benehmen löste großes Unbehagen in Suzanna aus, aber sie brauchte diese Ruhe und Fürsorge, um im entscheidenden Moment gewappnet zu sein. Denn trotz aller Freundlichkeit blieb Suzanna auf der Hut. Am meisten jedoch beunruhigte sie die Tatsache, dass Jeanne ihren falschen Bauch abgelegt hatte. Denn sie wusste nicht, wie sie dieses Verhalten interpretieren sollte. War es ein Zeichen geistiger Gesundung, oder war sie in eine neue Phase ihrer Krankheit getreten?

Eines Tages konnte sie sich nicht mehr zurückhalten, deutete mit dem Zeigefinger auf Jeannes Bauch und fragte: »Dein Baby … wo?«

Die Frage schien Jeanne zu überraschen. Sie lächelte überheblich, so als hätte ein vorwitziges Kind ihr eine Frage gestellt, und setzte sich an Suzannas Bett.

»Aber es ist da, mein Liebling«, sagte sie und streichelte Suzannas dicken Bauch. »Ich habe es dir anvertraut. Hast du das vergessen? Das haben wir doch abgesprochen …«

Sie wartete auf eine Antwort. Suzanna hatte zwar nur die Hälfte verstanden, doch sie zwang sich zu einem Lächeln, um den Frieden nicht zu stören.

»Si, si … Baby«, entgegnete sie und streichelte ebenfalls ihren Bauch.

»Na, dann ist ja alles gut«, sagte Jeanne und nickte zufrieden.

Manchmal redete Jeanne lange mit Suzanna, und ihre Stimme klang dann merkwürdigerweise heiter. Ihre Augen strahlten, als würde sie ihrer Gefangenen eine brillante Zukunft schildern.

Während dieser nicht enden wollenden Monologe verstand Suzanna nur wenige Worte wie »Glück«, »Baby« oder auch »Geld«. Und dann gab es da noch ein Wort, das häufig wiederkehrte und bei dem sie jedes Mal trauerte: »Richard«.

Richard ... Wenn er sie heute sehen könnte, würde er seine damalige strahlend schöne Geliebte wieder erkennen? Abgemagert und mit einem dicken Bauch, einem eingegipsten Arm und strähnigem kurzem Haar, dessen Spitzen noch immer gelb waren? Und das Gesicht vom Grauen und Leiden gezeichnet ...

In solchen Momenten überkam sie der unwiderstehliche Drang, in Tränen auszubrechen ,und sie hatte das Gefühl, vor Kummer förmlich ersticken zu müssen.

Nur mit großer Anstrengung überwand sie diese depressiven Phasen und drängte ihre Tränen zurück. Jetzt ist nicht der Moment für Selbstmitleid, sagte sich Suzanna dann. Du musst leben, für ihn und für unser beider Kind.

Suzanna rief nach Jeanne, weckte sie mit klagender Stimme; dann keuchte sie, als würde sie nach Luft ringen.

Jeanne wachte auf und war mit ein paar Schritten bei ihr.

»Was ist los? Was hast du?«, fragte sie beunruhigt.

»Baby«, flüsterte die junge Frau kaum hörbar.

»Das Baby? Es kommt?«, rief Jeanne völlig aus der Fassung. »Mein Gott! Bist du sicher?«

Als Antwort stieß Suzanna einen Schmerzensschrei aus.

Jeanne hielt sich die Ohren zu und ging nervös im Raum auf und ab. »Mein Gott! Es ist so weit! Mein Baby kommt … Was soll ich nur tun?«

Dann ging sie zu Suzanna und sagte: »Du wirst das ganz alleine machen müssen, meine Schöne, weil ich nie geboren habe. Verstehst du, was ich sage?«

Suzanna stöhnte und sah sie flehentlich an. »Essen«, murmelte sie zwischen zwei Wehen.

»Essen? Du willst jetzt essen?«

»*Si! Por favor* … Essen!«

Jeanne ging zu den ordentlich neben ihrer Liege aufgestapelten Konservendosen. Sie nahm ein paar, trug sie an Suzannas Bett und öffnete eine. Dann fütterte sie Suzanna mit Artischockenherzen. Nachdem die junge Frau drei gegessen hatte, bedeutete sie ihrer Gefängniswärterin, die Dose auf den Nachttisch zu stellen, damit sie sich nach Belieben bedienen könne.

Jeanne gehorchte und öffnete noch ein paar Dosen, aber ihre Ratlosigkeit wurde immer größer. Sie stand hilflos neben Suzannas Bett, als Suzanna zu stöhnen und dann zu schreien anfing. Entsetzt nahm Jeanne Suzannas Hand.

»Suzanna, jetzt darfst du nicht schwach werden!«, befahl sie im Ton eines Generals kurz vor dem Angriff. »Bis jetzt hast du dich vorbildlich verhalten, mach einfach so weiter. Ich verlasse mich auf dich. Aber es tut mir Leid, ich bin keine Krankenschwester, meine Kleine, du musst alleine zurechtkommen«, fügte sie, von Panik ergriffen, hinzu.

Dann wischte sie der jungen Frau den Schweiß von der Stirn und sagte besänftigend: »Aber ich bleibe bei dir. Das verspreche ich dir.«

Suzanna atmete schwer. Ohne sich zu genieren, stieß sie die Bettdecke von sich und raffte ihr Nachthemd bis zur Taille hoch. Jeanne wandte sich verlegen ab, doch die junge Frau redete fast drohend auf Jeanne ein, bis diese sich ihr wieder zuwandte.

»Also gut. Was soll ich tun?«, schrie sie hysterisch. »Aber ich warne dich! Ich kann kein Blut sehen. Wenn du also willst, dass ich nicht ohnmächtig werde, musst du dich beeilen.«

Suzanna packte Jeannes Arm und deutete mit ihrem Gipsarm auf ihren Schoß.

Entsetzt befreite sich Jeanne aus Suzannas Griff und stammelte: »Ich … ich glaube, wir brauchen heißes Wasser. Ich habe das mal in einem Film gesehen: Man muss Wasser heiß machen und saubere Tücher bereithalten.«

Schnell ging sie vom Bett weg, füllte den Wasserkessel und stellte ihn auf den Campingkocher. Da stieß Suzanna wieder einen markerschütternden Schrei aus.

»Mein Gott!«, stöhnte Jeanne. »Das schaffe ich nie. Wir brauchen Hilfe … Ich muss jemanden holen …«

Sie zögerte, ging dann zu Suzanna und sah die sich vor Schmerzen windende junge Frau entsetzt an.

»Wir beide schaffen das nicht ohne Hilfe«, sagte sie. »Ich … ich komme gleich zurück!«

Von Panik ergriffen, ging Jeanne zur Wand und betätigte den Türöffner. Die Wand glitt zur Seite.

Suzanna lag ganz ruhig da und beobachtete Jeanne voller Hoffnung, doch dann blieb diese in der Tür stehen und lauschte der spöttischen Stimme in ihrem Kopf.

»Jeanne, meine Schöne, was hast du vor? Kannst du nicht mehr klar denken? Wenn du dich aus dem Haus wagst, sperren sie dich sofort ins Gefängnis. Beruhige dich, du schaffst das schon. Hast du nicht monatelang auf diesen Moment gewartet? Dein Leidensweg ist zu Ende, Jeanne. Du wirst einen Sohn bekommen. Einen hübschen kleinen Jungen, der dir alles geben wird, was du dir gewünscht hast. Was soll das also? Geh jetzt zu dieser kleinen Idiotin zurück und hol dir dein Kind. Du darfst es nicht enttäuschen …«

»Ja … ja, natürlich«, murmelte Jeanne und ging langsam in den Raum zurück, wobei sie vergaß, die Wand hinter sich zu schließen. »Mein Baby … mein Baby wird geboren. Ich muss es in Empfang nehmen.«

Als Suzanna sah, dass Jeanne zurückkam, stieß sie einen Entsetzensschrei aus, und Tränen traten ihr in die Augen.

Jeanne kam zu ihr und versuchte, sie zu beruhigen. »Es wird alles gut, mein Liebling. Ich bin ja da. Wir beide schaffen das schon. Das wird gar nicht so schlimm. Nur Mut. Mut.«

»Mut, Jeanne. Mut.«

Als der Kessel auf dem Campingkocher zu pfeifen begann, ging sie hin und machte das Gas aus. Dann nahm sie saubere Laken und das heiße Wasser und brachte es an Suzannas Bett.

»Siehst du? Ich habe alles, was wir brauchen«, sagte sie beschwichtigend. »Aber jetzt bist du dran.«

Und wieder packte Suzanna Jeannes Arm und versuchte, sie vor ihren Schoß zu dirigieren.

»Ja, ja! Ich weiß!«, schrie Jeanne. »Ich weiß, dass es da rauskommt. So blöde bin ich schließlich nicht«, fügte sie aufgebracht hinzu und wischte sich den Schweiß von der Stirn.

»Da bin ich! Bist du jetzt zufrieden? Als ob das Baby dann schneller kommen würde …«

Suzanna bedeutete ihr, noch näher zu kommen. Widerwillig gehorchte Jeanne, das Gesicht jetzt zwischen Suzannas angewinkelten Beinen.

»Wie das stinkt! Das ist ja eklig!«, klagte Jeanne und verzog das Gesicht. »Man könnte ja meinen, dass du dich an dieser Stelle nie gewaschen hast. Du meine Güte …«

Sie brach abrupt ab, denn Suzanna hatte ihr mit einer einzigen schnellen Bewegung ihre Beine um den Hals geschlungen. So fest sie konnte, zog sie ihren Kopf an sich, dann löste sie blitzschnell die Umklammerung, und unter Aufbietung all ihrer Kräfte und indem sie sich mit ihrer Linken an der Kette festhielt, trat sie Jeanne mit geschlossenen Füßen ins Gesicht.

Jeanne fiel nach hinten, prallte mit dem Hinterkopf auf die Fliesen. Sie rührte sich nicht mehr.

Sie war auf der Stelle tot. Sie hatte sich das Genick gebrochen.

fünfunddreißig

Lange blieb Suzanna ruhig liegen.

Es herrschte eine unwirkliche Stille in dem Raum, nur von ihrem keuchenden Atmen unterbrochen. Ihr Mund war trocken, ihr Gesicht von kaltem Schweiß bedeckt.

Nach einer Weile richtete sie sich vorsichtig auf und ließ den Blick durch ihr Gefängnis wandern – jetzt war sie allein, ganz allein, aber frei. Vor Freude fing sie leise an zu weinen. Und mit jeder Träne befreite sie sich mehr von den während der letzten Monate durchgestandenen Ängsten, dem Kummer, der Verzweiflung und dem Hass.

Ein völlig neues Gefühl erfüllte sie: das Bewusstsein, getötet zu haben, aber auch die Gewissheit, bald Leben zu schenken. Als sie spürte, wie sich das Kind wieder in ihrem Bauch regte, lächelte sie glücklich. Es war Zeit, diesen infernalischen Ort zu verlassen.

Sie richtete sich etwas mehr auf und beugte sich vor. Einer von Jeannes Füßen lag nicht weit vom Bettgestell, und wenn sie sich anstrengte, musste es ihr gelingen, die Tote so nahe wie möglich an ihr Bett zu zerren, damit sie Jeannes Kleider nach dem Schlüssel für das Vorhängeschloss ihrer Kette durchsuchen konnte.

Sie legte sich seitlich so weit ans Fußende ihres Bettes, wie ihre Fessel es ihr erlaubte, und streckte den Arm aus. Es fehlten noch ein paar Zentimeter: Sie musste es erneut versuchen. Abermals streckte sie den Arm aus, zerrte an der Kette und bekam schließlich Jeannes Fußspitze zu fassen. Keuchend griff sie zu und zog den Frauenkörper so weit zu sich, dass sie die Hand in Jeannes Jackentasche tauchen konnte.

Sie fand den Schlüsselbund. Ihr Herz schlug wild, als sie mit zitternden Händen nach dem passenden Schlüssel suchte. Er musste klein sein, und davon gab es zwei. Der erste Schlüssel passte nicht. Er ließ sich weder nach rechts noch nach links drehen. Der zweite ließ sich nicht einmal ins Schloss stecken.

Mit zunehmender Nervosität probierte sie den ersten Schlüssel wieder, verlor die Geduld, drehte zu heftig – und der Schlüssel brach ab. Entsetzt starrte sie auf das kleine Stück Metall in ihren Fingern. Da erst wurde ihr langsam klar, dass sie jede Chance, sich selbst zu befreien, vertan hatte. Denn selbst wenn sie nun den richtigen Schlüssel fände, wäre das Schloss blockiert.

Diese Erkenntnis traf sie wie ein ungeheurer Schock, so als würde sich ein Abgrund vor ihr öffnen und sie gleich verschlingen.

Suzanna fing an zu schreien, zu beten, den Himmel anzuflehen … Sie zitterte am ganzen Körper, so als hätte sie plötzlich Schüttelfrost bekommen. Verstört ließ sie wieder ihren Blick durch das Zimmer wandern. Es musste doch irgendetwas geben, irgendein Werkzeug oder eine Möglichkeit, die sie zu ihrer Befreiung nutzen konnte?

Und noch während sie mit den Augen suchte und ihre Hoffnung immer kleiner wurde, überlegte sie, wie lange sie in ihrem Zustand und praktisch ohne Essen und Trinken überleben konnte. Sie und ihr Kind überleben konnten, das seine nahende Geburt immer häufiger ankündigte.

Jetzt fühlte sie sich endgültig besiegt. Vernichtet. Allein durch ihr unüberlegtes Handeln hatte sie die Falle zuschnappen lassen, und in diesem Moment tat es ihr fast Leid, dass Jeanne nicht mehr am Leben war. Denn sie hatte sich schließlich um sie gekümmert.

Suzanna betrachtete Jeannes bleiches Gesicht, dem der Tod eine seltsame Heiterkeit verlieh. Ein Lächeln umspielte ihren Mund. Voller Bitterkeit wandte Suzanna den Blick ab. Sie konnte Jeannes friedliches Gesicht nicht mehr ertragen. Sie hatte das merkwürdige Gefühl, als habe Jeanne dort, wo sie jetzt war, endlich den Weg zum Glück gefunden.

sechsunddreißig

Wie viel Zeit vergangen war, wusste Suzanna nicht. Dafür hatte sie jedes Gefühl verloren. Sie wusste auch nicht, wann es Tag oder Nacht war, brannte doch ständig dieses Licht.

Sie fühlte nur, dass ihre Kräfte schwanden. Die Konservendosen waren ebenfalls leer. Sie lagen neben ihrem Bett.

Das Baby zehrte ihre letzten Reserven auf. Sie war so erschöpft, dass sie am liebsten aufgegeben hätte. Was konnte sie noch erhoffen?

Doch dann riss sie sich noch einmal zusammen. Sie durfte nicht länger warten!

Das Leben war so nah, es war in ihr ... und doch dem Tode ebenso nahe ...

Ihr Kind musste heute geboren werden. Jetzt!

Also fing sie an zu pressen. »Komm, mein Kind, komm. Befrei uns beide aus unserem Gefängnis. Du darfst nicht mehr warten. Bitte, komm!«

Suzanna atmete schnell und flach, in kurzen Stößen. Sie war derart erschöpft, dass sie fast das Bewusstsein verlor. Sie schwitzte, schlug die Bettdecke zurück. Und fing sofort an zu frieren. Du musst pressen, noch mehr pressen, sagte sie sich. Und kontrolliert atmen.

Unvermittelt gab sie ihre Bemühungen auf. Tat nichts mehr. Mein Gott, wie müde sie war! Wie einfach es doch wäre, nur die Augen zu schließen und zu warten. Einfach ohne jede Hoffnung zu warten.

Denn was erwartete sie? Worauf durfte sie hoffen?

Dass jemand sie entdeckte? Oder dass sie langsam starb?

Und ein Kind zu gebären …

War das wirklich so viel Mühe wert?

siebenunddreißig

IMMER NOCH KEINE SPUR VON DER SCHWANGEREN WITWE!

Die Seite drei einer Wochenzeitschrift der Regenbogenpresse zierte ein Foto des Ehepaars Tavier samt folgendem Artikel:

»Seit mehr als einem Monat fahndet die Polizei fieberhaft nach Jeanne Tavier, der Witwe des verstorbenen Diplomaten Richard Tavier, die wegen mehrfachen Mordes gesucht wird.

Das Verschwinden Madame Taviers, eines bisher unauffälligen Mitglieds der so genannten ›feinen Gesellschaft‹, sorgte für einen Skandal: Allein im Verbrechen sah sie die Lösung ihrer finanziellen Probleme, und beginnend mit ihrem Mann – der sie kurz vor seinem Tod enterbt hatte – ermordete sie mehrere Menschen.

Vertrauenswürdigen Quellen zufolge führten die Taviers über zwanzig Jahre lang eine glückliche Ehe. Jeanne Tavier, auf dem Foto an der Seite ihres Mannes bei der Hochzeit der Comtesse de Valendreux, hatte scheinbar keinen Grund, ihren Mann zu töten. Umso größer war die Überraschung im Freundeskreis des Ehepaars, als publik wurde, dass sich die Taviers schon auseinander gelebt hatten.

In der Tat: Nachdem Richard Tavier entdeckt hatte, dass seine Frau eine lesbische Beziehung zu einer ihrer engsten Freundinnen – Madame Edwige Beaulieu, die seit zwei Monaten vermisst wird – unterhielt, beschloss er, sich scheiden zu lassen, seine Frau zu enterben und sein Vermögen einer jungen Portugiesin namens Suzanna Da Costa zu hinterlassen. Vermutlich seine Geliebte.

Der plötzliche Tod des Diplomaten im vergangenen April erweckte keinerlei Verdacht. Wie schon früher berichtet, starb Richard Tavier durch einen Sturz von der Treppe in seinem Pariser Domizil. Man schrieb seinen Tod einem Unfall zu, deshalb wurde Madame Tavier zu dem Geschehen auch nicht vernommen.

Diese Version wird jedoch von den die Ermittlungen leitenden Inspektoren Delpierre und Dubroux nach dem jetzigen Stand der Erkenntnisse stark angezweifelt. Denn kaum hatte Madame Tavier ihren Mann beerdigt, verkündete sie, dass sie von ihrem Mann schwanger sei.

Ob der Verstorbene wirklich der Vater dieses Kindes ist oder nicht, bleibt bis heute ein Rätsel, denn trotz aller Gerüchte weiß niemand aus Madame Taviers Bekanntenkreis etwas über eine intime Beziehung außer der zu ihrer Geliebten, Edwige Beaulieu.

Aber eins ist gewiss: Nach der Testamentseröffnung wusste Madame Tavier, dass sie finanziell ruiniert war, weil ihr Mann eine junge Frau zu seiner Alleinerbin gemacht hatte, von deren Existenz sie bisher nicht einmal etwas geahnt hatte.

Und seltsamerweise verschwand diese Suzanna Da Costa ein paar Tage später auf mysteriöse Weise. Die Polizei vermutet deshalb, dass Jeanne Tavier mit ihrer Komplizin und Geliebten die junge Portugiesin kaltblütig ermordete, weil sie hoffte, doch noch das Erbe ihres Mannes antreten zu können, das sie rechtmäßig als das Ihre betrachtete.

Doch einige Wochen später verschwand auch Edwige Beaulieu, ohne irgendwelche Spuren zu hinterlassen. Obwohl sie eine sehr reiche Frau ist, deren Vermögen sich auf mehrere Millionen Euro beläuft, wurde nie eine Lösegeldforderung gestellt. Und die Inspektoren Delpierre und Dubroux befürchten das Schlimmste.

Seltsamerweise wurde Edwige Beaulieus Wagen ganz in der Nähe von Jeanne Taviers Domizil aufgefunden. Es liegt also nahe, auch Edwige Beaulieus Verschwinden der ›schwangeren Witwe‹ anzulasten.

Aber sollte sie tatsächlich dahinter stecken, welches waren die Beweggründe ihres Handelns? Eine Erpressung?

Wurde sie dazu gezwungen? Oder handelt es sich um ein Verbrechen aus Leidenschaft? Die Polizei möchte keine dieser Hypothesen bestätigen noch widerlegen.

Jeanne Tavier jedoch versuchte, noch einen weiteren Mord zu begehen. Im Verlauf eines Abendessens bei Kerzenlicht, zu dem sie den Notar ihres verstorbenen Mannes, Maître Lombaris, gebeten hatte, griff die Gastgeberin ihn mit einem Messer an – in der Absicht, ihn zu töten. Maître Lombaris ist überzeugt, dass Madame Tavier ihn umbringen wollte, weil er der Einzige war, der wusste, dass ihr Mann sie enterbt hatte.

Hatte sie etwa geplant, nach dem Mord das handschriftliche Testament ihres Mannes gegen ein früher verfasstes auszutauschen, in dem sie die Alleinerbin war? Diese Vermutung ist plausibel, denn Madame Tavier hatte überall verkündet, dass sie das Vermögen ihres Mannes erbe.

Wie auch immer, jedenfalls gelang es Maître Lombaris in letzter Sekunde der Mörderin zu entkommen und die Polizei zu benachrichtigen.

Doch als die Inspektoren Delpierre und Dubroux am Ort des Ge-

schehens eintrafen – die beiden waren bereits mit den Ermittlungen im Fall Edwige Beaulieu betraut –, hatte die ›schwangere Witwe‹ bereits ihre Koffer gepackt und war verschwunden.

Rätsel gibt auch der Fund einer Frauenleiche im Park des Anwesens der Taviers auf. Wie sich herausstellte, handelt es sich um eine Rumänin, die illegal in Frankreich lebte. Irina Siona starb an einer Gehirnblutung, die durch massive Schädelverletzungen hervorgerufen wurde.

Die Grausamkeit dieser Tat rief auch bei den abgebrühten Beamten Entsetzen hervor, umso mehr, weil sie trotz aller Bemühungen noch nicht klären konnten, in welcher Beziehung die junge Rumänin zu der ›schwangeren Witwe‹ stand.«

Der Artikel schloss mit einer Reihe von Behauptungen und Unterstellungen über die Kompetenz der Polizei, deren Lektüre Delpierre sich schenkte.

Der Fall hatte bereits viel Staub aufgewirbelt. Er hatte sich zu einem Skandal ausgewachsen, und der Inspektor hatte sich von seinem Vorgesetzten rügen lassen müssen. Delpierre warf die Zeitung angewidert in den Papierkorb und seufzte.

Die Analyse der Asche in der Heizung hatte nichts ergeben. Sie konnte sowohl von einem Menschen als auch einem Tier stammen. Kein Beweis konnte erbracht werden, dass es sich dabei um die sterblichen Überreste Edwige Beaulieus und Suzanna Da Costas handelte.

Doch die gerichtsmedizinische Untersuchung hatte ergeben, dass Irina Siona mit bloßen Händen getötet worden war. Und dieses Ergebnis machte den Inspektor ratlos, denn bisher hatte er ein Motiv für die Jeanne Tavier angelasteten Morde – nicht jedoch für den an der jungen Rumänin.

Nervös zündete sich Delpierre eine Zigarette an. Nach seinen Berechnungen musste Jeanne Tavier bald ihr Kind bekommen, und das konnte sie schlecht ohne medizinische Hilfe tun. Deshalb hatte er alle Kliniken und Krankenhäuser in Frankreich diesbezüglich informieren lassen, denn er war fast hundertprozentig davon überzeugt, dass die »schwangere Witwe« das Land nicht verlassen hatte.

Delpierre hatte alles getan, um diese Frau zu finden. Er war mit seinem Latein am Ende. Ich weiß nicht, was ich noch tun soll, dachte er missmutig. Herr, hilf! Schick mir doch ein kleines Zeichen oder einen Traum, irgendetwas, das mir weiterhilft … Für dich ist das doch ein Kinderspiel … Also, streng dich gefälligst etwas an …

Einer seiner Männer steckte den Kopf durch die einen Spalt offen stehende Tür und unterbrach Delpierres stumme Bitte. »Wir haben gerade einen anonymen Brief bekommen, der den Fall Tavier betrifft. Vielleicht bringt uns das weiter«, sagte der Beamte und reichte ihm einen bereits geöffneten Umschlag, der bereits kriminaltechnisch untersucht worden war.

Deshalb griff Delpierre ohne Zögern nach dem Umschlag und entnahm ihm ein mit einem Computer verfasstes Schreiben.

»Ich schicke Ihnen wegen der ›schwangeren Witwe‹ diesen anonymen Brief, weil ich als Zeuge meine berufliche Position gefährden würde.

Ich bin Chirurg in einer Privatklinik und habe vor drei Monaten eine junge schwangere Frau medizinisch versorgt, weil sie versucht hatte, sich den Bauch aufzuschlitzen, zweifellos, um diese unerwünschte Schwangerschaft zu beenden. Doch die Verletzung war nur oberflächlich, und ich konnte Mutter und Kind retten.

Diese junge Frau war etwa Mitte zwanzig und von südländischem Aussehen, obwohl sie blond gefärbte Haare hatte. Begleitet wurde sie von einer älteren Frau, von der ich heute nach den in der Presse erschienenen Fotos weiß, dass es Jeanne Tavier war, die sich bei uns als ihre Tante ausgab. Und diese Frau war nicht schwanger.

Ich hoffe, dass diese Informationen Ihnen bei Ihren Ermittlungen weiterhelfen, und bitte Sie, keine Recherchen bezüglich meiner Identität anzustellen, denn dann müsste ich alles leugnen.«

Delpierre las den Brief noch einmal und legte ihn verwirrt auf seinen Schreibtisch. Intuitiv wusste er, dass dieses Schreiben ihn der Wahrheit näher brachte und Elemente enthielt, die er bisher bei seinen Ermittlungen nicht beachtet oder übersehen hatte. Aber welche?

»Mein erster Fehler war wohl, dass ich eher nach Leichen als nach noch lebenden Frauen gesucht habe«, murmelte er vor sich hin. »Vielleicht lebt Suzanna noch, wenn es sich bei ihr um diese junge Frau in der Klinik gehandelt hat?«

Seine Gedanken überschlugen sich. Was hatte der

Arzt geschrieben? Er habe diese Frau auf den Fotos erkannt und sie sei nicht schwanger gewesen!

Aber er hatte sie doch mit eigenen Augen gesehen! Und an ihrer Schwangerschaft hatte kein Zweifel bestanden! Das ergab keinen Sinn. Diesen Brief hatte irgendein Irrer geschrieben, der die Polizei an der Nase herumführen wollte. Oder vielleicht hatte sogar Jeanne den Brief verfasst, um eine falsche Fährte zu legen?

Noch immer verwirrt griff Delpierre zum Telefon und rief den Notar an. Als er Lombaris am Apparat hatte, fragte er: »Können Sie mir vielleicht erklären, Maître, welchen Vorteil Madame Tavier durch eine Schwangerschaft hätte, obwohl ihr Mann sie enterbt hat?«

Fünf Minuten später stürmte Delpierre aus seinem Büro, lief zu seinem Kollegen und rief aufgeregt: »Dubroux, komm mit! Wir fahren zu den Taviers. Suzanna Da Costa lebt noch …

achtunddreißig

Seit Stunden lag Suzanna jetzt in den Wehen, ihr kam es wie eine Ewigkeit vor. Die Kontraktionen kamen in immer kürzeren Abständen und wurden immer schmerzhafter. Sie litt unendlich unter der Stille und der Einsamkeit, und ihr ganzer Zustand schien ihr schier unerträglich.

Sie sehnte sich danach, ganz normal, wie Millionen anderer Frauen ärztlich betreut gebären zu können, anstatt in dieser albtraumhaften Situation zu sein. Was sollte nur werden, wenn der Geburtskanal zu eng war oder das Kind falsch lag?

Suzanna schloss die Augen und versuchte, an nichts mehr zu denken.

Delpierre hatte das Blaulicht auf das Dach seines Dienstwagens gesetzt und bahnte sich mit heulender Sirene seinen Weg durch den dichten mittäglichen Verkehr.

»Darf ich endlich einmal erfahren, was los ist?«, fragte Dubroux und umklammerte den Haltegriff.

»Das ist jetzt zu kompliziert«, antwortete der Inspektor.

»Na schön«, entgegnete Dubroux eingeschnappt und mimte Desinteresse. Das hielt er nicht lange aus. Ein paar Minuten später bohrte er weiter. »Ich will dir ja wirklich nicht ans Bein pinkeln, aber ich weiß nicht, warum wir zu den Taviers fahren. Haus und Park sind doch hundertmal durchsucht worden.«

»Damals haben wir nach Leichen gesucht, aber heute suchen wir nach Lebenden.«

Die Wehen kamen jetzt alle zwei bis drei Minuten. Suzanna konnte vor Schmerzen kaum noch denken. Niemand half ihr, niemand sagte ihr, wie sie atmen, was sie tun sollte.

Plötzlich erschien ihr der Tod als wünschenswert, als die einzige Möglichkeit, von ihrem Elend und Leid erlöst zu werden. Warum?, dachte sie. Warum das alles? Warum muss ich das durchmachen?

Ihr Körper gehörte ihr nicht mehr. Er hatte sich in einen infernalischen Organismus verwandelt, der ein einziges Ziel verfolgte: einen fremden Körper auszustoßen.

Delpierre erbrach das Siegel an der Haustür der Villa und ging in die Halle, gefolgt von seinem leise fluchenden Kollegen.

»Du und deine Hauruckaktionen! Also wenn es nach mir geht, so möchte ich mich da lieber ...«

»Ach, halt endlich den Mund!«, schimpfte Delpierre und ging zur Marmortreppe. »Wir fangen auf dem

Dachboden an und nehmen uns jedes Zimmer noch einmal vor.«

»Warum denn da oben?«, fragte Dubroux.

»Und warum nicht?«

»Aber was suchen wir denn?«

»Ich weiß es nicht, verdammt noch mal, Dubroux! Einen Hinweis, eine Abstellkammer, ein Versteck … Was weiß ich? Irgendetwas, das beweist, dass sich Edwige Beaulieu und Suzanna Da Costa hier aufgehalten haben … und dass sie immer noch am Leben sind«, fügte er ganz leise hinzu.

Suzanna konnte nicht mehr. Sie schrie, als der Kopf ihres Kindes sich durch die Vulva zwängte. Der Schmerz war derart groß, dass ihr die Sinne schwanden. Als sie wieder zum Bewusstsein kam, presste sie noch einmal mit letzter Kraft. Der Kopf war jetzt draußen, das spürte sie. Sie presste weiter, und der kleine Körper glitt aus ihrem Leib.

Die beiden Polizisten waren im zweiten Stock, als sie den Schrei hörten. Fassungslos sahen sie sich an.

»Das kam von unten«, sagte Dubroux.

Delpierre lief schon über den Flur und stürmte die Treppe hinunter, Dubroux auf den Fersen. Sie rannten weiter, in die Küche, den Salon und riefen Suzannas und Edwiges Namen. Sie liefen, weiter rufend durch alle Zimmer – und fanden niemanden.

Sie liefen in die Halle zurück und blieben lauschend

stehen, in der Hoffnung, eine der Frauen würde wieder schreien.

»Das haben wir uns doch nicht eingebildet, oder?«, fragte Dubroux enttäuscht.

Doch als sie an der Kellertür vorbeigingen, hörten sie ein Schreien, das unverkennbare Schreien, das jedes gesunde Neugeborene ausstößt.

neunter monat

»Glücklich kommen Sie mit Ihrem Baby zu
Ihrem Mann nach Hause.
Alles ist bestens.
Oder zumindest sollte es so sein, denn
unverständlicher- und unerklärlicherweise
haben Sie einen seelischen Tiefpunkt und
sehen alles schwarz.
Ohne Grund ist Ihnen nach Weinen zumute, und
Sie haben zu nichts mehr Lust.
Sogar Ihr lang ersehntes Baby ist Ihnen
fast gleichgültig.
Diesen Zustand nennt man Wochenbett-Depression.«

neununddreißig

Suzanna stand vor dem Brutkasten und betrachtete voller Entzücken und etwas Sorge das winzige, noch etwas runzelige kleine Wesen mit dem schmollenden Gesichtchen darin. Von diesem Anblick konnte sie gar nicht genug bekommen.

Sie war barfuß und trug ein Nachthemd mit dem Logo des Krankenhauses, in das sie zehn Tage zuvor eingeliefert worden war.

Wie jeden Tag musste sich die Krankenschwester mit einer guten Portion Geduld wappnen, um ihre Patientin wieder ins Bett zu bringen.

Als Suzanna Schritte hörte, verabschiedete sie sich in Gedanken von ihrem Kind: Jetzt kommt sie mich holen. Ich muss gehen, mein Baby …

Delpierres Stimme unterbrach ihren stummen Abschiedsgruß, »Suzanna!«, sagte der Inspektor herzlich. »Sie sind unvernünftig. Kommen Sie, ich bringe Sie in Ihr Zimmer zurück, denn Sie haben Besuch.«

Suzanna drehte sich um und lächelte den Inspektor dankbar an. Sie mochte es, wenn Delpierre sie besuchte. Sie mochte sein vom Leben gezeichnetes

Gesicht, denn dieser Mann hatte ihr das Leben gerettet.

Nie würde sie den Moment vergessen, als die beiden Männer plötzlich wie durch ein Wunder in der Türöffnung aufgetaucht waren und sie in ihren Gesichtern sowohl Erleichterung als auch Entsetzen gesehen hatte.

Delpierre hatte sich ohne zu zögern um sie und das Baby gekümmert, während Dubroux mit seinem Handy den Notarzt rief. Kurz darauf war der Krankenwagen eingetroffen, und Ärzte und Sanitäter hatten sich um Mutter und Kind gekümmert. Und erst als man Suzanna versichert hatte, dass ihr zu früh geborenes Baby überleben würde, hatte sie sich einer Ohnmacht überlassen.

Delpierre erwiderte das Lächeln der jungen Frau und bedeutete ihr abermals mit einer Geste, mit ihm in ihr Zimmer zu kommen. Bedauernd warf Suzanna einen letzten Blick auf ihr Kind und begleitete den Inspektor.

»Nur noch eine Woche«, tröstete er sie, »dann können Sie Ihr Kind in die Arme nehmen. Das ist doch nicht lange, wenn man acht Monate auf diesen Moment gewartet hat, nicht wahr?«

Er wollte ihr schon den Arm um die Schultern legen, besann sich aber anders und kratzte sich stattdessen am Nacken. »Wissen Sie eigentlich, dass Sie Schlagzeilen gemacht haben? Hier, ich habe Ihnen eine Zeitung vom Tag nach Ihrer Befreiung mitgebracht und Ihnen auch alle Artikel über Sie aufgehoben.«

Delpierre gab Suzanna das Blatt, auf dessen Titelseite in großen Lettern stand: DIE SCHWANGERE WITWE WAR NICHT SCHWANGER! SIE WOLLTE DAS KIND IHRER GEFANGENEN ALS IHR EIGENES AUSGEBEN.

Dem darunter stehenden Artikel waren zwei Fotos beigefügt. Eins zeigte Suzanna auf einer Tragbahre, als sie ins Krankenhaus eingeliefert wurde; das andere Jeanne und Richard Tavier, ein glückliches, in die Kamera lächelndes Ehepaar.

Suzanna berührte Richards Gesicht mit der Spitze ihres Zeigefingers und wandte dann den Blick ab.

»Diese Geschichte hat großes Aufsehen erregt,« sagte Delpierre. »Ich hoffe nur, dass die Medien Sie in Ruhe lassen, wenn Sie das Krankenhaus verlassen dürfen …«

Suzanna hörte gar nicht zu. Als die beiden vor ihrem Zimmer angekommen waren, öffnete der Kommissar ihr galant die Tür.

Bei ihrem Eintritt erhoben sich zwei Männer von ihren Stühlen, die Delpierre ihr vorstellte. »Das ist Miguel Ferreira, ein Landsmann von Ihnen und Ihr Dolmetscher. Und dieser Herr ist Maître Lombaris, der Notar und Testamentsvollstrecker des verstorbenen Monsieur Tavier.«

Edouard Lombaris streckte die Hand aus, und Suzanna musste ihm die Linke geben, da ihr rechter Arm noch immer in Gips war.

Sich durchaus seiner Wichtigkeit bewusst, hob Lombaris in feierlichem Ton zu einer kleinen Rede an, die der Dolmetscher übersetzte. »Als Erstes möchte ich Ihnen sagen, wie froh wir sind, Sie und Ihr Kind noch rechtzeitig gefunden zu haben. Und insbesondere freue ich mich, jetzt meinen Pflichten als Notar nachkommen zu können.« Dann öffnete er seine Aktentasche und entnahm ihr ein Dossier. Er klappte es auf und fuhr fort: »Ich bin im Besitz des von Hand geschriebenen Testaments Richard Taviers. Der Verstorbene hat Ihnen sein gesamtes Vermögen hinterlassen, das sich exakt auf neunhundertundfünfundneunzigtausend Euro und acht Cent beläuft. Hinzu kommen folgende Immobilien: eine Villa in Paris, genannt ›Les Coquelicots‹ samt Einrichtung – sowie eine Wohnung in Cannes samt Einrichtung, eine kleine Segeljacht, die im Hafen von Cannes liegt, und der Inhalt des Bankschließfachs, dessen Schlüssel ich Ihnen hiermit übergebe.«

Der Notar hielt Suzanna den Schlüssel hin. Erst nach kurzem Zögern nahm sie ihn.

»Natürlich ist dies nur eine sehr oberflächliche Aufzählung der Besitztümer des Erblassers«, fuhr Lombaris fort. »Ich habe nur die Wesentlichen genannt. Damit Sie sich über alle Einzelheiten informieren können, habe ich Ihnen diese Liste anfertigen lassen.«

Suzanna starrte den Notar mit weit aufgerissenen Augen an, während Lombaris die Akten auf ihren Nachttisch legte.

»Was soll ich denn mit all dem machen?«, flüsterte sie fassungslos.

»Oh, ich zweifele nicht daran, dass Sie dieses Vermögen zu Ihrem Wohl und dem anderer Menschen nutzen werden«, sagte Lombaris. Dann räusperte er sich und fuhr fort: »Da ist noch eine andere Sache zu klären, denn ich bin ebenfalls Testamentsvollstrecker von Richard Tavier senior. Doch zunächst muss ich wissen, welches Geschlecht Ihr Kind hat.«

»Es ist ein kleines Mädchen«, antwortete Suzanna lächelnd. »Ein bezauberndes kleines Mädchen, das ganz wie sein Vater aussieht.«

Da der Notar – jetzt etwas verwirrt – schwieg, fragte Suzanna: »Was hat das denn mit dem Testament von Richards Papa zu tun?«

»Sehen Sie, es ist folgendermaßen«, sagte Lombaris, nahm seine Brille ab und putzte sie umständlich mit einem blütenweißen Taschentuch. Er steckte es wieder weg, setzte seine Brille auf und fuhr fort: »Monsieur Tavier senior hat verfügt, dass sein Enkel die zweite Hälfte seines Vermögens erben soll, das heißt, nur ein Nachkomme männlichen Geschlechts ist erbberechtigt.«

»Es bedeutet also, dass meine Tochter, nur weil sie weiblichen Geschlechts ist, dieses Erbe nicht antreten kann?«, fragte Suzanna.

»Genau das bedeutet es.«

Nach kurzem Schweigen fing Suzanna an zu lachen. Ihr Lachen war so unbeschwert und fröhlich, dass die bis dahin herrschende Spannung in dem Raum wie weggeblasen war.

»Was war das nur für ein Mann, der sein Erbe an eine derartige Bedingung knüpfte?«, fragte Suzanna amüsiert.

»Nun ja … Ich habe ihn nicht persönlich gekannt, aber es heißt, er …«

Lombaris verstummte, denn Suzanna war plötzlich sehr ernst geworden. Sie sah blass und gequält aus.

Auch Delpierre war die Veränderung der jungen Frau aufgefallen und er sagte: »Was ist, Suzanna? Fühlen Sie sich nicht wohl?«

»Glauben … Glauben Sie, dass Richards Frau mich aus diesem Grund gefangen hielt?«, fragte sie entsetzt. »Denn sie wollte mir mein Kind wegnehmen; sie wollte, dass mein Kind ihr gehörte …«

Sie schwieg und brach in Tränen aus, denn erst jetzt erkannte sie, aus welchem Grund sie derart hatte leiden müssen. Es war Jeanne um das Geld gegangen. Um nichts anderes als Geld.

Wieder sah sie Jeannes Gesicht vor sich, dieses Gesicht vom Wahn gezeichnet, aber auch von der Gier. Und um ihr Ziel zu erreichen, hatte sie auf dieses Kind gewartet, war dieses Kind zu ihrem einzigen Lebensinhalt geworden. Wie eine Hexe im Märchen hatte sie die Verwirklichung eines Traums versprochen und dafür etwas verlangt, was keine Frau geben konnte.

Suzanna hatte den Kopf gesenkt. Ihr Haar war jetzt wieder schwarz wie Ebenholz, wenn auch kurz, aber gut geschnitten.

»Denken Sie nicht mehr daran«, sagte Delpierre

tröstend und streichelte ihr schüchtern übers Haar. »Jeanne ist tot. Sie kann Ihnen nichts mehr antun.«

Inzwischen hatte sich die junge Frau wieder gefasst. »Machen Sie sich keine Sorgen, Maître«, sagte sie zu Lombaris. »Selbst wenn mein Kind ein Junge gewesen wäre, hätte ich dieses Geld nicht gewollt.«

Der Notar senkte den Kopf und murmelte: »Sie müssen sich jetzt ausruhen. Wenn Sie wieder ganz gesund sind, rufen Sie mich an. Hier ist meine Karte. Wir regeln dann zusammen das Notwendige.«

Suzanna nahm die Visitenkarte und dankte Lombaris.

Als der Notar ging und der Dolmetscher sich ebenfalls verabschieden wollte, hielt Delpierre ihn zurück. »Können Sie noch einen Moment bleiben? Ich möchte Suzanna gern noch eine oder zwei Fragen stellen.«

Der Dolmetscher stimmte zu, und Delpierre fragte sie: »Ich hätte gern gewusst ... natürlich müssen Sie mir nicht antworten ... nun, ich wüsste gern, ob Sie in Ihre Heimat zurückkehren?«

Suzanna dachte eine Weile nach und sagte dann: »Nein, ich glaube nicht. Diese Stadt ist mir noch etwas schuldig. Sie hat mir gezeigt, wessen sie fähig ist. Und jetzt soll sie mein wahres Wesen kennen lernen.«

»Und ... und was wollen Sie tun?«, fragte Delpierre.

»Ich will leben, Inspektor«, antwortete Suzanna lächelnd. »Meine Tochter und ich, wir wollen leben.«

schlusswort

»Nach dem neunmonatigen wunderbaren Abenteuer
Ihrer Schwangerschaft
werden Sie nie wieder derselbe Mensch sein.
Denn Sie haben Leben geschenkt und für
dieses Leben tragen Sie jetzt die Verantwortung.
Ihr Kind ist da, und die Rolle, die Sie in seinem Leben spielen,
hat gerade erst begonnen.«

quellenverzeichnis

Erster Monat: *J'attends un enfant*, Laurence Pernoud, éd. Horay1999, S.116.

Zweiter Monat: *Guide pratique de la femme enceinte*, Marie-Claude Delahaye, Marabout, 2000, S. 27.

Dritter Monat: *Guide pratique de la femme enceinte, Idem*, S. 50.

Vierter Monat: *J'attends un enfant, op. cit.*, S. 121

Fünfter Monat: *Guide pratique de la femme enceinte, op. cit.*, S. 86.

Sechster Monat: *Guide pratique de la femme enceinte, Idem*, S. 95.

Siebter Monat: *Guide pratique de la femme enceinte, Idem*, S. 120

Achter Monat: *Guide pratique de la femme enceinte, Idem*, S. 127.

Neunter Monat: *Guide pratique de la femme enceinte, Idem*, S. 158.

Schlusswort: *Guide pratique de la femme enceinte, Idem*, S. 161.